DROEMER ✱

Über den Autor:
Wolfram Fleischhauer wurde 1961 in Karlsruhe geboren. Bei Droemer erschienen seine vier Romane über Malerei *(Die Purpurlinie)*, Literatur *(Die Frau mit den Regenhänden)*, Tanz *(Drei Minuten mit der Wirklichkeit)* und Philosophie *(Das Buch, in dem die Welt verschwand)* mit bis heute ungebrochenem Erfolg.
In seinen Gegenwartsromanen *Torso, Schweigend steht der Wald* und *Das Meer* verbindet Wolfram Fleischhauer aktuelle gesellschaftliche Themen mit dramatischer Spannung. Nun hat er den Faden seines Erstlings *Die Purpurlinie* (1996) wieder aufgenommen.

WOLFRAM FLEISCHHAUER

DIE DRITTE FRAU

ROMAN

Besuchen Sie uns im Internet:
www.droemer.de

Aus Verantwortung für die Umwelt hat sich die Verlagsgruppe Droemer Knaur zu einer nachhaltigen Buchproduktion verpflichtet. Der bewusste Umgang mit unseren Ressourcen, der Schutz unseres Klimas und der Natur gehören zu unseren obersten Unternehmenszielen. Gemeinsam mit unseren Partnern und Lieferanten setzen wir uns für eine klimaneutrale Buchproduktion ein, die den Erwerb von Klimazertifikaten zur Kompensation des CO_2-Ausstoßes einschließt. Weitere Informationen finden Sie unter: www.klimaneutralerverlag.de

Eigenlizenz Mai 2022
Droemer Taschenbuch
© 2021 Droemer Verlag
Ein Imprint der Verlagsgruppe
Droemer Knaur GmbH & Co. KG, München
Alle Rechte vorbehalten. Das Werk darf – auch teilweise – nur mit Genehmigung des Verlags wiedergegeben werden.
Ein Projekt der AVA International GmbH
Autoren- und Verlagsagentur
www.ava-international.de
Bildnachweis am Ende des Buches
Redaktion: Jürgen Ghebrezgiabiher
Covergestaltung: JHNSTL, Johannes Stoll
Coverabbildung: Gemälde: Bridgeman Images
Struktur: Shutterstock, Bigboss101
Satz: Adobe InDesign im Verlag
Druck und Bindung: GGP Media GmbH, Pößneck
ISBN 978-3-426-30654-3

2 4 5 3 1

PROLOG

Wir saßen im Gartenrestaurant der Villa Maria in Cannobio.

Unsere alljährliche Wanderung war beendet, wir waren nach sieben Tagen im Hochgebirge unbeschadet wieder auf Seehöhe angekommen und verbrachten den letzten Abend traditionsgemäß bei einem gemeinsamen Essen.

Ich hatte das Restaurant vorgeschlagen, die Qualität der Küche und die fantastische Lage am See gerühmt und dabei unvorsichtigerweise erwähnt, mit wem ich vor nicht allzu langer Zeit zuletzt hier gewesen war. Vielleicht lag es am Tonfall meiner Stimme, an meinem Gesichtsausdruck oder der Art und Weise, wie ich danach sofort versucht hatte, das Gespräch auf ein anderes Thema zu lenken. In jedem Fall provozierte meine Äußerung sogleich neugierige Nachfragen. Ach, diese Französin, bei der ich den Unfall gehabt hatte. Hier hatte ich sie kennengelernt? Nein, hier hatten wir uns das letzte Mal gesehen. Das letzte Mal? Warum hier? Wart ihr wandern? Und was war aus ihr geworden, und aus den wertvollen Dokumenten, von denen ich erzählt hatte?

Sechs Augenpaare waren plötzlich in der Erwartung auf mich gerichtet, dass ich die ganze Geschichte endlich einmal etwas ausführlicher erzählen würde. Es ist ein ehernes Gesetz: Unglück zieht an. Nach dem ersten Schreck will man sofort die Gründe erforschen, die dazu geführt haben. Anstatt sich erleichtert abzuwenden, dass es einen nicht selbst erwischt hat, bleibt man stehen und starrt, keineswegs um zu erfahren, wie man dergleichen künftig verhindern oder sich selbst davor bewahren könnte, sondern aus einer unerklärlichen Lust heraus, jede Windung eines Schicksalsknotens zu verfolgen, ja in ihn hineinzukriechen, anstatt ihn einfach links liegen zu lassen.

Ich versuchte, mich mit beiläufigen Bemerkungen aus der Affäre zu ziehen, ließ die weiteren Fragen einfach unbeantwortet, zuckte mit den Schultern, nippte an meinem Weißwein und sagte irgendwann gar nichts mehr.

»Also deshalb warst du die letzten Stunden so schweigsam«, hörte ich neben mir. »Down memory Lane.«

Glücklicherweise kam der Kellner und trug seine Serenade der verfügbaren Gerichte vor. Da nur zwei von uns ausreichend Italienisch sprachen und für die anderen übersetzen mussten, dauerte es eine gute Weile, bis jeder entschieden und bestellt hatte. Nach diesem Durcheinander gingen die Gespräche in alle möglichen Richtungen, und die Erinnerung an meine Bekannte war verflogen.

Zumindest bei meinen Tischgenossen.

Wir saßen dort bis spät in die Nacht. Der Lago Maggiore funkelte. Die Sterne glitzerten darin. Ich war gar nicht mehr mit meinen Wanderfreunden hier, sondern mit *ihr!* Der Tisch, an dem sie mir damals gegenübergesessen hatte, blieb den ganzen Abend unbesetzt. Das war gewiss Zufall, wirkte aber gespenstisch. Warum hatte ich ausgerechnet dieses Restaurant vorgeschlagen? Rückblickend sicherlich in der Absicht, mit etwas abzuschließen, oder sogar aus der Hoffnung heraus, dass es bereits geschehen war. Der eiskalte Stich im Magen, den ich jedes Mal verspürte, wenn ich zu jenem Tisch hinübersah, und die Tatsache, dass ich so gut wie nichts essen konnte, bewiesen indessen nur, dass ich von dem leeren Stuhl dort bis heute nicht aufgestanden war.

Muss ich erwähnen, dass ich in dieser Nacht nicht schlafen konnte? Ich hatte wenig gegessen, daran konnte es nicht liegen. Die zwei Gläser Wein, die ich getrunken hatte, konnten auch nicht schuld daran sein, dass ich selbst nach einer Stunde auf dem Balkon noch immer keinerlei Müdigkeit verspürte.

In den Sommermonaten wurden die Verglasung und das Dach des Wintergartens bis auf die wichtigsten Streben entfernt, sodass ich selbst von hier oben den verdammten Tisch sehen musste, an dem wir damals gesessen hatten. Ich blickte hinab, natürlich nur mit dem gesunden Auge, das mir verblieben ist. Das andere schaut seit damals nur noch nach innen. Dort sehe ich noch immer ihr Gesicht. Nicht das Gesicht jenes letzten Abends. Das hat mein Bewusstsein gelöscht. Ich könnte es vielleicht heraufbeschwören, mühsam rekonstruieren, in Fragmenten zusammensetzen. Aber es wäre kein Vergleich mit dem Bild von ihr, das ich nie vergessen und für immer mit mir herumtragen werde. Nicht die erste oder letzte Begegnung. Und auch nicht die erste Liebesnacht. Aber ich greife vor. Und wenn ich jetzt schon begonnen habe, zu erzählen, dann vielleicht besser der Reihe nach.

TEIL 1

1. KAPITEL

Ich befand mich, als ich Camille Balzac begegnete, vielleicht in meiner Lebensmitte, doch es war nicht Dantes dunkler Wald, in dem ich herumirrte. Vielmehr versuchte ich, das Chaos einer gescheiterten Ehe zu ordnen, das Auseinanderfallen meiner Familie zu verkraften und dabei irgendwie den Kopf über Wasser zu halten. Geldprobleme verschärften die Situation. Mein Schriftstellereinkommen reichte keineswegs für zwei getrennte Haushalte. Und was konnte meine Ex-Frau dafür, dass Malerinnen noch prekärer lebten als Autoren? Dann waren da unsere beiden Kinder, die gerade erst mit ihrer Ausbildung begonnen hatten. Und ich? Ich saß vor dem weißen Blatt, mit nichts als Trauer, Schuldgefühlen und Zweifeln in der Seele.

Damit kein Missverständnis entsteht: Mein Leben war längst gegen diese Wand gefahren, bevor ich Camille traf. Und die Initiative war gar nicht von ihr oder mir ausgegangen, sondern von ihrem Onkel. Er hatte mir einige Jahre zuvor geschrieben, und vielleicht sollte ich daher mit seinem Brief beginnen. Ich gebe ihn hier auf Deutsch wieder, und hoffentlich besser übersetzt als mein auf Französisch erschienener Roman, auf den das Schreiben Bezug nimmt:

Manoir Saint-Maur, den 14. März 2014

Monsieur,
Sie firmieren als Autor einer belletristischen Veröffentlichung mit dem Titel »La Ligne Pourpre«. Dem Titelblatt entnehme ich, dass die deutsche Originalausgabe bereits vor einigen Jahren erschienen ist, was wieder ein-

mal zeigt, wie zäh und langwierig der kulturelle Austausch zwischen unseren beiden Vaterländern noch immer ist – von einigen Ausnahmen einmal abgesehen, über deren Repräsentativität ich mir kein Urteil erlaube.

Ihr Werk gelangte auf einigen Umwegen in meinen Besitz, und ich will Ihnen nicht verhehlen, dass ich andernfalls wohl niemals davon Kenntnis erlangt hätte. Ich lese schlechterdings keine Romane, und schon gar nicht solche, die derart marktschreierisch daherkommen wie der Ihre, zudem in einem französischen Verlag, von dessen Existenz ich zuvor niemals gehört habe und dessen Programm, sofern ich es jetzt nach kurzer Prüfung kennenlernen durfte, auf ein Publikum zu zielen scheint, zu dem ich mich schwerlich zählen dürfte.

Da es sich bei dem, was ich gelesen habe, um eine Übersetzung handelt, bin ich zu Ihren Gunsten bereit anzunehmen, dass die sprachlichen Mängel zumindest teilweise auf das Konto des oder besser gesagt der Übersetzer gehen, denn die stilistischen Verfehlungen sind auf derart bizarre Weise variabel, dass man einfach gezwungen ist, hier mehrere Stümper am Werk zu vermuten, die ihr Handwerk nicht verstehen. Ein einzelner Stümper, der all diese Grade der Stümperei beherrscht, kann in der Natur logischerweise nicht vorkommen, da dies ja eine Sprachbeherrschung voraussetzt, deren Fehlen den Stümper gerade als solchen auszeichnet. Soll man also bewusste Sabotage vermuten? Aber wozu? Mir fällt kein plausibler Grund dafür ein. Daher kann ich mir die Sache nur so erklären, dass bei der Übertragung Ihres Werkes in unseren Sprachraum – aus welchen Gründen auch immer – viele Köche den Brei verdorben haben.

Mildernde Umstände kann ich nun aber leider nur für

die sprachlichen und stilistischen Verfehlungen Ihres Werkes gelten lassen, womit ich zum eigentlichen Anlass meines Schreibens komme. Sie haben, wie ich Ihrem Nachwort entnehme, redliche Mühen darauf verwandt, das Schicksal einer Reihe von Menschen zu erhellen, die in der Geschichte meiner Familie einmal eine herausragende Rolle gespielt haben. Sie können sich vorstellen, wie ein direkt Betroffener sich fühlen muss, wenn von völlig unberufener Seite plötzlich Spekulationen über äußerst komplizierte Vorgänge in die Welt gesetzt werden, die nicht nur kaum geeignet sind, die tatsächlichen Zusammenhänge aufzuklären, sondern darüber hinaus einer mit Blindheit geschlagenen Öffentlichkeit nun weitere Bretter – oder besser Romane – vor den Kopf nageln. Daher wäre es mir ein Bedürfnis, Ihnen einige Dinge zu erläutern, die Sie hoffentlich dazu bewegen, Ihre Veröffentlichung entweder gründlich zu überarbeiten und eine, wie es ja durchaus üblich ist, korrigierte und ergänzte Neuausgabe vorzunehmen, oder zumindest eine Nachschrift folgen lassen, in der Sie endlich Ross und Reiter in dieser Angelegenheit benennen und nicht alles auf so unbefriedigende Weise im Vagen und Halbrichtigen belassen.

Ich muss annehmen, dass Sie des Französischen mächtig sind, sieht man doch in nicht wenigen Passagen Ihres Werkes Originalquellen durchschimmern, wenn auch teilweise durch die bereits monierte Rückübersetzung ins Französische derart verhunzt und entstellt, dass Kenner der Quellen wie ich sich manchmal nur verblüfft die Augen reiben können, bis sie sich das vermutlich ursprünglich Gemeinte und Zitierte zusammengereimt haben.

Ich lade Sie daher ein, wenn es Ihre Lebensumstände gestatten und Sie einmal nach Südfrankreich kommen sollten, in meinem Haus Station zu machen und aus berufenerem Munde als bisher zu erfahren, welchen Machenschaften Personen zum Opfer gefallen sind, die zu meiner Familie zu zählen ich die Ehre habe.

*Mit hochachtungsvollen Grüßen
Charles Balzac*

Briefe wie dieser erreichen mich nicht so häufig. Der Tonfall provozierte mich. Der Roman, auf den der Mann Bezug nahm, war mein Erstling gewesen. Natürlich stand es jedem frei, darin Schwächen zu entdecken. Aber die Geschichte über Gabrielle d'Estrées und Heinrich IV., ihre tragische Liebesbeziehung und das damit zusammenhängende mysteriöse Louvre-Porträt von zwei Damen in einer Badewanne, hatte viele Leser gefunden. Nicht wenige hatten mir geschrieben, um mir ihre Ansichten oder Theorien über das oft als skandalös empfundene Gemälde mitzuteilen. Sogar die etwas abwegigen Lesarten fand ich fast immer interessant und hatte alternative Deutungsversuche nie als Kritik empfunden. Im Gegenteil. Solange es mir gelungen war, meine Faszination und Begeisterung für das rätselhafte und letztlich wohl unergründliche Gemälde weiterzugeben, hatte der Roman, trotz aller Erstlingsmängel, sein Ziel erreicht.

Dieser Brief jedoch fiel aus dem Rahmen. Ich will keine nationalen Klischees bedienen, aber bei aller Liebe zu Land und Sprache – der Ton war mir einfach ein wenig zu *französisch*, blasiert, von oben herab, belehrend. Selbst wenn dieser Herr Balzac mit einer der historischen Persönlichkeiten verwandt sein sollte, über die ich einmal geschrieben hatte, so war die Aufforderung, meinen Roman unter seiner Ägide gefälligst umzuschreiben, ein ziemlich starkes Stück. Weder folgte ich also seiner Einladung, noch beantwortete ich den Brief. Er lag ein paar Wochen auf meinem Schreibtisch herum, und als ich das Gefühl hatte, dass die angemessene Frist für eine Antwort ohnehin verstrichen war, heftete ich ihn ab. Ich vergaß ihn einfach und hätte ihn bestimmt nicht wieder ausgegraben, wenn Moran nicht gewesen wäre.

Sie rief neuerdings häufiger als sonst an, denn sie war besorgt über meinen Zustand. Als meiner Literaturagentin war ihr meine persönliche Krise natürlich nicht verborgen geblieben. Mein letztes Buch hatte ich mit ihrer Hilfe gerade noch termingerecht mitten im Scheidungssturm zu Papier gebracht und mich danach sofort verkrochen. Sie hatte mit Engelszungen für mich plädiert, alle Lesungsanfragen abgeblockt, dem Verlag erklärt, dass ich diese kleine Auszeit nun unbedingt haben musste, Buchmesse hin oder her. Der neue Roman sei stark genug, er werde diesmal sicher auch ohne meine tatkräftige Mithilfe ein Erfolg werden, was sich glücklicherweise sogar bewahrheitete. Der Titel übertraf die Erwartungen und sogar die Verkaufszahlen der beiden vorhergehenden, ohne dass ich monatelang durchs Land fahren und daraus vorlesen musste. Moran wusste allerdings auch, wie es um meine Finanzen stand, und meldete sich daher immer öfter, um sich nach dem nächsten Projekt zu erkundigen. Doch ich hatte keines. Und ich hatte keine Ahnung, wie ich jemals wieder eines finden sollte. Meine Stimmung war auf dem Nullpunkt. Ich war wie betäubt. War dies die befürchtete Midlife-Crisis? Scheidung? Bettgeschichten? Wieder raus in die Clubs? Alles von vorne? Wozu?

»Das ist ganz normal«, beruhigte sie mich. »Das geht vorüber.«

»Ich habe nichts mehr. Ich bin auserzählt. Und angezählt.«

»Unsinn«, widersprach sie. »Lass uns das mal in aller Ruhe besprechen.«

Sie kam bald darauf vorbei. Ich holte mein Ideenheft, aber uns war beiden schnell klar, dass die darin befindlichen Skizzen zwar teilweise ganz originell, aber kaum lebensfähig waren.

»Ich habe einfach keine brennende Frage mehr an die Welt«, erklärte ich. »Alles ödet mich an.«

»Das kann ich mir nicht vorstellen.«

»Doch! Ich glaube, es ist vorbei. Zu Ende. Wie viele Romane trägt ein Mensch in sich?«

»Weißt du, wie oft ich das höre?«, sagte sie streng.

»Vielleicht sollte ich lieber umsatteln. Kannst du mir nicht ein paar Übersetzungsjobs besorgen?«

Sie musterte mich bekümmert, nickte, versprach, sich umzuhören, und klappte mein Skizzenbuch zu. Dann erhob sie sich, ging an mein Bücherregal, sammelte einige Exemplare ein und breitete sie vor mir auf dem Tisch aus. Mein Gesamtwerk starrte mich plötzlich an. Der Anblick sollte mich vielleicht aufmuntern, aber das Gegenteil war der Fall.

»Das ist doch alles tot, Moran. Es ist aus, vorüber, vorbei.«

Sie legte ihre Hand auf meinen Unterarm.

»Jetzt hör mir mal zu. Weißt du noch, was du mir damals gesagt hast, als ich dich gefragt habe, wie du dein erstes Buch geschrieben hast?«

»Keine Ahnung.«

Sie nahm den Roman mit dem Louvre-Porträt auf dem Umschlag in die Hand. »Wirklich? Du weißt nicht mehr, wie er entstanden ist?«

»Ich habe jahrelang herumprobiert«, sagte ich ratlos. »Ich hatte ja keine Ahnung, wie man einen Roman schreibt. Also habe ich es mit allen möglichen Textsorten versucht, mit Briefen, Verhören, auktorialem Erzählen ...«

»Nein«, unterbrach sie mich. »Das meine ich nicht. Das

ist Technik. Es war dein erster. Du hast gelernt. Und weil postmodernes Erzählen Mode war, bist du mit dieser Montage-Technik damals sogar durchgekommen. Aber das meine ich nicht. Und ich meine auch nicht den Stoff, das Gemälde. Da hast du einfach Glück gehabt, dass vorher noch niemand auf die Idee gekommen war, sich dieses Wahnsinnsgemälde mal genauer anzuschauen und die Hintergründe zu recherchieren. Technik braucht man immer. Und Glück bei der Stoffsuche hilft. Aber das Wesentliche fehlt.«

Ich hatte nicht den Schimmer einer Ahnung, worauf sie hinauswollte.

»Du weißt es wirklich nicht mehr?«

»Nein. Sorry. Fehlanzeige.«

»Du hast damals gesagt: Wenn dich jemand fragen würde, wie man schreiben lernt, dann würdest du Folgendes empfehlen: Wähle die zehn Werke aus, die du über alles liebst, die dich wirklich umgehauen, die dein Leben verändert haben. Lies sie alle noch einmal, bis du verstanden hast, warum. Dann leg sie weg und mach es besser. Das erste Buch ist in Wirklichkeit immer das elfte.«

»Da hast du's«, gab ich zurück. »Nicht einmal daran kann ich mich erinnern. Und zehn Werke, die mein Leben verändert haben! Du liebe Zeit. Im Moment wüsste ich kein einziges.«

Moran deutete auf den Tisch. »Sie liegen vor deiner Nase.«

Ich schaute sie nur an und schüttelte unwillig den Kopf.

»Du musst es einfach so betrachten«, fuhr sie unbeirrt fort. »Damals hast du von anderen gelernt, hast deine Lehrer gefunden, deine Meister. Du hast dein Erzähluniversum gebaut und deine *maniera* gesucht. Nur deshalb kam dieser erste Stoff überhaupt zu dir. Da bin ich mir ganz sicher. Das Gemälde wäre dir sonst gar nicht aufgefallen.

Dann kam die Technik, die Schule, und schließlich der Abschluss, der erste Roman. So geht das immer. Die meisten bleiben dann dabei und schreiben einfach immer wieder mehr oder weniger das Gleiche. Für mich ist das übrigens das Allerbeste, denn so habe ich in relativ kurzen Abständen immer neue Titel oder sogar eine Serie, die ich verkaufen kann, ohne viel erklären zu müssen. Immer das Gleiche, nur ein wenig anders. Das wollen alle haben. Vielleicht bist du jetzt aber an einem Punkt, wo das bei dir nicht mehr funktioniert. Gut. Dann geh den nächsten Schritt. Ich helfe dir. Hier vor dir liegen lauter elfte Bücher. Geh aufs Ganze. Versuche ein zwölftes Buch. Wenn du dich traust.«

Noch Stunden, nachdem Moran gegangen war, saß ich da, brütete über ihrem letzten Satz und blätterte in meinen alten Romanen. Was mir dabei vor allem in den Sinn kam, war ein Ausspruch Kleists: *Die Hölle gab mir meine halben Talente, der Himmel schenkt dem Menschen ein ganzes, oder gar keins*. Ich entdeckte vor allem Mängel, Formulierungen, die ich heute ändern würde, Beschreibungen, die mir ungenau erschienen, und dergleichen mehr. Morans Vorschlag mochte noch so schön klingen. Aber bei mir selbst in die Schule zu gehen, erschien mir unvorstellbar.

Einige Tage später fiel mir beim Blättern in meinem Erstling auf, dass er nicht einmal einen Schluss hatte. Und nicht nur das. Wie Moran bemerkt hatte, war der Roman wirklich ein Kind seiner Zeit, aus unterschiedlichsten Elementen zusammenmontiert und ohne eine erkennbare kompositorische Struktur oder Form. Er entwarf eine Art Kaleidoskop. Nachsichtig formuliert, könnte man sagen: Es war eine romanhafte, kunsthistorische Spurensuche. Genauso gut konnte man aber auch von einem ziemlichen Durcheinander sprechen, das von einer konstruierten

Rahmenhandlung in der Gegenwart mehr schlecht als recht zusammengehalten wurde. Am Ausgang bekam man dann auch noch sein Eintrittsgeld zurück und die Entschuldigung des Erzählers, dass es ihm leider nicht gelungen war, die Sache aufzulösen und zu einem ordentlichen Ende zu bringen. Mit einer Mischung aus nostalgischem Staunen und dramaturgischer Bestürzung las ich die letzten Sätze:

> Bisweilen, wenn ich ihr Bild erblicke und mir seine Geschichte vergegenwärtige, bilde ich mir für einen kurzen Augenblick ein, in die Welt *hinter* dem Gemälde gelangt zu sein, in jenes Atelier in La Rochelle, wo Vignac nach seiner Flucht aus Paris einen bildhaften Abschluss seiner Erlebnisse gesucht hat, jenen jämmerlichen Schuppen, worin sich der Gestank rußender Kerzen mit dem scharfen Geruch von Firnis vermischt, in einer lautlosen Nacht des Jahres 1600. Ja, manchmal glaube ich fast, das Gesicht des Malers vor mir zu sehen, die Stellen auf dem Holz zu spüren, wo sein angestrengter, fragender, suchender Blick geruht haben mag. Und wenn dieser Eindruck längst verschwunden ist, klingt noch lange das leise, sanft kratzende Geräusch eines Pinsels in mir nach, der behutsam die letzten Striche an den Gestalten ausführt, um das Geheimnis ihrer Geschichte für immer zu verschließen und in den Zauber ihrer Form zu lösen.

Warum sollte das Bild in La Rochelle entstanden sein?, dachte ich. Und wieso ausgerechnet in jenem Jahr? Natürlich hatte ich mir etwas ausdenken müssen. Aber wenn ich schon etwas erfand, warum dann so willkürlich? Und genügte es dem Leser zu erfahren, was der Erzähler sich *einbildete*? Hätte er das Geheimnis der Geschichte nach fast fünfhundert Seiten nicht besser gelüftet, anstatt es im Zauber irgendeiner Form aufzulösen? Natürlich gab es keine überzeugende »Lösung« für das Gemälde. Das machte schließlich einen Teil der Faszination aus, die von ihm ausging, selbst für Betrachter, die keine Ahnung von den historischen Hintergründen hatten. Aber wäre es nicht meine Aufgabe gewesen, aus dem Material einen befriedigenden, dramatischen Schluss zu inszenieren, anstatt die Flinte mit einer zugegeben schönen Formulierung ins Korn zu werfen?

Diesem Erzähler, der ich unleugbar einmal gewesen war, traute ich jetzt ehrlich gesagt nicht mehr so recht über den Weg. Der Schluss legte nahe, dass er sich offenbar noch nicht entschieden hatte, ob er Dramatiker oder Kunsthistoriker sein wollte. Gleichzeitig wurde mir klar, was Moran gemeint hatte, als sie ihr »wenn du dich traust« hinzugefügt hatte. Sich seinen eigenen Schöpfungen zu stellen, war äußerst heikel. Wenn Kinder missrieten, trug man höchstens eine Mitverantwortung, da sie schließlich autonome Wesen mit einem eigenen freien Willen waren. Für Sätze, die man einmal geschrieben hatte, gab es keine mildernden Umstände. Sie klebten für immer an einem, selbst wenn man inzwischen längst jemand anderes geworden war. Scripta manent.

In den darauffolgenden Wochen gab es einen Gerichtstermin und zuvor eine langwierige Auseinandersetzung beim Notar. Meine Stimmung sank auf einen neuen Tiefststand. Ich hielt es kaum in meinem neuen Eineinhalb-Zimmer-Zuhause aus, hatte noch immer nicht alle Kisten ausgepackt und wusste nicht, wie ich meiner neuen Situation eine Struktur geben sollte. Zur Arbeit an zwei Übersetzungen, die mir Moran glücklicherweise vermittelte, ging ich in die Staatsbibliothek. Auf dem Heimweg kaufte ich ein paar Sachen zum Essen ein, kochte mir aber selten etwas und nur dann, wenn ich absolut niemanden für einen Besuch beim Griechen oder Italiener finden konnte oder bei Freunden eingeladen war. Ich ging wie zuvor ins Kino, zu Lesungen, in Konzerte oder in die Oper, später dann manchmal noch in Clubs. Wenn ich nach Hause kam, fühlte ich mich in der leeren Wohnung nicht unbedingt unwohl oder einsam, aber es lag ein Phantomschmerz über meinem gesamten Leben.

Die Straße, wo mein Familienleben stattgefunden hatte, mied ich. Die Wohnung war längst an fremde Menschen vermietet. Die Streitereien vermisste ich natürlich nicht, auch nicht das Gefühl der Ausweglosigkeit, das am Ende alles andere dominiert hatte, gemischt mit der bitteren Erkenntnis, dass einfach nichts mehr da war als unerfüllbare Erwartungen. Doch was ich dagegen eingetauscht hatte, fühlte sich nicht besser an, und es konnte passieren, dass ich plötzlich das Kinderzimmer meiner Tochter vor Augen hatte und einfach losheulte. Der Autor meines Lebens war mir nicht weniger fremd geworden wie der meiner Romane. Und für mein Leben gab es nicht einmal eine Agentin, die ich um Rat fragen konnte. Vermutlich stand ich deshalb irgendwann im Keller vor dem Regal mit meinen Archivboxen.

2. KAPITEL

Ich lade Sie daher ein, wenn es Ihre Lebensumstände gestatten und Sie einmal nach Südfrankreich kommen sollten, in meinem Haus Station zu machen und aus berufenerem Munde als bisher zu erfahren, welchen Machenschaften Personen zum Opfer gefallen sind, die zu meiner Familie zu zählen ich die Ehre habe.

Ich löste den Umschlag ab, den ich an dem Brief festgeklammert hatte, nahm dann aber beides mit nach oben.

Saint-Maur war kein Ort, sondern eine Domäne, etwa eine Autostunde von Toulouse entfernt. Genauere Informationen darüber waren nicht zu finden, und es blieb daher nur, auf gut Glück an die Retour-Adresse zu schreiben. Es sollten nur ein paar Zeilen sein, ich brauchte dann aber doch mehrere Stunden, bis ich das Gefühl hatte, die passende diplomatische Formulierung gefunden zu haben. Ich bat um Nachsicht für meine äußerst späte Antwort, für die ich erst gar keine Entschuldigung anbot. Irgendein Versehen oder die unzuverlässige Post vorzuschieben, erschien mir würdelos.

Warum hatte ich dem Mann nie geantwortet? Womöglich hatte mich die merkwürdige Begegnung mit einer Leserin vorsichtig gemacht, die mir eine Sammlung von Briefen aus dem Dreißigjährigen Krieg angeboten hatte, angeblich großartige Originalquellen für einen historischen Roman. Sie hatte es verstanden, das in Aussicht gestellte Material so interessant erscheinen zu lassen, dass ich der Versuchung nicht widerstehen konnte, wenigstens einmal einen Blick darauf zu werfen. Ich fuhr nach Kassel. Eine ältere Frau in Jagdmontur erwartete mich auf dem Bahnsteig und fuhr mich in ihrem Jeep zu einem abgelegenen Gehöft. An drei großen Wachhunden vorbei gelangte ich ins Haus, wurde in ein geräumiges Wohnzimmer geführt, bekam ein Getränk angeboten und sogleich einen Vertrag vorgelegt, den ich zuvor unterzeichnen sollte. Ich würde ja gewiss viel Geld mit diesem Roman verdienen, und da sei es nur recht und billig, dass wir gleich zu Beginn festsetzten, welcher Anteil am Kuchen wem zustünde. Ich wies freundlich darauf hin, dass es noch gar keinen Roman gab und vielleicht auch niemals geben würde, und dass Romanschreiberei eher ein kostspieliges Hobby denn eine wirtschaftliche Unternehmung war. Aber ich begriff bald, dass es wenig Sinn hatte, auf dieser Ebene zu argumentieren.

»Ich würde ja gern unterschreiben«, lenkte ich ein. »Ich darf es aber leider nicht.«

»Warum nicht?«, kam die Rückfrage in einem irritierten Tonfall wie aus der Pistole geschossen.

»Weil allein meine Agentin befugt ist, Verträge für mich zu schließen. Ich nehme diese Vereinbarung aber gerne an mich, lasse alles von ihr prüfen und unterschreiben, und beim nächsten Mal machen wir uns dann an die Arbeit.«

Ich musste an die schreckliche Geschichte von Stephen King denken, in der ein Autor von einer Leserin gefangen gehalten und gefoltert wird, um nach ihrem Willen zu schreiben. Glücklicherweise entging ich diesem Schicksal. Nach einigem Hin und Her wurde ich samt sorgfältig in einem Umschlag verwahrten Vertrag an den Höllenhunden vorbei wieder nach Kassel zum Bahnhof gebracht und mit der Ermahnung verabschiedet, bald zurückzukehren, um die Arbeit an unserem Erfolgsroman zu beginnen. Noch nie habe ich so sehnsüchtig das Anfahren eines Zuges erwartet.

Hatte ich auch deshalb Herrn Balzac nicht geantwortet?

Ich schickte meinen Brief ab. Zehn Tage später erhielt ich folgende E-Mail:

Monsieur,
Ich danke Ihnen für Ihr freundliches Schreiben vom 17. August. Leider muss ich Ihnen mitteilen, dass der Adressat Ihres Briefes im März dieses Jahres verstorben ist. Wir sind gegenwärtig mit der Auflösung seines Nachlasses beschäftigt. Ich habe mir erlaubt, im Archiv meines verstorbenen Onkels die Kopie des Briefes herauszusuchen, den er Ihnen vor einigen Jahren geschickt hat. Aus der Lektüre schließe ich, dass die Angelegenheit für die Nachlassabwicklung nicht relevant ist. Falls doch, dann würde ich Sie bitten, mit unserem Nachlassverwalter in Carcassonne, Maître Lemoy, Kontakt aufzunehmen, der Ihnen auch die Termine für die nächsten Versteigerungen nennen kann.
In der Hoffnung, Ihnen hiermit behilflich gewesen zu sein, verbleibe ich, hochachtungsvoll
Camille Balzac d'Entragues

Dieser Name! Schon aus den wenigen Zeilen wehte mich etwas an, das mit weit zurückliegenden Erfahrungen und Erinnerungen an eine obsessive Suche verknüpft war. *Carcassonne! Maître Lemoy!* Dazu die Adresse. *Manoir Saint-Maur.*

Aber vor allem der Familienname: *Entragues*. Ich hätte Balzacs Brief sicher nicht unbeantwortet gelassen, wenn er damals mit seinem vollen Namen unterzeichnet hätte.

Undenkbar, dass ich nicht reagiert hätte. Doch ich hatte die Verbindung einfach nicht gesehen.

Und die Kopie des Briefes ihres Onkels an mich existierte noch! Wer machte sich heutzutage noch Kopien von handgeschriebenen Briefen? Ja, wer schrieb überhaupt noch welche?

Ich rief im Büro des Notars an, erfuhr jedoch nicht viel mehr, als was ich schon wusste. Charles Balzac war nach längerer Krankheit an den Spätfolgen eines Autounfalls gestorben, und die Familie hatte entschieden, das Anwesen zu veräußern. Möbel, Hausrat, Fahrzeuge und dergleichen waren bereits weitgehend verkauft. Der restliche Nachlass bestand im Wesentlichen aus einer Bibliothek, die demnächst versteigert würde. Auch das Haus sei bereits unter Vertrag. Bis zur Übergabe Ende Oktober musste es geräumt sein.

Ich ließ mich vorsorglich auf den E-Mail-Verteiler setzen, um die nächsten Auktionstermine mitgeteilt zu bekommen. Dann saß ich lange da, las immer wieder Balzacs Brief, dann die E-Mail seiner Nichte und spürte fast den provozierenden Blick der beiden nackten Damen in der Wanne vor mir auf dem Schutzumschlag meines Romans. Es war und blieb das merkwürdigste, faszinierendste Gemälde, das ich kannte. Was immer der anonyme Maler mit dieser Komposition erreichen wollte: Die Wirkung war auch nach über vierhundert Jahren ungebrochen. Rechts Gabrielle d'Estrées, Herzogin von Beaufort, um ein Haar Königin von Frankreich und vermutlich von den Medici vergiftet. Links Henriette d'Entragues, Marquise von Verneuil, Gabrielles Nachfolgerin im königlichen Bett, doch nach einer Fehlgeburt ohne Chance auf den Thron.

Und eine Nachfahrin dieser Henriette d'Entragues hatte mir heute eine E-Mail geschrieben!

3. KAPITEL

Mitte September flog ich nach Toulouse. Ich erzählte niemandem, wohin ich eigentlich fuhr. Auch Moran weihte ich nicht ein. Ich verfolgte keinen Plan. Noch immer kam es vor, dass meine Kehle jäh für Minuten wie zugeschnürt war. In der Abflughalle am Berliner Flughafen gab es so einen Moment. Ich fühlte mich wie auf dem Weg zu meiner Hinrichtung. Nein. Ich sehnte sie herbei. Wäre es nicht das Beste, wenn dieses Flugzeug abstürzen würde? Was sollte jetzt noch kommen? Außer Wiederholungen? Woher diese dunklen Gedanken, diese schwarze Melancholie beim Betreten der Maschine?

Über den Wolken verflog sie ein wenig. Ich las noch einmal Balzacs Brief. Dass die Übersetzung ins Französische keine Glanzleistung gewesen war, wusste ich selbst. Bei der Durchsicht des Manuskriptes, das der französische Verlag mir damals auf wiederholte Nachfrage widerwillig zugesandt hatte, waren schon mir als Nicht-Muttersprachler derart viele Fehler aufgefallen, dass ich den Entwurf mit dringender Bitte um gründliche Überarbeitung zurückschickte. Leider waren die zwei darauffolgenden Fassungen nicht viel besser, und Balzac hatte sicher recht mit seiner Vermutung, dass kein einzelner, sondern eine ganze Schar von Zuarbeitern – vermutlich Studenten – sich an meinem Roman versucht hatten und keineswegs nur der renommierte Übersetzer, der dafür verantwortlich zeichnete. Wie war sonst zu erklären, dass aus einem deutschen Schlossherrn im Französischen ein Meisterschlosser geworden war und aus dreißig Jahren Religionskrieg der Dreißigjährige Krieg, in dem Gabrielle d'Estrées und

Heinrich IV., 1599 beziehungsweise 1610 gestorben, schwerlich eine Rolle gespielt haben konnten. Die Liste französischer Originalzitate, die ich dem Verlag zur Verfügung gestellt hatte, war offenbar niemals in die Nähe des Übersetzers und seines Zuarbeiter-Kollektivs gelangt. Aus Heinrichs berühmter Wehklage über den jähen Verlust Gabrielles, die Wurzel seines Herzens sei tot und werde nicht mehr treiben, war in der französischen Rückübersetzung eine Wurzel geworden, *aus der keine Zweige mehr sprießen würden*. Bekannte französische Zitate waren derart entstellt, als stieße man in einem aus dem Französischen ins Deutsche übersetzten Roman auf ein Faust-Zitat, das da lautete: »Das ist des Hundes Mitte«, oder: »Blut ist ein ganz besonderes Getränk.« Ich war damals sogar extra nach Paris gefahren, um die Veröffentlichung erst einmal zu stoppen, und hatte hierfür dem Verlag eine Sammlung der schlimmsten übersetzerischen Stilblüten unterbreitet: Ein Oberlicht etwa, das zu einem im Französischen inexistenten *lumière supérieure* geworden war, eine Segeltuchtasche, die als *sac en drap de voile* nach Frankreich unterwegs war und dort wohl schulterzuckend als deutsches Kuriosum wahrgenommen würde, ganz zu schweigen von einem Kehler Manuskript, das es als *manuscrit Kehler* ins Französische geschafft hatte und gewiss eine vergebliche Suche nach einem Herrn Kehler in Gang setzen würde, dessen man selbst in Kehl nicht würde habhaft werden können.

Im Rückblick hatte ich die Kontaktaufnahme zu diesem Herrn Balzac wohl auch deswegen gemieden. Ich wollte mich nicht für einen Text rechtfertigen müssen, den ich – recht besehen – ja gar nicht geschrieben hatte. Übersetzungen sind wie Kinder, die man zur Adoption freigegeben hat und deren Schicksal man nur mit Sorge und Kummer aus der Ferne verfolgen, aber kaum beeinflussen kann.

Dieses Kind war in Frankreich so gründlich missraten, dass ich wenig Neigung verspürt hatte, dort als der biologische Vater in Erscheinung zu treten, umso weniger, als das Kind ja durch und durch französischen Ursprungs war und wenig Deutsches vorzuweisen hatte. Schon die Empfängnis, wenn man die Analogie fortführen will, hatte in Paris stattgefunden, an einem Sonntagnachmittag im Louvre, als ich das Gemälde zum ersten Mal gesehen hatte: zwei Damen in einer Badewanne, von denen eine die Brustwarze der anderen zwischen spitzen Fingern hält, als prüfe sie, ob der Milcheinschuss schon stattgefunden hat. Über Jahre hatte ich versucht herauszufinden, was es mit diesem seltsamen Motiv auf sich hatte. Die historischen Hintergründe des Gemäldes von Deutschland aus zu recherchieren, erwies sich bald als unmöglich. Die wichtigsten Quellen lagen in Frankreich, dreifach unerreichbar durch die geografische Entfernung, ein kompliziertes und langwieriges Fernleihesystem, und mein damals noch kümmerliches Schulfranzösisch. Es blieb nichts anderes übrig, als nach Paris zu ziehen, Französisch zu lernen und die Quellen vor Ort zu studieren. Ein ziemlich verrücktes Vorhaben, das sowohl meine studentischen Hungerjahre noch eine Weile verlängerte als auch mein Leben für längere Zeit in frankofone Bahnen lenkte, was hier jetzt zu weit führen würde. Ich möchte im Grunde nur andeuten, mit welch gemischten Gefühlen ich nach Toulouse unterwegs war. Ich hatte diesem Bild fast sieben Lebensjahre gewidmet. Es hatte mich niemand gezwungen, jahraus, jahrein Archive zu durchforsten und Museen und Galerien nach einer Erklärung für ein ikonografisches Rätsel zu durchstreifen. Weit von einem Teufelspakt entfernt, war ich dennoch wie besessen davon gewesen, verhext, bis ich durch einen Zufallsfund in Brieffragmenten aus dem Medici-Archiv von Florenz einer möglichen Lösung des Rätsels ziemlich nahekam. Auf einmal ergab das alles einen nachvollziehbaren Sinn – und wenn ich auch gezwungen war, in Ermangelung von Lebenszeugnissen des anonymen Malers die Entstehungsgeschichte des Gemäldes an einer fiktiven Künstlerbiografie aufzuhängen, so war doch die Wahrscheinlichkeit, dass sich alles so oder ähnlich zugetragen hatte wie von mir erfunden, nicht geringer als alles andere, was zuvor darüber geschrieben worden war.

Monsieur Balzac hatte das anders gesehen, klar und deutlich von Fehlern gesprochen, von falschen Schlüssen und notwendigen Korrekturen. Sein Wissen über die Familiengeschichte hatte er wohl mit ins Grab genommen. Aber vielleicht gab es in seiner Bibliothek noch Quellen, die ich nicht kannte oder übersehen hatte?

Ich fuhr für eine Woche. Eine Unterkunft hatte ich noch nicht, aber es gab um diese Jahreszeit so viele Angebote, dass ich beschlossen hatte, lieber spontan vor Ort etwas zu suchen, als Fotos im Internet zu vertrauen.

Die anderthalb Stunden vom Flughafen nach Saint-Maur vergingen wie im Flug. Und kaum war ich eine halbe Stunde unterwegs, stellte sich eine merkwürdige Veränderung ein. Es war, als ob etwas von mir abfiele, aber es war kein Urlaubsgefühl, wie ich es kannte. Etwas anderes, Unbekanntes ergriff von mir Besitz. Die Landschaft war unfassbar schön, rollte in alle vier Himmelsrichtungen in sanften Wogen auf den Horizont zu, sinnlich wie ein weiblicher Körper, *la terre* in all ihrer Pracht. Wie so oft, wenn mich etwas wirklich berührte, verband sich sofort ein Leseerlebnis damit. Vielleicht hatte meine Ex-Frau sogar recht mit ihrem Vorwurf, dass ich außerhalb von meinen »verdammten Büchern« zu gar keinen Emotionen fähig war. Und möglicherweise betraf dies nicht nur *meine* Bücher, sondern einfach alle? Geschichten. Sprache. Gab es denn überhaupt Gefühle ohne Worte?

Du haut des côtes, descendre et s'enfoncer dans le creux des paysages..., hörte ich eine Stimme in mir. *Von Hügeln herunterfahren in die Ebenen hinein, wie auf Flügeln die Landschaft abseits der Straße erkunden, die sich, wenn man näher kommt, ausweitet und in Blüte steht, im Nu ein Dorf durchqueren und mit einem Blick einfangen.*[1] Als wäre ich wieder sechzehn und erlebte zum ersten Mal das unbeschreibliche Glücksgefühl einer Fahrradfahrt im Sommer. Oder säße als sechsundzwanzigjähriger Literaturstudent wieder in der romanistischen Bibliothek, völlig versunken in Alain-Fourniers Roman, gleich seiner Hauptfigur im Bann des »Großen Meaulnes«. Monatelang hatte mir dieses Buch das Gefühl gegeben, unheilbar krank und zugleich rekonvaleszent zu sein. So war es eben mit mir. Sogar das Paradies meiner frühen Jugend hatte ich in einem Roman verloren. Natürlich war das lange zuvor *geschehen;* aber erst durch dieses Buch war es wahr geworden.

---

[1] Henri Alain-Fournier: Der grosse Meaulnes, Übersetzung aus dem Französischen von Christiane Landgrebe, Thiele Verlag 2015

4. KAPITEL

Als ich das Anwesen auf immer enger werdenden Straßen schließlich erreichte, stand die Nachmittagssonne schräg am Himmel. Mein erster Gedanke war, was für ein Privileg es sein musste, an einem solchen Ort zu sterben. Ganz davon zu schweigen, dort gelebt haben zu dürfen. Das Haus, oder vielleicht sollte man besser sagen, das Schlösschen, erwies sich als ein dreistöckiges Schmuckstück mit zwei Flügeln. Es lag in einem kleinen Park, der nichts Barockes im Stil von Le Nôtre hatte, sondern eher das geheimnisvoll Verwinkelte eines Watteau. Das Gebäude thronte auf einer kleinen Anhöhe. Ein stellenweise von Moos bewachsenes Schieferdach schimmerte in der Sonne. Die Fassade war schlicht und enthielt drei Fensterreihen, die mittlere doppelt so hoch wie die beiden anderen, alles in hellbeigem Sandstein gehalten. Zwei Umzugswagen standen auf dem Parkplatz, außerdem mehrere Pkw unterschiedlicher Marke, alle aus dem gehobenen Segment. Ich lenkte meinen gemieteten Peugeot auf die gegenüberliegende Seite des Vorplatzes, parkte in ausreichender Entfernung von der Freitreppe und stieg aus. Ich ging ein paar Schritte auf dem hellgrauen Kies und hielt nach Möbelpackern oder Bewohnern Ausschau. Aber es war niemand zu sehen.

Ein zweiflügeliges Holztor unterhalb der Freitreppe war verschlossen. Ebenso die beiden Fenster links und rechts davon. Ich vermutete, dass sich dahinter Stallungen oder Abstellräume für Kutschen befanden. Die Freitreppe führte beidseitig auf eine Empore vor ein zweiflügeliges Portal. Ich wartete einen Augenblick, ob irgendjemand von irgendwoher zum Vorschein kommen und es mir abnehmen würde, dort hinaufzusteigen und ungefragt anzuklopfen. Aber nichts rührte sich. Es war völlig still. Kein Vogel sang. Keine Katze schlich heran, um mich misstrauisch aus der Entfernung zu beobachten, kein Hund kam um die Ecke geschossen, um einen fremden Eindringling auf seinem Territorium zu stellen. Meine Schuhe knirschten bei jedem Schritt auf dem Kies. Es war das einzige Geräusch weit und breit. Doch als ich die ersten Stufen der Treppe erklommen hatte, vernahm ich ein Geräusch, das durch die vorherige Stille umso unerwarteter war: Ein Geigenton war plötzlich zu hören, irgendwo tief drinnen im Haus. Ich blieb unwillkürlich stehen. Die Melodie erklang ein paar Takte lang, brach ab, begann von Neuem, erreichte nicht die gleiche Stelle wie zuvor, setzte wieder an, energischer, wie mit größerer Entschlossenheit, gelangte über die zuvor erreichte Stelle hinaus, aber nicht sehr weit, bis sie wieder abbrach. Dann wieder Stille.

Ich zögerte und gab mir schließlich einen Ruck, denn ich konnte ja nicht ewig hier stehen bleiben. Ich würde anklopfen oder klingeln, mich vorstellen, einige Freundlichkeiten austauschen, mich erkundigen, wann ich kommen dürfte, um mein Anliegen vorzutragen, und mir dann in der Nähe eine Unterkunft suchen. So war jedenfalls der Plan.

Ich erreichte die Empore, hob eine der beiden von Grünspan überzogenen Löwentatzen aus Messing an, die auf jedem der beiden Flügel angebracht waren, und wollte sie schon gegen das Türholz schlagen lassen, als ich ein kurzes, helles Glockenspiel im Innern des Hauses vernahm, das die Berührung der Tatze ausgelöst hatte. Ich wartete. Nichts geschah. Ich ließ so viel Zeit verstreichen, wie mir höflich erschien, und hob dann die Hand, um die Löwentatze erneut zu betätigen. Auf einmal war die Geige wieder zu hören. Im gleichen Moment öffnete sich die Tür, und die Musik schwoll an. Ein Mann mit einer brennenden Zigarette im Mundwinkel und zu einem Pferdeschwanz gebundenen langen Haaren musterte mich mit gerunzelter Stirn.

»Encore?«, fragte er.

»Euh … encore quoi?«, erwiderte ich verdutzt. Was meinte der Mann mit seinem »schon wieder«?

Er blickte in Richtung Umzugswagen, dann wieder zu mir. Offenbar hielt er mich für einen Möbelpacker. Die Bewegung seines Kopfes und vor allem die seiner Augen war auf eine unmissverständliche Art verlangsamt, wahrscheinlich eine Wirkung dessen, was immer er da gerade rauchte.

»Entschuldigen Sie«, begann ich. »Ich komme gerade aus Deutschland. Ich hatte mit Ihrem Notar, Monsieur Lemoy, Kontakt.«

»Ah«, erwiderte er und musterte mich kurz, wobei ein langes Stück Asche von seiner Zigarette abfiel, »Sie stehen auf der Liste?«

Ich zuckte mit den Schultern, denn ich wusste von keiner Liste.

»Haben Sie einen Termin?«

»Nein«, gestand ich, »nur diese Adresse und dass ich persönlich vorstellig werden möge, sobald ich angekommen sei.« Ich holte mein Handy heraus, aber ich hatte kein Netz. Immerhin waren die alten E-Mails lesbar. Ich zeigte ihm die letzte Nachricht von Camille Balzac.

Er sah sich die Nachricht kurz an, zog an seiner Zigarette, drehte sich dann um, ließ die Tür offen stehen und rief: »Camille! Pour toi!«

Dann schlurfte er davon. Ich zögerte, folgte ihm dann, schloss die Tür hinter mir und ging ein paar Schritte in das Haus hinein bis zu einer Art Vorhalle, wo ich stehen blieb und mich umschaute. Der junge Mann hatte ein Stück weit entfernt haltgemacht und lauschte. Die Geige spielte noch immer.

»Camille!«, brüllte er erneut und ziemlich laut.

Die Geige verstummte.

»De la visite!«, rief er in nicht gerade freundlichem Ton. Im nächsten Augenblick war er verschwunden. Und dann geschah erst einmal nichts. Ich stand da, wartete, lauschte und inspizierte meine Umgebung. Das Erste, was mir auffiel, war das Licht, das sich durch eine verglaste Kuppel hoch über meinem Kopf in den Raum ergoss. Sie war ursprünglich sicher nicht vorgesehen gewesen, öffnete die vormals gewiss dunkle Halle dem Himmel und ließ ein fantastisches Bodenmosaik von einigen Metern Durchmesser unter meinen Füßen in allen Einzelheiten leuchten und glänzen. Ich versuchte erst gar nicht, mich in die Details zu vertiefen, denn man sah auf den ersten Blick, dass hier so viele Figuren, Szenen und Darstellungen ineinandergewirkt worden waren, dass man ohne eine systematische Betrachtung rein gar nichts sehen würde. An den Wänden gab es Gemälde zu bestaunen: Porträts, Jagdszenen, Stillleben und Landschaften. Zwischen den Bildern zeichneten sich helle Stellen auf der umlaufenden Holztäfelung ab, wo Gemälde oder Möbelstücke bereits entfernt worden waren. Der unverwechselbare Geruch des Joints hing noch in der Luft.

In die angrenzenden Räume hatte ich von hier aus wenig Einsicht. Ich hörte Wasser rauschen. Eine Tür schlug zu. Aber noch immer war niemand zu sehen. Ich steckte die Hände in die Taschen, stand unschlüssig da und wartete. Warum dauerte es so lange, bis sie die Halle betrat? Selbst bei gemächlichem Tempo, wie ich heute weiß, dauerte es keine Minute, um aus dem Musikzimmer über eine schmale Treppe in das Esszimmer und von dort in die Eingangshalle zu gelangen. War sie auf dem Weg abgelenkt worden? Hatte sie einen Umweg genommen, um ihren Bruder zu fragen, wer gekommen war? Oder gab es bereits vor unserer ersten Begegnung eine Art Störung, ein Innehalten des üblichen Zeitablaufs, innerhalb dessen sich unser fatales Zusammentreffen vorbereitet hatte?

Barfuß trat sie geräuschlos aus dem Halbdunkel des Mittelganges auf mich zu. Sie trug ein dunkelblaues, einfach geschnittenes, hoch um ihren Hals geschlossenes Kleid und darüber eine offene weiße Bluse. Ihre schwarzen Haare waren eng anliegend frisiert und in der Mitte gescheitelt, was ihr etwas Strenges verlieh. Eine feine, schmale Narbe über dem linken Auge – wie ein Apostroph auf der hohen Stirn – setzte in ihrem intensiven, aber nicht im landläufigen Sinne schönen Gesicht einen Akzent, der sofort mein Interesse weckte.

Ein Grundwiderspruch in ihrer äußeren Erscheinung schlug mich schon in diesen ersten Augenblicken in seinen Bann. Ihre starken Brauen, die ernsten, dunkelbraunen Augen, die schmale Nase und der nicht sehr sinnlich wirkende Mund ließen, einzeln betrachtet, auf einen kühl reservierten, nüchtern prüfenden Charakter schließen. Eine Frau in den Dreißigern, vermutlich verheiratet und vielleicht schon Mutter, in jedem Fall fest im Leben stehend, vertraut mit sich selbst und ihrer Umgebung, souverän, ein wenig abgeklärt oder ernüchtert über den Umstand, dass die meisten großen Verheißungen des Lebens Illusionen waren. Doch woher dann zugleich diese Aura des Mädchenhaften, dieser Anflug von Scheu und Unsicherheit in ihrem ansonsten festen Blick, der mich vom Moment unserer ersten Begegnung an faszinierte?

Und dann war da noch etwas, das Timbre ihrer Stimme.

»Monsieur?«, fragte sie sanft.

Ich nannte meinen Namen.

»Camille Balzac«, erwiderte sie und reichte mir ihre

Hand. »Ich wusste nicht genau, wann Sie kommen würden, und hatte heute nicht mehr damit gerechnet.«

Sicher lag es auch an der französischen Sprache, der weichen, klaren Melodie von Silben und Worten.

»Darf ich Ihnen zunächst noch einmal persönlich mein herzliches Beileid aussprechen.«

»Danke, Sie sind sehr freundlich.«

Sie musterte mich mit tastenden Blicken, zwischen einer natürlichen Neugier und der verständlichen Reserviertheit gegenüber einem Fremden lavierend, der sich plötzlich in ihrem Haus befand.

»Der Notar wird heute nicht mehr zurückkommen.« Sie lächelte entschuldigend. »Hatten Sie eine angenehme Anreise?«

Sie hob dabei leicht den Kopf, als wolle sie mich aus einem anderen Blickwinkel genauer ansehen. Eine kleine, wunde Stelle links unten an ihrem Kinn wurde sichtbar.

»Ja. Danke. Die Landschaft ist unvergleichlich schön. Ebenso wie Ihr Zuhause.«

»Wie lange werden Sie bleiben, wenn ich fragen darf?«

»Eine Woche«, antwortete ich.

»Es gibt viel zu sehen. Die Grotten von Niaux sind leicht zu erreichen. Und Carcassonne. Sind Sie gut untergebracht?«

»Noch nicht«, sagte ich. »Aber ich denke, ich werde leicht etwas finden. Vielleicht können Sie mir etwas empfehlen?«

»Gern. Sind Sie zu zweit? Und vielleicht mit Kindern?«

»Nein, ich reise allein.«

»Ich würde Ihnen ein Zimmer bei Alain in Galliac empfehlen«, schlug sie vor. »Das ist nur zehn Minuten von hier. Ich kann gerne nachfragen, wenn Sie einverstanden sind. Darf ich Ihnen in der Zwischenzeit vielleicht eine kleine Erfrischung anbieten?«

Wie sie sprach, war derart einnehmend, dass ich nur zustimmend nickte. Sie machte eine Handbewegung, dass ich ihr folgen solle, und ging in den nächsten Raum voran. Ich nahm auf einem von vier Sesseln Platz, die dort offenbar zur Abholung willkürlich im Raum verteilt herumstanden, und wartete einige Minuten. Es war wieder völlig still im Haus. Über meinem Kopf baumelte eine einzelne Glühbirne an einem Kabel, das um einen gewaltigen Haken geschwungen war, an dem früher sicher ein schwerer Kronleuchter befestigt gewesen war. Ich saß ein wenig befangen da, merkwürdig berührt von dieser museumsartigen Atmosphäre.

Camille Balzac erschien mit einer Karaffe Wasser, in der einige Zitronenscheiben schwammen, und zwei Gläsern. »Ich habe angerufen«, sagte sie. »Es ist so, wie ich dachte. Es gibt genügend freie Zimmer.«

»Danke.« Ich schaute mich um. »Das Haus sieht schon recht leer aus.«

»Ja. Wir sind seit Monaten mit der Auflösung beschäftigt, aber manchmal hat man das Gefühl, es wird nie enden.«

»Sie leben nicht hier?«

»Nein. Ich war hier immer nur zu Besuch. Die letzten Jahre nach dem Unfall meines Onkels habe ich allerdings viel Zeit hier verbracht. Er hatte keine Familie, und in einer abgelegenen Region eine gute Pflege zu organisieren, ist nicht ganz einfach.«

»Er hat ganz allein hier gelebt? In diesem riesigen Haus?«

»Ja. Aber was heißt allein. Früher kamen oft Freunde und Bekannte. Forschungskollegen. Es gab Personal. Er reiste viel, für seine Recherchen, für sein Archiv.«

»Er war Professor?«

»Nein. Aber er hielt bisweilen Vorträge. Jemand nannte

ihn mal Privatgelehrter, aber das gefiel ihm überhaupt nicht.«

»Ein homme de lettres?«

»Nein. Für Schriftsteller hatte er nicht sehr viel Respekt.«

Sie unterbrach sich und schaute kurz zu Boden. Dann schüttelte sie den Kopf und sagte: »Entschuldigen Sie bitte, das war sehr taktlos von mir. Sie sind schließlich ein Autor, nicht wahr?«

»Kein Problem«, beruhigte ich sie, »der Leserbrief Ihres Onkels war ja entwaffnend ehrlich.«

»Nehmen Sie es ihm nicht übel. Er war manchmal ein wenig impulsiv.«

Es war eine gute Gelegenheit, auf mein eigentliches Anliegen zu sprechen zu kommen.

»Sie sagten, der Notar werde morgen hier sein?«

»Ja. Er hat auch etwas für Sie.«

»Wissen Sie, worum es sich handelt?«, fragte ich neugierig.

»Ein paar Unterlagen, die im Zusammenhang mit seinem Brief von damals stehen. Maître Lemoy hat die Listen. Es wird sicher nicht viel Zeit in Anspruch nehmen, es zu finden.«

»Listen?«

Sie hob die Karaffe an, tauchte einen schmalen Silberlöffel hinein, um die Zitronenscheiben festzuhalten, und füllte unsere Gläser. Ich musterte ihr Profil. Die Druckstelle, welche die Geige an ihrem Kinn hinterlassen hatte, war wieder zu sehen. Sie bemerkte meinen Blick, und ich schaute rasch wieder auf mein Glas.

»Die Inventarlisten. Der Nachlass ist sehr umfangreich«, erklärte sie und beendete die etwas delikate Pause, die entstanden war. »Vieles davon hat er anderen Sammlern oder Kollegen vermacht, die er schätzte. Den Rest haben wir, soweit es uns möglich war, gesichtet und in Partien aufgeteilt, die versteigert werden. Er hat das selbst nicht mehr geschafft. Nach dem Unfall konnte er nicht mehr lange arbeiten. Seinen Nachlass zu verteilen, war danach seine Hauptbeschäftigung. Forschen konnte er ja nicht mehr. Die Verständigung war mühsam. Sein Geist produzierte nach wie vor unablässig Ideen. Aber er konnte das alles nicht mehr umsetzen oder ausführen. Er war wie ein sterbender Baum, der seine Sporen noch in alle Winde verstreuen möchte. Wenn Sie verstehen, was ich meine.«

Ich verstand vor allem, dass der Eindruck, den sie auf mich machte, auch etwas mit der Intensität ihrer Körperhaltung zu tun hatte. Bronzinos Porträt der Lucrezia Borgia war mir in den Sinn gekommen, und meine Gedanken waren kurzzeitig ganz woanders gewesen.

»Wenn Sie morgen gegen elf Uhr herkommen, wird Maître Lemoy sicher hier sein.«

Sie erhob sich plötzlich. Ich stand ebenfalls sofort auf.

»Vielen Dank für Ihre Zeit. Ich werde da sein. Und besten Dank auch für die Unterkunft.«

»Gern geschehen. Ich hoffe, es wird Ihnen gefallen. Ich begleite Sie zur Tür.«

Ich folgte ihr durch die Rotunde zum Ausgang. Wie zuvor ging sie vor mir her, aufrecht und mit einer natürlichen Grazie.

»Fahren Sie einfach die gleiche Strecke, die Sie gekommen sind«, erklärte sie mir an der geöffneten Tür. »Die Abzweigung nach Galliac ist ausgeschildert, Sie können sie kaum verfehlen. Au revoir, Monsieur.«

»Auf Wiedersehen«, wiederholte ich und hatte die Floskel schon lange nicht mehr so ernst gemeint.

5. KAPITEL

Galliac bestand lediglich aus ein paar ehemaligen Bauernhäusern und Kornspeichern, die zu einer Hotelanlage umgebaut worden waren und von April bis Anfang Oktober bewirtschaftet wurden. Die Saison war fast zu Ende. Der Swimmingpool war geleert und abgedeckt. Die Besitzer waren bereits nach Martinique verschwunden, wo sie die Wintermonate verbrachten und außerdem, wie einer Broschüre zu entnehmen war, ein weiteres Hotel besaßen. Alain, der Hotelmanager, bereitete die Anlage für die baldige Winterpause vor und wickelte nur noch die letzten Übernachtungen ab. Ein Ehepaar aus der italienischen Schweiz und zwei Männer aus den Niederlanden, allem Anschein nach ebenfalls ein Paar, waren neben mir die einzigen Gäste. Es gab keine Internetverbindung und auch keinen Handyempfang. Nach Sonnenuntergang wurde es empfindlich kalt und feucht. Man hörte das Gebälk knacken. Während ich mein Zimmer bezog, erklang draußen in unregelmäßigen Abständen der Ruf eines Käuzchens. Das geräumige Zimmer mit Balkon und Blick auf eine Wiese gefiel mir. Die Menü-Auswahl im Restaurant war klein, aber gut. Alternativen gab es im näheren Umkreis ohnehin nicht, es sei denn, man wollte eine halbe Stunde fahren, wozu ich absolut keine Lust hatte. Nach dem Essen war es stockdunkel draußen. Ich zog mich zurück und verbrachte den Abend mit der Lektüre von Informationsbroschüren über die Gegend, die ich an der Rezeption eingesammelt hatte.

Ich hatte gehofft, darin vielleicht auch Informationen über die Familie Balzac d'Entragues zu finden, wurde jedoch enttäuscht. Das Gutshaus oder Schlösschen wurde nur mit dem Hinweis erwähnt, dass es sich um Privatbesitz handelte, der nicht besichtigt werden konnte. Es war um 1520 herum ursprünglich als Jagdrefugium errichtet und zur Zeit der Religionskriege militärisch genutzt worden. Im siebzehnten Jahrhundert hatte es die Familie Balzac d'Entragues, die im Übrigen nichts mit dem Schriftsteller gleichen Namens zu tun hatte, erworben und in die heutige Form gebracht.

Ich dachte an die vielen Kisten Recherchematerial aus den Neunzigerjahren, die bei mir zu Hause im Keller standen. Ich hatte mir immer wieder vorgenommen, alles einmal digitalisieren zu lassen, damit das ganze Material auf Datenträgern verfügbar wäre. Vor meiner Abreise hätte ich einfach alles auf eine Festplatte überspielen und mitnehmen können, um jetzt darauf zuzugreifen. Aber ich schaffte es ja kaum, bei meinen laufenden Projekten alles digital abzulegen und zu ordnen. Ich war einfach kein Archivar. Sobald eine Quelle ihren Zweck für mich erfüllt hatte, bewahrte ich sie zwar auf, aber allmählich versank sie unweigerlich und nicht selten kaum wieder auffindbar in der Flut des nachfolgenden Materials und irgendwann in einem Karton. Es gab einfach zu viele interessant erscheinende Seitenpfade, die man bei einer jahrelangen Recherche leider ignorieren musste, um sich nicht völlig zu verirren. In jedem Archivkarton konnte man auf die wundersamsten Überraschungen stoßen, die faszinierend, aber zugleich gefährlich waren, wahre Sirenengesänge, gegen die man sich irgendwann die Ohren zustopfen musste, da man sonst Gefahr lief, vor lauter Staunen keine einzige Zeile mehr zu Papier zu bringen.

Henriette d'Entragues war so ein Sirenengesang gewesen. Die ganzen Jahre hindurch hatte auch sie mich immer angeschaut und mit ihrer Geschichte gelockt, die zweite

Frau auf dem Louvre-Gemälde. Aber ich hatte in ihr immer nur eine Nebenfigur gesehen, die Nachfolgerin Gabrielles und somit nur von untergeordneter Bedeutung. Zwar hatte ich auch über sie alle Informationen gesammelt, derer ich habhaft werden konnte, die gezeichneten Porträts betrachtet, die von ihr überliefert waren, und die Höhe- und Tiefpunkte ihrer Existenz nachgelesen. Aber für ihr Schicksal hatte es in meiner Geschichte keinen Raum gegeben. Mein Hauptaugenmerk hatte immer Gabrielle gegolten. Ihr plötzlicher Tod nur wenige Tage vor ihrer Vermählung mit Heinrich IV. war es, der seit Jahrhunderten immer wieder die Historiker beschäftigt hatte. Sie war der Grund dafür gewesen, dass Frankreich 1599 an den Rand einer dynastischen Staatskrise geriet, weil der König, allen realpolitischen Warnungen zum Trotz, seine Mätresse heiraten wollte. Indizien, dass Gabrielle einer Verschwörung der Medici zum Opfer gefallen war, gab es zuhauf. Eindeutige Beweise waren indessen nie gefunden worden. Ob der anonyme Maler des merkwürdigen Doppelporträts die Todesumstände oder Ermordung Gabrielles kommentiert hatte, war natürlich Spekulation. Aber dass es sich in erster Linie um ein Porträt Gabrielles handelte, bekräftigte ja auch der vage Titelzusatz »und eine ihrer Schwestern«, die eben nur Beiwerk war.

Der Annahme, dass es sich bei der zweiten Frau um eine der Estrées-Schwestern handelte, lag allerdings eine uralte Fehldeutung zugrunde, die lange nach Gabrielles Tod entstanden war. Auf einer der Kopien des Gemäldes, die damals im Umlauf waren, hatte man die Identität der Damen schriftlich festgehalten: rechts Gabrielle d'Estrées, Herzogin von Beaufort, links Juliette-Hippolyte d'Estrées, *Herzogin von Villars.* Da Villars bis 1627 eine Grafschaft war und erst dann zum Herzogtum erhoben wurde, war diese Zuweisung also frühestens dreißig Jahre nach den Ereignissen erfolgt und schon deshalb eher zweifelhaft. Darüber hinaus stellte sich die Frage, warum sich die zukünftige Königin von Frankreich überhaupt mit einer ihrer *Schwestern* in dieser Pose hätte malen lassen sollen? Und warum ausgerechnet mit jener und nicht mit einer der anderen? Juliette-Hippolyte d'Estrées hatte kleine Augen, einen großen Mund und keinerlei Ähnlichkeit mit der Frau auf dem Doppelporträt.

Wahrscheinlicher war daher, dass es sich um ebenjene handelte, die Gabrielle im Bett des Königs nachgefolgt war, den Thron auf diesem Umweg aber ebenso wenig erreicht hatte: Henriette d'Entragues. Sie war die Wiederholung der Tragödie als Farce. Und so hatte ich jahrelang, wann immer in den Quellen von Henriette die Rede war, ungeduldig weitergelesen, überflogen, gewartet, bis die tragische Hauptfigur Gabrielle wieder ins Bild gerückt wurde. Viele Einzelheiten über Henriette, die ich damals aussortiert hatte, hätten mich jetzt brennend interessiert. Doch das alles lag, im Moment unerreichbar, in meinem Keller.

Ich ging zur Rezeption und dort zu einem kleinen Weinregal, das einen Querschnitt aus der lokalen Produktion zum Kauf anbot. Alain empfahl einen dreijährigen Duras und stellte gleich ein angemessenes, dickbauchiges Glas neben die Flasche.

»Deutsche Bieter hatten wir bisher noch nicht«, sagte er. »Aber sonst fast aus der ganzen Welt.«

Er hatte offenbar Lust zu plaudern.

»Wegen des Hauses?«

»Nein. Die meisten sehen nicht aus wie Immobilienjäger. Eher wie Professoren. Wollen wir sie gemeinsam anbrechen?«, fragte er mit Blick auf die Flasche. Ich nickte zustimmend. Er nahm ein zweites Glas aus dem Regal und stellte es neben meines. »Dem Jahrgang bekommt der Winter sowieso nicht.«

Der Korken rutschte mit einem leicht quietschenden Geräusch aus der Flasche.

»Sie bleiben den Winter über hier?«

»Nein. Das wäre nichts für mich. Im Winter arbeite ich als Skilehrer.« Alain schwenkte die Gläser, um den Wein zu lüften, und reichte mir eines. »Bienvenue. Hier duzt man sich übrigens.«

Ich nannte ihm meinen Namen, und wir stießen an.

»Wer war dieser Charles Balzac?«, fragte ich ihn.

»Ich habe ihn nie kennengelernt, aber er soll ein ziemlich seltsamer Kauz gewesen sein.«

»Hat er ganz allein dort gewohnt?«

»Meistens. Hat nie geheiratet. Ein eingefleischter Junggeselle. Wahrscheinlich war er schwul, oder?«

Woher sollte ich das wissen?

»Aber er hatte Personal. Gärtner. Koch. Und am Ende natürlich Pflegepersonal. Camille hat das alles organisiert, nach dem Unfall.«

»Was ist denn passiert?«

»Frontalzusammenstoß mit zwei betrunkenen Jugendlichen. Die beiden waren sofort tot. Schreckliche Sache. Für Balzac wäre es vermutlich auch besser gewesen, wenn er gleich gestorben wäre. Aber sie haben immer wieder an ihm herumoperiert, sogar am Kopf. Furchtbar.«

Ich trank einen kleinen Schluck. Der Wein war zu kalt.

»Gibt es viele Interessenten für den Nachlass?«, erkundigte ich mich.

Er probierte nun auch, kam offenbar zu demselben Schluss wie ich und stellte das Glas wieder ab.

»Seit Mai hat Camille uns fast jede Woche jemanden geschickt. Sogar Leute aus Australien, Argentinien, Südafrika. Und Deutschland ist ja auch nicht gerade um die Ecke.«

»Und Camille hat ihn gepflegt?«

Er nickte. Dann zwinkerte er. »Auffallende Erscheinung, nicht wahr?«

»Sie ist sehr nett, ja.«

»Nett? Nein. Das würde ich nicht sagen. Ziemlich spröde. Total unzugänglich.«

»Was ist mit dem Rest der Familie?«, fragte ich, um von diesem Thema abzulenken.

»Die kommen nicht oft. Nur Edouard taucht öfter hier auf, um sich den Pelz zu wärmen.«

»Edouard?«

»Ihr Bruder. Sie werden ihm sicher noch begegnen, wenn Sie dort zu tun haben. Aber der ist ja selber ein halber Pflegefall.«

Ich dachte an den Mann mit der Zigarette, der mir die Tür geöffnet hatte. Die Beschreibung passte ganz gut.

»Ich glaube, ich habe ihn schon gesehen. Recht groß, mager. Trägt Pferdeschwanz?«

»Genau. Das ist er. Eigentlich ein begabter Musiker, aber völlig gescheitert. Spielt vor allem diese hier.« Er mimte ein Saxofon, das sich plötzlich in eine Haschpfeife verwandelt. »Monatelang kriecht er immer wieder hier unter. Dann ist er wieder weg. Seine Mutter lebt in London. Da ist er, glaube ich, den Rest der Zeit. Aber Genaues weiß ich auch nicht. Ich habe noch nie mit ihm geredet.« Er deutete auf mein Weinglas, das ich nicht mehr angerührt hatte. »Der Halunke hier ist einfach zu kalt, nicht wahr? Nehmen Sie die Flasche einfach mit nach oben.«

»Danke.«

»Keine Ursache. Gute Nacht.«

6. KAPITEL

Als ich am nächsten Morgen am Manoir eintraf, parkten schon mehrere Fahrzeuge auf dem Vorplatz vor der Freitreppe. Zwei Umzugswagen mit geöffneten Hecktüren versperrten die Zufahrt. In Luftpolsterfolie verpackte Möbel warteten darauf, eingeladen zu werden. Ein länglicher Gegenstand, gleichfalls in Plastikfolie verpackt, lehnte an der Hauswand. Während ich ausstieg, erschien ein Arbeiter und trug das Objekt zu einem der Lkw.

Eines der Autos hatte gestern auf dem Hotelparkplatz in Galliac gestanden. Als ich das Haus betrat, sah ich auch sofort die beiden Holländer, die mit einem anderen Mann vor einem der Gemälde standen und sich leise unterhielten. Sie fielen kaum auf in der allgemeinen Unruhe, die im Vergleich zu gestern hier herrschte. Ein unangenehmes Gefühl beschlich mich, denn ich fand, jeder hier war ein Eindringling, ich inbegriffen. Warum hatte die Familie das Haus einfach so für Fremde geöffnet? Es mochte ja sein, dass die Gemälde nicht besonders wertvoll, die Möbel und sonstigen Einrichtungsgegenstände nicht edel genug waren, um für ein renommiertes Auktionshaus interessant zu sein. Aber so ein Garagenverkauf war einfach würdelos.

Der Mann mit dem Pferdeschwanz, der mir gestern die Tür geöffnet hatte, kam in Begleitung eines älteren Ehepaars aus einem der angrenzenden Zimmer. Edouard Balzac trug Sandalen, eine unförmige helle Leinenhose sowie ein khakifarbenes Hemd mit Rundkragen. Sie unterhielten sich auf Englisch, aber die für mich verständlichen Bruchstücke der Unterhaltung interessierten mich nicht sonderlich. Mein Blick suchte Camille Balzac, die jedoch nirgends zu sehen war. Ich spazierte langsam auf die Rotunde zu. Der eine oder andere Interessent schaute kurz zu mir hin, aber die Blicke waren nichtssagend und flüchtig oder misstrauisch, als wollten sie einen möglichen Konkurrenten auf Distanz halten. Der Raum, in dem wir gestern Zitronenwasser getrunken hatten, war leer. Alle Sessel waren abtransportiert worden. Die Kahlheit des Raumes brachte das prächtige Parkett besonders zur Geltung. Ich ging weiter, eher betrübt von dieser Atmosphäre der Auflösung. Im nächsten Raum stand ein Flügel. Leere Glasvitrinen reihten sich an den Wänden. In einer davon lag ein Stapel Partituren, mit einem breiten, hellgrauen Seidenband zusammengebunden. Staubige Flächen an der mit dunkelrotem Stoff bespannten Wand ließen Schränke erahnen, die hier gestanden hatten. Hatten hier Kammermusikabende stattgefunden? Mit Camille Balzac an der Geige? Ich stellte mir ihr Profil über dem Instrument vor, ihr auf die Stütze geschmiegtes Kinn, die fließende Bewegung des Bogens in ihre Hand. Wo befand sie sich wohl gerade? Mit irgendwelchen Kaufinteressenten in einem der vielen Zimmer? Sie hatte den Notar erwähnt, der um diese Zeit hier sein sollte. Aber keine der Personen, die ich von hier aus sehen konnte, schien für diese Rolle infrage zu kommen. Ich kehrte in die Rotunde zurück und blickte zum Eingang. Der Mann mit dem Pferdeschwanz war nicht mehr dort.

Ich sprach die beiden Holländer an, die inzwischen allein vor dem Gemälde standen, das sie zu interessieren schien, und fragte, ob sie den Notar Lemoy kannten oder gesehen hatten. Bevor einer der beiden antworten konnte, hörte ich, dass jemand meinen Namen rief. Ich drehte mich um. Ein älterer Mann, noch im Mantel, der das Haus gerade erst betreten hatte, kam direkt auf uns zu.

»Ich bin verspätet«, begann er. »Es tut mir leid. Ich hoffe, Sie warten nicht schon lange. Bitte, hier entlang.« Ich verabschiedete mich kurz von den beiden Holländern und folgte ihm. Er zog im Gehen seinen Mantel aus, warf ihn über seinen linken Arm und deutete mit dem rechten die Zimmerflucht hinab, in die ich mich schon ein Stück vorgearbeitet hatte.

»Hatten Sie eine gute Anreise?«, fragte er, während wir das erste Zimmer durchquerten. »Madame Balzac hat mich heute Morgen angerufen und gebeten, mich gleich um Ihre Angelegenheit zu kümmern. Es wird nicht lange dauern, das verspreche ich Ihnen.«

»Danke«, entgegnete ich, »das ist sehr freundlich. Kommen heute noch weitere Interessenten?«

»Heute. Morgen. Die ganze nächste Woche. Gott sei Dank ist ein Ende in Sicht. In sechs Tagen wird der ganze Rest versteigert, und ich kann Ihnen versichern, dass ich drei Kreuze mache, wenn es vorüber ist.«

»Welcher Rest?«, fragte ich und deutete auf die leeren Wände und Vitrinen des Musikzimmers, das wir gerade durchquerten. »Es ist ja nicht mehr viel da.«

Er lachte kurz. »Sie werden gleich sehen, wovon ich spreche.«

Wir verließen das Musikzimmer und erreichten einen Flur mit einer Treppe, die ins Ober- und Untergeschoss führte. Von dort unten hatte ich gestern die Geigenmusik gehört, und ich schaute unwillkürlich die Stufen hinab. Beim Hinaufgehen spähte ich noch mehrmals hinunter, aber weder war jemand zu sehen, noch erklang Musik.

Wir erreichten den ersten Stock und betraten einen langen, schmalen Gang, der von verschlossenen Türen und Fenstern zum Garten gesäumt war. Der Notar öffnete die erste Tür und ließ mich zuerst eintreten. Der Anblick verschlug mir den Atem. Das hatte er also gemeint!

Das gesamte erste Geschoss des Hauses war in einen

einzigen riesigen Raum oder eine Art Halle verwandelt worden, wobei man dabei eher an etwas Leeres denkt, weshalb diese Bezeichnung es auch nicht trifft. Ich hatte in meinem Leben schon einige Bibliotheken, Archive und auch Kuriositätenkabinette gesehen. Aber so etwas in einem Privathaus, sozusagen am Ende der Welt, war mir noch nicht begegnet. Sofort erklärte sich die doppelte Höhe der mittleren Fensterreihe, die mir gestern beim Betrachten der Fassade aufgefallen war. Der Raum musste mindestens sechs Meter hoch sein! Unmöglich zu sagen, wie viele Bücher in den Regalen standen, die bis unter die Decke reichten. Ihre Zahl ging zweifellos in die Tausende. Um die oberen Ränge zu erreichen, musste man kleine Holztreppen hinaufsteigen, die in unregelmäßigen Abständen zu einer schmalen, umlaufenden Galerie führten, die den gesamten oberen Teil dieser gigantischen Bibliothek erschloss.

Hier und da gab es Glasvitrinen, die das Bild von endlos aufeinanderfolgenden Bücherrücken auflockerten. Aber für mehr als flüchtige Blicke ließ Lemoy mir keine Zeit. Er bahnte sich rasch seinen Weg durch diesen faszinierenden Saal aus tausendundeiner Studiernacht auf eine kleine Tür am Ende des Raumes zu, durch die man ein im Vergleich wirklich winziges Zimmer betrat. Der ursprüngliche Zweck des Raumes erschloss sich mir nicht, aber der Notar hatte hier allem Anschein nach seine Steuerzentrale für diesen riesigen Nachlass eingerichtet.

Lemoy setzte sich und bat mich ebenfalls, Platz zu nehmen.

»Der Ordnung halber brauche ich leider ein Ausweisdokument.«

Ich gab ihm meinen Personalausweis und sah zu, wie er ein Formular ausfüllte. »Ich werde Ihre Sachen jetzt holen«, sagte er dann und schob das Dokument vor mich hin.

»Bitte quittieren Sie hier unten rechts. Ich bin gleich zurück.«

Ich überflog den Text, der nichts Weltbewegendes enthielt, unterschrieb an der bezeichneten Stelle, erhob mich dann und schaute neugierig zu, wie Lemoy sich am Ende des Raumes suchend die Regale entlangbewegte. Es war unmöglich auszumachen, nach welcher Systematik er vorging, und es grenzte für mich an ein Wunder, wie sich jemand in diesem Irrgarten aus Büchern, Kartons, Papierstapeln und Kartonrollen überhaupt zurechtfinden konnte. Ich erwartete nichts. Was sollte Charles Balzac schon für mich beiseitegelegt haben, für einen Autor, den er nicht nur gering schätzte, sondern der ihn auch noch brüskiert hatte? Ich sah mich schon im Wagen sitzen auf dem Rückweg ins Hotel, irgendeinen wertlosen Plunder auf dem Beifahrersitz, den ich entsorgen würde. Und was sollte ich dann eigentlich noch hier? Im Grunde war diese spontane Reise eine ziemliche Schnapsidee gewesen. *Meinen Sie, Zürich zum Beispiel sei eine tiefere Stadt*, spottete Gottfried Benn in meinem Kopf. *Meinen Sie, aus Habana, weiß und hibiskusrot, bräche ein ewiges Manna für Ihre Wüstennot?*

Lemoy stieg das Treppchen am Raumende hinauf und betrat die Galerie. Er bückte sich, ging langsam weiter, machte dann kehrt, suchte in die andere Richtung und hielt dann inne. Plötzlich stand er wieder aufrecht, hielt etwas in der Hand, prüfte es sorgfältig, schien dann zufrieden und machte sich auf den Weg nach unten.

Ich nahm Platz, wartete und fragte mich, was an diesem ganzen Theater mich eigentlich so nervös machte. Lemoys Schritte hallten auf dem Parkett. Er betrat den engen Raum, schob sich vorsichtig an mir vorbei hinter seinen kleinen Tisch und legte zwei braune Umschläge vor sich ab. Auf einem stand tatsächlich mein Nachname. Mit schwarzem Filzstift in Druckbuchstaben geschrieben. Darunter stand: – RETOUR –. Auf dem anderen stand nichts. Die Umschläge waren zusammengeklammert.

Lemoy vermerkte etwas auf einer Liste, die er aus einem von zwei verschiedenartigen Ordnern geholt hatte. »So. Das hätten wir.«

Ich erwiderte ratlos seinen Blick und sagte: »Gut. Und jetzt?«

»Sie dürfen diese beiden Umschläge jetzt öffnen. Sie gehören Ihnen.«

»Ah«, erwiderte ich nach kurzem Zögern. »Ich muss sie hier öffnen? In Ihrer Gegenwart?«

»Nein, nein. Keineswegs. Sie können sie auch einfach so mitnehmen. Wie Sie möchten.«

Er wartete.

»Was empfehlen Sie mir?«, wollte ich wissen.

»Es ist wirklich Ihre Entscheidung. Sofern sich später irgendwelche Fragen ergeben sollten, können Sie jederzeit mit mir Kontakt aufnehmen.«

»Was wäre mit diesen Umschlägen passiert, wenn ich nicht zufällig Kontakt mit Madame Balzac aufgenommen hätte?«, erkundigte ich mich.

»Ich fürchte, sie wären einfach entsorgt worden.«

Ich griff kurzerhand nach dem dickeren der beiden Umschläge und riss ihn auf. Zum Vorschein kam die französische Ausgabe meines Romans. Ich hielt ihn entgeistert in der Hand, spürte fast körperlich die posthume Geringschätzung, die mir entgegenschlug. Das Exemplar war zerlesen. Immerhin. *Retour!* Ich legte es zur Seite und öffnete den zweiten, dünneren Umschlag. Eine Handvoll mit Schreibmaschine beschriebener Seiten kam zum Vorschein. Sie lagen auf einem Stück grauem Pappkarton. Auf dem Titelblatt stand: La Rivière. Ich blätterte eine Seite nach der anderen um, überflog hier und da einen Absatz:

»Sire, ich habe getan, was ich konnte«, begann der Arzt nach einer Weile.

Heinrich winkte ab. »Ihr habt sie nicht umgebracht. Ich habe sie nicht verstoßen. Und doch sitzen wir beide hier wie Verbrecher vor ihrem Richter. Helfen Sie mir, Jean. Sagen Sie irgendetwas, damit die Zeit nicht für immer stehen bleibt.« La Rivière suchte nach Worten. Wo beginnen?

Ich blätterte weiter. Nach fünf Seiten brach der Text ab. Ich betrachtete den Pappkarton und bemerkte, dass er gefaltet war. Ich legte die Bögen beiseite und faltete den Karton auseinander. Ein brüchiges und vergilbtes Stück Pergament lag darin. Es war eng beschrieben in geschwungener, feiner, bräunlich verfärbter Tintenschrift. Ich las einen Namen, dann noch einen und wusste sofort, was ich vor mir hatte. Und ich wusste auch: Dieses Dokument war entweder gefälscht – oder gestohlen! Oder aber ... doch diese dritte Möglichkeit verursachte mir Schwindel, sodass ich aufsah.

»Und? Haben Sie Fragen?«, erkundigte sich Lemoy.

Ich schaute ihn nur stumm an. Dann schüttelte ich den Kopf, klappte den Karton wieder zu, nahm meinen Roman an mich, schob die losen Schreibmaschinenblätter und den Karton wieder in den Umschlag zurück, stand auf und verließ den Raum.

7. KAPITEL

Mit jeder Meile, welche die Kutsche zurücklegte, wurde es La Rivière schwerer ums Herz. Er hatte getan, was er konnte. Aber sich das immer nur wieder vorzusagen, nützte natürlich nichts.

Während er aus dem Fenster auf die vorüberziehende Landschaft schaute, krampfte sich sein Herz zusammen. Genau diese Eindrücke waren auch ihre letzten gewesen. Man konnte die Zeit noch in Stunden zählen, als sie diese Weide oder jenes Feld dort mit ihren schönen blauen Augen gesehen hatte. Die gleiche Frühlingssonne, die er auf seinem Gesicht spürte, hatte gerade noch ihre Schönheit zum Strahlen gebracht, ihre Haut gewärmt und vielleicht auch ihre Seele mit der Vorahnung von ihrer großen Zukunft erfüllt.

La Rivière begriff es einfach nicht. Er hatte schon viele sterben sehen. Aber was mit dieser Frau geschehen war, überstieg seinen Verstand. Der Gedanke an sie trieb ihm die Tränen in die Augen. Ihr zauberhaftes Wesen war immer in einem Glanz aufgehoben gewesen, der bei jedem anderen Geschöpf aufgesetzt und übertrieben gewirkt hätte. Doch nicht bei ihr. Sie hatte eine entwaffnende Natürlichkeit besessen, die er nie hatte fassen können – eine Einfachheit und Herzlichkeit, die ihm noch bei keinem anderen Menschen begegnet war. War es ein Wunder, dass der König ihr so verfallen war? Dieser einen, Wahrhaftigen, umgeben von nichts als Falschheit und Berechnung? Und jetzt? Und was sollte jetzt werden? Wie sollte er vor den König hintreten und ihm ihre letzten Stunden schildern, ihr grauenvolles, qualvolles Vergehen, von Stunde zu

Stunde entsetzlicher, da sie die Anfälle niederkämpfte in der Erwartung des Mannes, der einfach nicht gekommen war und der jetzt auch noch Rechenschaft von ihm verlangen würde.

Ich werde das Amt aufgeben, sagte er sich zum soundsovielten Mal. Sollte er mich nicht hinrichten lassen, mich nicht mit Schimpf und Schande davonjagen, so will ich wenigstens dies tun und nicht auch noch das Amt beschädigen, in dem ich so schändlich versagt habe.

Aber hatte er denn versagt? Hatte er irgendetwas getan, das nicht jeder andere Arzt des Landes auch getan hätte? Er konnte grübeln, solange er wollte, er konnte keine einzige falsche Entscheidung, keine Unachtsamkeit oder Verfehlung finden, derer er sich bezichtigen könnte. Nein. Sie war nicht zu retten gewesen. Kein Mittel der Welt konnte das Übel aufhalten, das sich in ihr eingerichtet hatte. Da war er sich sicher. Er hatte den Leichnam der Herzogin von Beaufort vor wenigen Stunden geöffnet, den Körper der zukünftigen Königin, den gesegneten Leib, denn ihr viertes Kind war darin herangewachsen, eine zukünftige Prinzessin des Reiches, nunmehr nichts als leblose Fleischklumpen, denn in seiner Verzweiflung hatte er die Frau vor ihrem Tod in höchster Not gewaltsam entbunden, das Ungeborene in Stücken und Fetzen aus dem zuckenden Leib herausgeschält, in der Hoffnung, wenn schon nicht das Kind, dann doch wenigstens die Mutter zu retten.

Er vertrieb das grausige Bild aus seinem Kopf und starrte wie betäubt auf den kleinen Wald zu seiner Rechten, von dem er wusste, dass dahinter bald Schloss Fontainebleau aufragen würde. Wie sollte er dem König nur gegenübertreten? In welchem Zustand befand sich Seine Majestät? Er litt nur seine Kinder um sich, hieß es, die mit ihm weinten. Kinder, die bis gestern königliche gewesen waren, Bastarde nun, Halbwaisen und bedeutungslos für diese Welt.

La Rivière dachte an den Erstgeborenen, César, Herzog von Vendôme. Im Vorjahr hatte man ihn mit der kleinen Franziska verlobt, der Tochter des Herzogs von Mercœur, des letzten großen Gegners Heinrichs. Man wollte die Bretagne heiraten, und die Bretagne hatte mitgespielt – und verloren. Gabrielle d'Estrées war tot. Ihre großen Pläne, an der Seite von Heinrich Königin von Frankreich zu werden, waren unter seinen eigenen Händen zu Asche geworden. César de Vendôme würde niemals seinem Vater auf den Thron folgen. La Rivière stellte sich Marie de Luxembourg vor, die Herzogin von Mercœur. Er hatte sie damals bei der Verlobung im Schloss zu Angers genau beobachtet, dieses Gesicht studiert, auf dem sich der Ekel gegenüber der Mätresse des Königs, dessen Bastard sie ihre Tochter anvermählte, mit der peinigenden Hoffnung mischte, dass diese durchtriebene Beischläferin tatsächlich auf den französischen Thron gelangte und Franziska an der Seite des Sohnes dieser Hure Königin von Frankreich werden könnte. Wie gern würde er die geprellte Herzogin jetzt sehen, das wütende Zucken ihrer erhitzten Wangen, ihr gellendes Fluchen und Schimpfen hören, angesichts ihrer vereitelten Pläne. Eine Provinz aufgegeben für den Ketzer Navarra! Die einzige Tochter einem seiner Bastarde geopfert. Für nichts!

La Rivière drückte es immer tiefer in seinen Sitz. Genau davor muss es dir grauen, sprach eine Stimme in ihm, nicht vor den Tränen oder dem Gram eines trauernden Königs, sondern vor dem gesammelten Hass der neu geordneten Welt, der Rache der Betrogenen, den Intrigen derer, die nun ihre Chance wittern.

Ab sofort war alles unberechenbar. Das Schicksal, das Gabrielle in Stunden hinweggerafft hatte, gähnte wie ein

Abgrund vor ihnen allen: König und Arzt, Fürst und Bettler gleichermaßen. Etwas geschah. Etwas Übles, Fremdes, Unbegreifliches ging um und lenkte die Dinge. Und La Rivière ahnte: Es war noch lange nicht fertig mit ihnen.

Die Kutsche erreichte den Schlosshof. Ein Lakai öffnete ihm die Tür, ein zweiter stellte das Treppchen zum Aussteigen bereit. La Rivière bemerkte sofort, dass er beobachtet wurde. Nahe der Pforte standen einige Männer und sprachen leise miteinander. Sie schauten zu ihm hin, verstummten kurz, tauschten Blicke. La Rivière ging auf sie zu, bemüht, seinem Gang Festigkeit und Zuversicht zu verleihen. Doch je näher er kam und erkannte, wer dort zusammenstand, desto weicher wurden ihm die Knie. La Varenne war einer von ihnen, am leichtesten auszumachen durch seinen schwarzen Vollbart. D'Aubigné, in gebückter Haltung, die markante Nase im Profil sogar aus der Ferne sichtbar, sprach leise auf ihn ein. Des Weiteren Frontenac, d'Ornano, Bassompierre und einige Offiziere, die La Rivière teilweise gar nicht kannte. Doch alle kannten offenbar ihn und waren über sein Eintreffen informiert. Je näher er kam, desto stiller wurde es. Eine Gasse entstand zwischen den zur Seite tretenden Männern. La Rivière suchte Augenkontakt. Aber wohin er auch blickte, da war kein Augenpaar, das sich nicht abwandte, sobald sein suchender Blick es traf. La Varenne schaute zu Boden. D'Aubigné nickte immerhin kurz, bevor er sich abwandte und ins Innere des Schlosses verschwand. Die anderen blieben stehen, blickten ihn teils betreten, teils vorwurfsvoll oder sogar feindselig an.

La Rivière schritt zwischen ihnen hindurch. Keiner sprach ein Wort. In der Halle stand ein Diener und machte ihm ein Zeichen, ihm zu folgen. Er hatte Mühe, mit dem Mann Schritt zu halten. Seine Kehle war wie zugeschnürt. Was warf man ihm vor? Was erwartete ihn? Beklommen stieg er die breite Steintreppe hinauf. Nur vereinzelt brannten Kerzen. Schwarze Vorhänge waren vor alle Fenster gezogen worden, sodass La Rivière bisweilen Mühe hatte, die Stufen zu sehen. Die Abwesenheit der Toten war mit Händen greifbar. Nirgendwo Blumen!

Im ersten Stock herrschte Grabesstille. La Rivière folgte dem Lakaien durch die weitverzweigten Gänge. Auch hier trafen sie auf keine Menschenseele. Lediglich eine Katze kreuzte ihren Weg, gefror in der Bewegung, starrte sie misstrauisch an, bevor sie lautlos das Weite suchte. Plötzlich hielt der Diener vor einer Tür an und klopfte vorsichtig zweimal gegen das Holz. Ein Lichtschimmer zeigte La Rivière an, dass die Tür sich öffnete. Der Diener nannte La Rivières Namen. Dann trat er zur Seite und bedeutete dem Arzt, einzutreten.

Der König stand am Fenster und hatte ihm den Rücken zugekehrt. Eine Kammerfrau, die den Säugling Alexandre auf dem Arm trug, führte soeben die Kinder César und Cathérine Henriette durch eine geöffnete Flügeltür ins Nebenzimmer davon. La Rivière erschauerte unter den Blicken des Fünf- und der Dreijährigen, die ernst und fragend so lange zu ihm hinsahen, bis die doppelte Tür sich hinter ihnen geschlossen hatte.

Der König rührte sich nicht, sondern starrte unentwegt durch die schlierige Scheibe nach draußen. Eine Ewigkeit war es so still, dass man die Vögel draußen hören konnte. Schließlich drehte der Mann am Fenster sich um, und La Rivières Herz setzte zwei Schläge lang aus.

»Willkommen, Jean«, flüsterte Heinrich. »Ihr kommt spät, doch Ihr kommt.«

Die Stimme war rau, heiser, wie von einem alten Mann. Entzündete Augen schauten ihn mit einer Verzweiflung an, die La Rivière verstörte und zugleich auf unangenehme Weise beruhigte. Er hatte von diesem Mann nichts zu befürchten! Doch diese Erkenntnis hatte nichts Erleichterndes. Im Gegenteil. Er fühlte sich noch elender als zuvor.

Heinrich wies ihm mit einer fahrigen Geste einen Stuhl an einem Tisch zu und nahm selbst daran Platz. Dann folgte erneut ein langes, ratloses Schweigen.

»Sire, ich habe getan, was ich konnte«, begann der Arzt nach einer Weile.

Heinrich winkte ab. »Ihr habt sie nicht umgebracht. Ich habe sie nicht verstoßen. Und doch sitzen wir beide hier wie Verbrecher vor ihrem Richter. Helfen Sie mir, Jean. Sagen Sie irgendetwas, damit die Zeit nicht für immer stehen bleibt.«

La Rivière suchte nach Worten. Wo beginnen? Was wollte der König hören? Einzelheiten vielleicht. Eine detaillierte Beschreibung des gleichgültigen Wütens der Natur im Körper der Frau, die er über alles geliebt hatte. Damit konnte er dienen. Er begann, die Symptome zu beschreiben. Aber der König hörte gar nicht richtig zu. Er saß einfach nur da, stumm, mit versteinertem Blick. Die Krämpfe, das Herzrasen, die Anfälle. Der wie von Teufeln verbogene Leib. Das alles interessierte ihn offenbar gar nicht mehr. Auf dem Gesicht des Königs zeichnete sich nur eine große Frage ab, ein ewiges Bedauern, eine furchtbare Schuld: Warum habe ich mich überreden lassen, sie wegzuschicken? Allein dies stand zwischen ihnen, auch wenn keiner es aussprach. Nur darauf wollte der König eine Antwort von ihm. Weil er sie sich selbst nicht geben konnte. Warum hast du es getan? Wäre sie hier gestorben, alles wäre gleich, und doch wäre alles anders. Aber wie sollte er auf eine Frage antworten, die nicht gestellt werden durfte und die dennoch aus jeder anderen Frage schrie?

»Wir kennen Ähnliches aus anderen Fällen«, sagte der Arzt vorsichtig und verschwieg, dass er dergleichen noch

nie in dieser Heftigkeit gesehen hatte. »Das Kind lag in der Bauchhöhle und beeinträchtigte die Niere. Die Vergiftung geschah von innen heraus. Wir kennen kein anderes Mittel dagegen, als das Kind vorzeitig zu entfernen, was an Gefahr dem Übel ebenbürtig ist, das beseitigt werden soll. Ich habe daher lange gezögert, vielleicht zu lange.«

La Rivière war sich bewusst, dass er mit diesen Worten das Haupt, das er senkte, darbot. Als er es nach einigen Augenblicken wieder hob, schaute Heinrich ihn nur an. Hatte er ihn überhaupt gehört? Die Erwiderung war deutlich.

»Kein Gift also?«, fragte der König. »Ihr könnt es beschwören?«

La Rivière spürte Fallstricke um seine Beine. Gift? Von welchem war hier die Rede? Von einem, das man in einem florentinischen Keller zusammengerührt hatte? Oder von einem, das eine verängstigte junge Frau über Wochen und Monate aus den Worten und Taten ihres zögerlichen Geliebten destillierte, ganz ohne Zutun von Phiolen und alchemistischem Verfahren. Sollte er es aussprechen? *Manchmal kann ein Wort töten, Sire. Selbst eines, das ausbleibt. Ihr wisst es selbst. Wollt es aber von mir hören. Aus meinem Munde. Doch wer bin ich, mich über die Grenzen meiner Arzneikunst hinaus zu äußern.*

»Vita brevis, ars longa«, behalf sich La Rivière mit einer Sentenz. »Vielleicht werden wir in ferner Zukunft Mittel und Wege finden, derlei beschwören zu können. Heute können wir nur sagen: Niemand kann es wissen. Im einen wie im anderen Falle. Also muss ich sagen: Nein.«

»Kein Gift oder kein Schwur?«

»Ihr sagt es«, erwiderte er, in der Vielsinnigkeit der Sprache Schutz suchend. La Rivière spürte, wie die eingebildeten Stricke um seine Beine sich zuzogen. Aber er hatte sich getäuscht. Er war nicht wirklich in Gefahr. Heinrich *hatte die Augen geschlossen, atmete schwer. Ein kurzes Schluchzen brach aus ihm hervor. Der König erhob sich und trat wieder ans Fenster. Er spricht gar nicht mit mir, begriff der Arzt. Ich bin nur der Anlass für ein quälerisches Selbstgespräch.*

La Rivière wartete. Aber Heinrich drehte sich weder nach ihm um, noch machte er irgendwelche Anstalten, die darauf schließen ließen, dass er das Gespräch fortzuführen gedachte. War er entlassen? Seine Majestät hatte nichts Derartiges gesagt. Minuten verstrichen so. Wieder hörte man die Vögel. La Rivière räusperte sich leicht, wagte jedoch nicht, sich zu erheben. Erst als er eine vage Bewegung der rechten Hand des Königs sah, erhob er sich, folgte dem kaum merklichen Zeichen der Beendigung der Audienz und schlich, leicht nach vorne gebeugt, im Krebsgang zur Tür. Ein leises Klopfen, und sie öffnete sich unverzüglich. Der Diener ließ ihn passieren.

Im Halbdunkel des leeren Ganges stand jemand. Die Person trug einen Reisemantel. La Rivière richtete sich auf. Der Mann musste gerade eingetroffen sein, er hatte ihn zuvor in der Gruppe nicht gesehen.

»Guten Tag, Jean.« Die Stimme verriet ihm, noch bevor er den Mann in dem spärlichen Licht erkennen konnte, wer nun auf ihn zutrat. »Wie geht es ihm?«

La Rivière sammelte sich einen Augenblick. Er hatte irrtümlich geglaubt, die schlimmste Begegnung dieses Tages liege bereits hinter ihm.

»Der König weiß um seine Situation«, erwiderte der Arzt und schaute dem Polizeichef direkt in die Augen.

Charles Lefebre nickte und antwortete: »Gewiss. Dafür hat er ja mich.«

La Rivière beschloss, in bewährter Manier korrekt und nichtssagend fortzufahren. Man bewegt sich möglichst lautlos in einem Wald voller Raubtiere.

»Sie sagen es.«

»Ich werde dieser Tage noch einige Fragen an Sie haben«, bemerkte Lefebre kurz und ging auf die Tür zu, durch die La Rivière soeben gekommen war. *»Ich werde einen Boten schicken.«*

»Immer zu Ihrer Verfügung, Charles.«

Dann sah er zu, dass er so schnell wie möglich zu seiner Kutsche zurückkam.

8. KAPITEL

Ich legte das letzte Blatt zur Seite und starrte durch die Windschutzscheibe. Es schüttete. Schwere Tropfen trommelten auf das Autodach, und die Welt jenseits der Fenster lag hinter einem Schleier. Einer der Möbelwagen war inzwischen weggefahren. Ich dachte an Charles Balzac, versuchte, ihn mir vorzustellen, wie er die beiden Umschläge gepackt hatte. Ich wusste so gut wie nichts über ihn. Wie alt war er geworden? Wie hatte er ausgesehen, sich gekleidet? Saß er im Morgenmantel in seiner Studierstube, oder nach einer ausgiebigen Toilette? Und hatte er böse gelächelt, als er die beiden Umschläge verschloss?

Ich saß da, lauschte dem Regen und betrachtete mit Unbehagen die drei Gegenstände neben mir auf dem Beifahrersitz. Nach einer Weile hob ich das alte Pergamentstück vorsichtig auf und betrachtete es. Woher in drei Teufels Namen hatte er das? Und befand sich noch mehr davon in diesem unüberschaubaren Nachlass?

Ich ließ meinen Blick über die Fassade des Manoir und die hohen Fenster im zweiten Stock schweifen. Lemoy war vielleicht noch dort oben. Sollte ich einfach wieder hinaufgehen und ihn fragen? In sechs Tagen würde das alles versteigert! Auf keinen Fall ohne mich! Auf keinen Fall, ohne dass ich zuvor die Schublade oder den Karton gefunden hatte, in dem vielleicht weitere Exemplare dieser Pergament-Fragmente lagen.

Wie Hohn klangen jetzt wieder Passagen seines Briefes in mir nach, seine Mahnung, meine Veröffentlichung entweder *gründlich zu überarbeiten* oder eine *korrigierte Neuausgabe* folgen zu lassen, in der ich endlich *Ross und*

Reiter in dieser Angelegenheit benennen und nicht alles im *Vagen und Halbrichtigen* lassen würde.

Ich starrte unentwegt auf das Stück Pergament mit den kaum leserlichen Schriftzeichen. Er besaß also Quellen, die meine Annahmen möglicherweise widerlegten. Und? Ich hatte einen Roman geschrieben und keine Doktorarbeit. In Deutschland war das Buch wohlwollend aufgenommen worden und nach vielen Jahren noch im Druck. Es war in ein Dutzend Sprachen übersetzt worden, wobei ich jetzt gar nicht daran denken wollte, was die armen Leser in Korea oder Russland vorgesetzt bekommen hatten, wenn der Roman schon auf dem relativ kurzen Weg über den Rhein ungenießbar geworden war. Ich hatte lediglich eine Möglichkeit fiktiv durchgespielt und keine unumstößliche Wahrheit behauptet.

Ich steckte den Zündschlüssel ins Schloss. Aber ich startete den Wagen nicht. Stattdessen saß ich Minute um Minute einfach nur da. Der Regen ließ allmählich nach. Die Scheiben beschlugen. Ich öffnete das Fenster einen Spaltbreit, roch die feuchte Herbstluft. Die diplomatische Geheimkorrespondenz, zu der dieser Schnipsel gehörte, lag in Florenz. Im Medici-Archiv. Dort hatte ich Teile davon nach jahrelanger Suche endlich aufgespürt. Dass es noch mehr davon gab, hatte ich immer vermutet. Aber hier, in Balzacs Archiv?

Henriettes Familie war zeitgleich mit Gabrielles Tod auf den Plan getreten und hatte den Kampf um den französischen Thron aufgenommen. Doch es war weder gelungen, die Eheschließung Heinrichs mit Maria de Medici zu verhindern, noch, sie später annullieren zu lassen. In den Folgejahren war Henriette daher sogar wiederholt in hochriskante Mordkomplotte gegen Heinrich IV. verwickelt gewesen. Der Graf d'Auvergne, ihr Halbbruder, entging zweimal nur knapp der Hinrichtung, ebenso wie Henriettes Vater François.

Balzac konnte also durchaus im Besitz von Quellen aus dieser Zeit nach Gabrielles Tod sein. Kompromittierender diplomatischer Post etwa, die seine Vorfahren damals abgefangen hatten, um sie für ihre Zwecke gegen den wachsenden Einfluss der Medici auf die französische Politik zu nutzen. Ich stellte mir sofort eine entsprechende Szene vor, sah einen Reiter an einem Wald entlangpreschen, malte mir aus, wie er von einer Gruppe Bewaffneter angehalten und zum Absteigen gezwungen wurde. Ich sah vor mir, wie man ihn durchsuchte, chiffrierte Depeschen fand, ihn kurzerhand mit dem Kopf nach unten an einen Baum hängte und Reisig für ein Feuer zusammentrug. Der Mann würde den Namen des Absenders preisgegeben und gestanden haben, an wen die Botschaft gerichtet war, noch bevor sie das Feuer entzündet hätten. Überlebt hätte er sein Geständnis wahrscheinlich trotzdem nicht.

Leicht konnten die abgefangenen Briefe danach verschwunden sein oder auf wer weiß welchen Umwegen den Weg in Balzacs Archiv gefunden haben. In Florenz lag heute nur ein Teil der chiffrierten Korrespondenz, welche die Spione in Paris damals an den Großherzog der Toskana geschickt hatten, um ihn auf dem Laufenden zu halten. Als sich die Situation mit Heinrich und Gabrielle im Frühjahr 1599 immer weiter zuspitzte, verstummten die Spione plötzlich und meldeten sich erst wieder zu Wort, als die Eheschließung mit Maria erneut zur Verhandlung stand und die französische Politik wieder in Ferdinands Sinn gelenkt werden konnte. Aber die Korrespondenz war natürlich nicht abgerissen, sondern derart geheim gehalten worden, dass man bis in die Mitte des zwanzigsten Jahrhunderts selbst im Medici-Archiv nicht geahnt hatte, dass sie überhaupt existierte. Und nun gab es noch mehr davon aus dem Zeitraum nach Gabrielles Tod, den ich sträflich vernachlässigt hatte. Wie viele Depeschen mochten dort oben liegen?

Ich lade Sie daher ein, wenn es Ihre Lebensumstände gestatten und Sie einmal nach Südfrankreich kommen sollten, in meinem Haus Station zu machen. Warum nur war ich nicht früher gekommen? Ich dachte an meine dreimal verfluchte literarische Erpresserin in Kassel. Vor allem wegen ihr hatte ich Balzac gegenüber so reserviert reagiert. Ich hätte Tage und Wochen hier verbringen können, ohne Antiquitätenjäger fürchten zu müssen, die durchs Haus schlichen, oder Bieter aus fernen Kontinenten, die mir diese Briefe jetzt vielleicht vor der Nase wegschnappten und damit nach Übersee verschwanden.

Es hörte endlich auf zu regnen. Ich stieg aus, atmete tief durch und machte mich auf den Weg ins Innere des Hauses. Die Niederländer waren verschwunden und mit ihnen das Stillleben, vor dem ich sie vor einer Stunde zuletzt gesehen hatte. Ich tat, was die anderen Anwesenden auch taten, und schlenderte mit hinter dem Rücken verschränkten Armen gemächlich durch die Räumlichkeiten. Weder Lemoy noch Camille oder ihr Bruder waren irgendwo zu sehen. Den Notar vermutete ich im Geschoss über mir. Lemoy hatte angedeutet, dass er heute noch weitere Termine hatte, und vielleicht wartete einer der anderen Besucher darauf, an die Reihe zu kommen.

Die Zimmerflucht, die durch das Musikzimmer führte, kannte ich bereits, und so nahm ich mir den anderen Gebäudeteil vor, betrat zunächst einen Raum, dessen einstige Zweckbestimmung – karg, kahl und geplündert, wie er vor mir lag – meine Vorstellungskraft überforderte. Der nächste beflügelte sie dafür umso mehr, und mir drängte sich sofort ein Name dafür auf: Nachmittagszimmer. Zwar war auch hier das meiste bereits weggeschleppt worden, hatte aber der Seele des Raumes nichts anhaben können, was sicher daran lag, dass die zum Garten weisende Seite in einen verglasten Erker überging. Wintergarten war zu viel gesagt, denn der vielleicht gerade mal einen Meter tiefe Vorbau bot keine Sitzgelegenheit, was aber der Wirkung keinen Abbruch tat. Ein mit dunkelgrünem Samt bezogenes Kanapee, das bisher keinen Liebhaber gefunden hatte, stand mitten im Raum. Ich setzte mich kurz und genoss die angenehme Atmosphäre. Hatte Charles Balzac hier Kaffee- und Teenachmittage abgehalten?

Ich ließ einige Minuten verstreichen, erhob mich wieder und näherte mich dem Erker. Da entdeckte ich sie im Garten. Zwischen zwei Buchsbaumrabatten, die länger nicht gestutzt worden waren, saß sie in der markanten aufrechten Haltung, die mir gestern schon aufgefallen war. Auf einer schmiedeeisernen weißen Bank genoss sie mit geschlossenen Augen die nach dem Regenguss nun plötzlich wieder scheinende Sonne. Verbrachte sie die letzten Tage hier? Was für ein Gefühl musste es sein, ein solches Anwesen verkaufen und sich für immer davon trennen zu müssen?

Ich fand den Ausgang zum Garten, stieg die drei Stufen hinab und ging den Kiesweg entlang. Das Knirschen meiner Schritte war nicht zu überhören. Camille hob den Kopf, blickte in meine Richtung und stand abrupt auf. Ich ging noch zwei Schritte und blieb dann stehen. Sie fixierte mich mit gerunzelter Stirn und kaum verborgenem Missfallen.

»Ich wollte mich nur von Ihnen verabschieden«, versuchte ich einer eventuellen Zurechtweisung zuvorzukommen. Ich ging noch zwei Schritte auf sie zu, blieb aber in einem größeren Abstand stehen, als ich es normalerweise getan hätte. Der Fauxpas meines unerwünschten Eindringens stand zwischen uns wie ein unsichtbarer Puffer.

»Ich kann mich leider nicht um alle Besucher persönlich kümmern«, sagte sie kühl.

»Natürlich nicht«, antwortete ich, verunsichert durch

ihre Reserviertheit im Vergleich zum Vortag. »Bitte entschuldigen Sie.«

Ich machte schon Anstalten zu gehen, als sie glücklicherweise etwas freundlicher nachfragte, ob ich alles bekommen hätte.

»Ja. Danke. Herr Lemoy hat mir alles ausgehändigt. Also ... das wenige, das zugleich fast schon zu viel ist. Will sagen ... nun ja, das würde jetzt zu weit führen.«

Sie schaute mich mit einem schwer lesbaren Gesichtsausdruck an, entweder noch immer wegen meiner Impertinenz oder vielleicht auch aufgrund meiner etwas wirren Rede.

»Fehlt etwas?«, wollte sie wissen.

»Fehlen? Nein. Wie auch? Ich meine: Wie man es nimmt. Ich habe unter anderem ein historisches Schriftstück geerbt, einen chiffrierten Brief, der zu einer Korrespondenz gehört, die einmal von großer Bedeutung gewesen ist. Für mich jedenfalls, für eine heute allerdings bedeutungslose Frage.«

»Aha«, erwiderte sie und sah mich nun doch neugierig an. »Und welche Frage?«

»Es sind eigentlich mehrere.«

»Nun«, sagte sie ermunternd und lächelte endlich einmal, »da Sie schon einmal hier sind, darf ich sie erfahren?«

Ich zog das zerlesene Romanexemplar aus der Tasche und hielt es ihr hin. Ein Ausschnitt des Louvre-Gemäldes war auf der Titelseite abgebildet.

»Sie kennen das Bild bestimmt.«

Camille warf nur einen kurzen Blick auf den Umschlag, bevor sie antwortete.

»Natürlich. Es ist ja eine Art Familienporträt.« Sie deutete auf das Haus neben uns. »Henriette soll mehrmals hier übernachtet haben.«

Henriette hatte hier übernachtet! Wie sie das einfach so

sagte. Als handle es sich um eine alte Schulfreundin, die ein paar Mal vorbeigekommen war.

»Sie haben den Roman gelesen?«

»Ihr Buch ist damals hier rege diskutiert worden. Mein Onkel war sehr aufgebracht darüber.«

»Aufgebracht? Warum?«

»Er ärgerte sich über fast jede Veröffentlichung, die unsere Familie betraf. Die historischen Fehler und Falschdarstellungen. Die Auslassungen.«

»Auslassungen?«

»Ja. Das war ja der Anlass für seinen Brief.«

»Ja, sicher. Aber er hat die Gründe nicht genannt, es war alles sehr allgemein gehalten.«

»Das wundert mich nicht. Er war sehr impulsiv.«

Ich musste mir immer wieder bewusst machen, was ich gerade erlebte. Eine Nachfahrin von Henriette d'Entragues stand vor mir, plauderte mit mir, wie durch einen Zeittunnel hindurch, der sich allerdings in genau diesem Moment auch schon wieder zu schließen begann.

»Ich habe leider nicht viel Zeit«, sagte sie. »Sie verstehen, wir haben hier noch so viel zu tun.«

»Ja, natürlich«, entgegnete ich. »Aber schauen Sie bitte, das hier …« Ich zeigte ihr das Stück Pergament, hielt es ihr so hin, dass sie es leicht hätte ergreifen können, was sie aber nicht tat.

»Was ist damit?«

»Es befand sich in einem Umschlag, den er für mich vorbereitet hatte. Wahrscheinlich damals, nach der Lektüre.«

»Ja. Und?«

»Dieses Dokument ist für mich sehr aufschlussreich. Wenn es noch mehr davon gäbe, wäre das hochinteressant.«

Sie zuckte mit den Schultern. »Dazu kann ich nichts sagen. Worum handelt es sich?«

»Es ist das Fragment einer Depesche an den Großherzog der Toskana«, erklärte ich. »Es gibt eine ganze Sammlung davon. Manche sehen so aus wie diese. Andere sind chiffriert.« Ich suchte ihre Augen, um meinem Anliegen Nachdruck zu verleihen. Aber sie wich meinem Blick aus. »Es könnte sein, dass noch mehr davon oben im Archiv liegen«, fuhr ich fort. »Ich würde das zu gerne überprüfen.«

Sie verschränkte die Arme vor der Brust und schaute mich an, als hätte ich den Verstand verloren. Wie sollte ich ihr die ganze komplizierte Geschichte nur in wenigen Worten erklären?

»Diese Korrespondenz ...«, begann ich.

»Monsieur«, sagte sie sanft, so sanft, dass ich schneller verstummte, als wenn sie mich angeschrien hätte. »Das ist nicht möglich. Haben Sie gesehen, wie viel Material dort oben liegt? Sie würden Wochen brauchen. Wollen Sie wissen, wie lange es gedauert hat, bis alles sortiert war? Wir haben derartige Anfragen auch von anderen Interessenten immer ablehnen müssen. Es wäre ein Chaos geworden. Es tut mir leid. Ich kann Ihnen leider nicht helfen.«

Ich nickte wie betäubt.

»Ich wünsche Ihnen trotz allem noch einen schönen Aufenthalt und eine gute Heimreise«, fügte sie noch hinzu. »Es hat mich sehr gefreut, Sie kennenzulernen.«

Damit ließ sie mich stehen. Ich sah ihr nach, wie sie den Kiesweg entlangging, an dem Erker vorbei und zu der Tür, die ins Innere des Hauses führte. Sie verschwand darin, ohne sich noch einmal umgesehen zu haben. Mein Blick haftete an ihr wie an einem verschwimmenden Traumbild, das ich um alles in der Welt festhalten wollte. Fast hätte ich ihren Namen gerufen.

9. KAPITEL

Alain fragte nicht, warum ich meine Reservierung verlängern wollte. Er reichte mir lediglich den Schlüssel über den Empfangstresen, wünschte mir einen guten weiteren Aufenthalt und wollte wissen, ob ich am nächsten Morgen wieder ein Frühstück wünschte.

»Ja. Bitte. Und wo kann man hier eigentlich telefonieren? Ich habe hier nirgendwo Empfang.«

»Da musst du ein ganzes Stück fahren«, sagte er, legte eine in Plastik verschweißte Landkarte vor mich hin und deutete mit einer Kugelschreiberspitze auf einen Punkt darauf.

»Wir sind hier. Dieses ganze Areal ist ein Funkloch. Der erste Ort, wo es verlässlichen Empfang gibt, ist Niaux. Da gibt es auch ein Café mit Wi-Fi.«

Ich nahm während der Fahrt wenig von der Landschaft wahr, sondern war damit beschäftigt, meine Optionen abzuwägen. Ich brauchte auf jeden Fall Geld. Wenn ich Moran den Stoff schmackhaft machen konnte, müsste sie einfach die ganze Palette ihres Könnens für mich einsetzen. Es war nicht meine Art, den Vorschuss für einen Roman so weit wie möglich hochzutreiben. Aber wie sollte ich sonst an Balzacs Material herankommen?

Für mich war es völlig unvorhersehbar, welche Summen bei einer solchen Versteigerung geboten wurden. Wer interessierte sich wohl für so eine Sammlung? Falls ich mich offiziell als Bieter anmelden würde, bekäme ich vielleicht noch einmal Zugang zum Archiv. Sicher gab es Fristen, die wahrscheinlich schon verstrichen waren. Private oder institutionelle Sammler hatten sich bestimmt längst gemeldet und in Position gebracht. Camilles Weigerung, mir Zugang zu gewähren, hing vielleicht auch damit zusammen.

Der Gedanke an sie erzeugte eine niedergeschlagene und zugleich seltsam euphorische Stimmung in mir. Sie hatte mich einfach stehen lassen, mir nicht einmal Gelegenheit gegeben, mich zu erklären. Aber wie sie da in diesem Garten gestanden hatte! Ihre Gestalt war mir noch vor Augen, ihre Stimme klang in mir nach. Ob sie verheiratet war? Bestimmt! So eine Frau war nicht allein. Wahrscheinlich war sie mit einem anderen Musiker liiert. Oder einem Dirigenten. Hatte vielleicht Kinder. Ich kannte nicht viel von ihrer Welt, aber das wenige war bereits faszinierend genug. Das Blut einer der schönsten und unbändigsten Hofdamen der französischen Geschichte floss in ihr, einer Fast-Königin, für deren Gunst ein König hunderttausend Taler bezahlt hatte. Für eine einzige Nacht! Vielleicht erzählte die Narbe auf Camilles Stirn von dieser Wildheit oder einer ungestümen Kindheit, die man in der erwachsenen Frau nicht ohne Weiteres entdecken konnte. Ich wollte eigentlich nicht an sie denken, was natürlich das Gegenteil bewirkte. Ich lauschte in Gedanken ihrer Stimme, sah die vom Geigenspiel wunde Stelle unter ihrem Kinn vor mir, die verführerische Linie ihrer Wangenknochen. Und immer wieder ihre aufrechte Gestalt, die sich entfernte.

Das Café, von dem Alain gesprochen hatte, war nicht schwer zu finden. Aber es war geschlossen. Ich hatte den einzigen Ruhetag erwischt. Immerhin zeigte mein Telefon endlich ein Netz an, die Fahrt war also nicht ganz umsonst gewesen. Ich parkte. Das Städtchen war verwaist. Überall standen Hinweisschilder zu den berühmten Grotten, wo die wenigen Touristen der Nachsaison sich vermutlich sammelten, sodass der Ort selbst unbehelligt blieb. Ich wählte Morans Nummer, und sie antwortete nach dem dritten Klingeln.

»Hallo, mein Lieber.« Ihre Stimme klang wie immer gut gelaunt. Im Hintergrund klingelte noch ein Telefon. »Wo bist du denn? Es rauscht ja mächtig.«

»Der Ort sagt dir bestimmt nichts. Südfrankreich. In der Nähe von Toulouse.«

»Wie schön. Machst du Urlaub?«

»Nein. Hör zu. Hast du zehn Minuten?«

»Sicher. Was gibt's?«

»Es ist ... total verrückt.«

Ich gab ihr einen kurzen Abriss der Ereignisse. Sie hörte zu, ohne mich zu unterbrechen.

»Das klingt ja interessant. Und? Was hast du jetzt vor?«, fragte sie dann.

»Ich muss diese Dokumente haben«, erklärte ich. »Der Roman ist nicht fertig, wie du weißt. Das Ende ist offen.«

»Du willst eine Fortsetzung schreiben? Im Ernst?«

Das war es offenbar nicht gewesen, was sie mit ihrer Therapie vom zwölften Buch im Sinn gehabt hatte.

»Es hängt davon ab, was ich finde. Aber ich glaube, da ist etwas. Etwas Großes. Etwas wirklich Sensationelles.« Schweigen. Erneut klingelte irgendwo ein Telefon. »Moran, du weißt, es ist mir noch nie um Geld gegangen, aber in diesem Fall ... also es kann sein, dass ich nur mit einem größeren Betrag an diese Quellen überhaupt herankomme.«

»Wie viel würdest du denn brauchen?«

»Wie viel könnten wir bekommen?«

»Vorschuss?«

»Ja.«

»Für die Fortsetzung eines fünfundzwanzig Jahre alten historischen Romans? Hm. Lass mich mal in deine Zahlen schauen. Augenblick.«

Ich hörte, wie sie den Hörer ablegte. Im Hintergrund wurde gesprochen, aber ich konnte nichts verstehen, da

Moran auf einer Tastatur herumklapperte. Meine Zahlen! Das war natürlich die Frage. Was war ich gerade wert? Wie Vorschüsse für Romane zustande kamen, war für mich immer ein Buch mit sieben Siegeln geblieben. Dabei spielten so viele Faktoren eine Rolle, dass man die Sache am besten jemandem überließ, der sich tagaus, tagein damit beschäftigte, und vor allem genügend Autoren und Autorinnen vertrat, um die aktuellen Zahlen anhand von geschlossenen Verträgen wirklich zu kennen. Kurz gesagt: jemand wie Moran. Sie beherrschte dieses Spiel, kannte alle und jeden, fuhr zu den Messen und ging auf die Partys. Sie erfuhr, wenn ein Lektor oder eine Verlagschefin wechselten, wenn ein Programmmacher beschloss, auf Schwedenkrimis statt auf Afrikaromane zu setzen, oder wenn irgendwo eine Fantasy-Reihe aufgelegt und Autoren dafür gesucht wurden.

Es waren Informationen, die man als Autor schwerlich haben konnte oder wollte, aber leider haben musste, um eine realistische Chance zu haben, veröffentlicht und anschließend wahrgenommen zu werden. Dabei war es ziemlich egal, ob man in einem populären Genre oder im literarischen Elfenbeinturm unterwegs war. Die Mechanismen waren überall ähnlich. Im ersten Fall würde sich alles darum drehen, in der Weihnachtsbeilage von Frauenzeitschriften besprochen und empfohlen zu werden, im andern musste man anstreben, im Feuilleton rezensiert oder für irgendeinen Literaturpreis nominiert zu werden. Türwächter gab es überall, sie sahen nur anders aus, mussten anders behandelt werden. Bücher waren nun mal den gleichen, erbarmungslosen Marktmechanismen unterworfen wie Joghurts oder Müsliriegel. Es gab zu viele davon, die auch noch alle ziemlich ähnlich schmeckten, was dazu führte, dass die Verpackung immer wichtiger wurde, die Präsentation, das Marketing.

»Verlage jagen nicht«, pflegte Moran mich immer zu trösten, wenn ich – wie alle Autoren – das Gefühl hatte, dass nicht genug für meine Bücher getan wurde. »Sie angeln. Sie hängen viele Würmer ins Wasser, und erst wenn sich irgendwo der Schwimmer bewegt, wird das Werbegeld hinterhergeworfen.«

Es hatte ja auch eine gewisse Logik. Wer wusste denn schon, was die Leute lesen wollten? Blieb nur, auf Masse zu setzen. Auf jede Menge Flops kam dann ein Knaller, der alles andere mitfinanzierte. Das wollte zwar niemand wahrhaben, aber so war das eben, wenn jedes Jahr zehntausend Romane veröffentlicht wurden. Bei Massenproduktion entschieden die Gesetze der Masse. Und weil ich davon einfach nichts verstand, würde ich alles Weitere wie immer Moran überlassen, vorausgesetzt, ich konnte sie überzeugen, dass ich die Romanidee für so einen Deal überhaupt besaß.

»Also«, meldete sie sich wieder und hörte endlich auf, auf den Tasten herumzuhämmern. »Die letzten drei Jahre sind bei diesem Titel nicht mehr der Rede wert. Aber er ist sage und schreibe fünfundzwanzig Jahre ununterbrochen auf dem Markt. Ein Vierteljahrhundert! Meine Güte! Die Gesamtauflage ist nicht schlecht. Zwölf Übersetzungen. Kein Film. Keine Bearbeitung. Abdruck von Auszügen in ein paar Schulbüchern. Bühnenbearbeitung 2005.«

»Das war ein Plagiat«, warf ich ein. »Ich musste sogar klagen.«

»Gut, das hilft dann eher nicht. Was stellst du dir denn so vor?«

»Finanziell?«

»Nein. Inhaltlich. Genre. Umfang. Erscheinungstermin. Wann bist du fertig?«

»Fertig? Ich habe noch nicht einmal angefangen, geschweige denn weiß ich, ob ich überhaupt an das Material rankomme. Ja, ob es überhaupt welches gibt.«

»Was soll ich also bitte verkaufen?«

»Hör zu«, ich legte so viel Überzeugungskraft in meine Stimme, wie ich nur konnte. »Ich bin ziemlich sicher, dass in diesem Archiv sensationelles Material liegt. Und wenn ich nichts unternehme, dann wird es in wenigen Tagen wahrscheinlich auf Nimmerwiedersehen verschwinden.«

»Das mag ja sein. Aber was soll ich verkaufen? Gib mir einen Pitch. Eine Idee.«

Ich drehte die Augen zum Himmel.

»Moran! Vor ein paar Wochen hast du mir noch geraten, ich solle mich auf meine Anfänge besinnen. Und jetzt sitze ich hier, ein paar Kilometer von mir entfernt liegen wahrscheinlich bis heute unbekannte Geheimdepeschen der Medici-Spione in einer Privatbibliothek. Geheimdokumente, die über vierhundert Jahre alt sind und für die Welt gar nicht existieren.«

»Bist du dir da sicher?«

»Der Mann, der mir das Fragment zugeschoben hat, wusste sehr gut, warum er das tat. Der Schnipsel ist ein Köder, Moran, eine Provokation. Es muss einfach noch mehr da sein.«

»Aber was macht diese Briefe denn so besonders?«

Wie sollte ich ihr das nur in drei Sätzen erklären?

»In allen einschlägigen Studien steht, dass Ferdinand de Medici seine Agenten Ende 1598 aus Paris abgezogen hat, weil sich die Hoffnung auf eine Ehe Heinrichs IV. mit Maria de Medici angeblich zerschlagen hatte. Alle Forscher stützen sich dabei auf die offizielle Ausgabe der diplomatischen Korrespondenz zwischen Paris und der Toskana. Ein gewisser Giuseppe Canestrini hat sie zwischen 1860 und 1890 herausgegeben. Die Sammlung hat nur leider den Fehler, dass viele Monate fehlen, genau der Zeitraum zwischen Dezember 1598 und Oktober 1599, als die Sache mit Gabrielle auf ihren dramatischen Höhepunkt zusteuerte. Die Spione waren jedoch keineswegs abgezogen worden. Die Verhandlungen liefen sehr wohl weiter, aber höchst geheim. Canestrini hatte vermutlich nicht alle Codes und konnte daher nicht alles zuordnen und entschlüsseln. Einen Teil dieser Geheimkorrespondenz, vor allem die des Chefagenten Bonciani aus der Zeit vom Dezember 1598 bis zu Gabrielles Tod im April 1599, habe ich damals gefunden. Aber eben nur einen Teil, und auch nur manche der Dechiffrierschlüssel. Zudem sind die Geheimberichte über den Fortgang der Angelegenheit nicht nur in Code verfasst, sondern auch gespickt mit verklausulierten Andeutungen, Pseudonymen und dergleichen. Ich musste am Ende viel spekulieren, um den Roman abzuschließen.«

»Und was genau versprichst du dir von dem neuen Material?«

»Es kann alles Bisherige völlig auf den Kopf stellen. Vielleicht kann ich sogar beweisen, was wirklich passiert ist.«

»Beweisen musst du mir vor allem, dass du mir einen Roman bringen kannst, der sich fünfzig- oder hunderttausendmal verkaufen wird. Und ich muss einen Verlag finden, der mir das glaubt! Über was für eine Summe reden wir überhaupt?«

»Woher soll ich das wissen«, rief ich völlig entnervt, dass der Funke, der gerade erst in mir gezündet hatte, nicht sofort übersprang. »Das Material wird versteigert. Wie viel kann ich denn im Moment realistischerweise erwarten?«

»Welches Genre?«, fragte sie erneut.

Ich überlegte widerstrebend. Wie ich dieses Wort hasste. Genre.

»Historischer Roman …«

»… ist tot«, erklärte sie kurz und knapp. »Im Moment laufen, wie du weißt, nur Thriller. Aber in der Gegenwart, bitte, sonst ist es aussichtslos.«

»Gegenwart? Wie soll das denn gehen? Die Geschichte spielt im sechzehnten Jahrhundert. Der Held ist ein Maler, der manipuliert wird ...«

»Ein Maler? Warum keine Malerin?«

Ich bereute inzwischen, Moran angerufen zu haben. Ich hätte wissen sollen, wie sie argumentieren würde, wenn es ums Geschäft ging. Es war immer das Gleiche, der verdammte Ritt auf der Klinge zwischen Kunst und Kommerz.

»Weibliche Hauptfigur«, beharrte sie. »Und eine starke Liebesgeschichte, nicht mehr als hunderttausend Wörter. Auslandslizenzen werden immer schwieriger wegen der Übersetzungskosten.«

»Moran! Mein Roman damals hatte über hundertzwanzigtausend Wörter ...«

»... und ist fünfundzwanzig Jahre alt«, unterbrach sie mich. »Vergiss früher. Heute ist heute, und alles ist anders. Deine Leser von damals sind ausgestorben. Du hast doch damals auch eine moderne Rahmengeschichte um die Sache herumgebaut, oder? War da nicht ein Literaturprofessor, der ein Manuskript findet?«

»Ja«, erwiderte ich mürrisch. »Weil der Lektor das unbedingt so haben wollte. Aber schon damals war das eine verdammte Krücke.«

»Egal«, gab Moran zurück, »es hat funktioniert. Ein Literaturprofessor ... du liebe Zeit, das ist so was von Neunzigerjahre. Wie wäre es mit einer Bloggerin? Auf jeden Fall brauche ich Thriller und Gegenwart. Und eine starke Frauenfigur. Kannst du das liefern? Dann können wir über Vorschüsse reden.«

»Ich denk darüber nach«, sagte ich resigniert. »Aber wenn ich das Material nicht kaufen kann, wird daraus eh nichts.«

Es wurde kurz still in der Leitung. Meine Stimmung

war auf dem Nullpunkt. Verrannte ich mich gerade in etwas? Was, wenn es gar kein weiteres Quellenmaterial gab? Und wenn doch, wer garantierte mir, dass es der alten Geschichte eine neue Wendung geben würde? Und eine Fortsetzung? War das die Ultima Ratio meines Daseins? Immer wieder das Gleiche, nur ein wenig anders?

»Ich häng mich mal ans Telefon«, schlug Moran vor. »Unverbindlich. Eine Fortsetzung von einem Buch, das ganz passabel gelaufen ist, kann man eigentlich immer verkaufen. Dann rechnen wir deinen Namen dazu, deine ganzen anderen Titel …« Sie nannte einen nicht gerade hohen fünfstelligen Betrag.

»Danke«, erwiderte ich matt.

»Ohne Gewähr«, betonte sie. »Wann kommst du zurück?«

»Bald.« Dann legte ich auf.

10. KAPITEL

*Chère Madame Balzac,
ich schreibe Ihnen heute mit der Bitte um ein kurzes Gespräch ...*

*Chère Madame Balzac,
zunächst bitte ich Sie noch einmal um Entschuldigung für meine gestrige Zudringlichkeit ...*

*Chère Camille,
bitte sehen Sie es mir nach, dass ich mich noch einmal an Sie wende ...*

Ich gab bald auf. Wäre es nicht einfacher, einzubrechen?

Ich verbrachte den Rest des Tages in meinem Zimmer, grübelte und versuchte zu entscheiden, welche Strategie überhaupt Aussicht auf Erfolg haben könnte. Was außer Geld könnte ich noch anbieten? Es ging doch nur um einen Bruchteil von Balzacs Hinterlassenschaft, ein paar chiffrierte Briefe! Wer traf in dieser Familie überhaupt die Entscheidungen? Außer Camille und ihrem Bruder hatte ich keine weiteren Angehörigen im Manoir gesehen, aber das bedeutete natürlich nichts. Balzac hatte vielleicht keine eigenen Nachkommen, aber einen Bruder oder eine Schwester musste es ja wohl geben, wenn Camille seine Nichte war. Und wie stand es mit Camilles Bruder? Vielleicht sollte ich mir erst einmal einen Überblick über die Familienverhältnisse verschaffen, bevor ich weitere Schritte erwog. Und dann war da noch etwas: dieses Romankapitel!

Ich las die mit »La Rivière« überschriebenen Passagen

erneut und versuchte, mir einen Reim darauf zu machen. Jemand hatte bereits damit begonnen, meinen Roman weiterzuschreiben. Charles Balzac? Stammte dieser Text aus seiner Feder? Hatte er, da ich nicht reagierte, die Korrekturen oder Ergänzungen, die er von mir verlangt hatte, einfach auf eigene Faust vorgenommen? Und gab es womöglich auch davon noch mehr? Warum hatte er mir dieses Kapitel schicken wollen? Und wieso hatte er es nicht getan? War sein Unfall dazwischengekommen? Wer kam auf die Idee, einem Autor Varianten seines Romans zukommen zu lassen? War es vielleicht als kleine Rache für mein Schweigen gemeint? Oder hatte er mich damit in einem zweiten Anlauf locken wollen, ihm endlich zu antworten und nach Saint-Maur zu kommen? Mir verdeutlichen wollen: Ich weiß so viel mehr als du! Deine Geschichte ist nicht fertig. Ich weiß, was wirklich passiert ist.

La Rivière war eine Schlüsselfigur. Ohne es zu wissen – denn wie sollte er davon Kenntnis gehabt haben –, hatte er mit der gleichen Figur begonnen wie ich. Manus Dei, wie das Kapitel in meinem Roman hieß, war das erste gewesen, das ich zu Papier gebracht hatte, Gabrielles Todeskampf und der verzweifelt um ihr Leben ringende Arzt. Erst Jahre später war die Rahmenhandlung dazugekommen und hatte die Szene weit ins Buch hinein verschoben:

Im Morgengrauen des 10. April 1599 betritt der Leibarzt des Königs das Zimmer. La Rivière schiebt die Schaulustigen zur Seite, tritt an das Bett und betrachtet den Körper darin. Die Augen der Toten sind völlig nach hinten verdreht, Hände und Füße noch an den Bettpfosten festgebunden mit schmierigen, eilig zerrissenen Lakenfetzen. Das Gesicht ist schwarz gefärbt, durchfurcht von den Spuren der entsetzlichen Krämpfe. Am Boden liegen durchgebissene Holzstücke und ausgebrochene Zähne.

Das war für mich immer der Anfang gewesen, die Urszene, die Katastrophe. La Rivière, mit Sicherheit über jeden Verdacht erhaben, war der wichtigste Zeuge am Tatort. Wenn jemand beurteilen konnte, ob Gabrielle vergiftet worden war oder nicht, dann er. Insofern wäre seine Audienz beim König nach ihrem Tod ein perfekter Einstieg für eine Fortsetzung. Es konnte durchaus so stattgefunden haben, wie Balzac es schilderte. Ich hatte kein Originalprotokoll darüber finden können, nur Erwähnungen aus zweiter und dritter Hand. La Rivière war nach Fontainebleau zitiert worden, um über die Agonie der Herzogin zu berichten. Er wurde danach weder entlassen noch hingerichtet. Aber er machte sich laut Überlieferung bis ans Ende seiner Tage bittere Vorwürfe. Vorwürfe worüber?

Doch jetzt hatte ich noch ein Problem! Der Text war bereits geschrieben. Und ich fand ihn leider sogar gut. Falls ich noch mehr Kapitel dieser Art fand, was sollte ich dann tun? Sie lesen? Wie um alles in der Welt sollte ich dann *meine* Fortsetzung schreiben? Hatte Balzac möglicherweise die ganze Geschichte weiter und zu einem völlig anderen Ende erzählt? Und hatte er meine eigene vielleicht völlig entwertet, widerlegt? Weil er so viel mehr darüber wusste?

Ich nahm das vergilbte Pergament wieder zur Hand. Es war eine unverschlüsselte Depesche. Aber schon in Klartext geschrieben war die Lektüre dieser auf Altitalienisch abgefassten Korrespondenz schwierig, da manche Personen immer nur mit Platzhalternamen genannt wurden. Villeroi wurde mehrmals erwähnt: *parlaba lungamente con Villeroi del (...) concernente le cose di (Roma?) et il*

*Card*le*(inale) Aldibrandino (Aldobrandini?), il quale Villeroi mi ha assicurato che egli è uno di quelli che conosce molto bene quanto importa alla Francia ...*

Es war extrem mühsam. Ich konnte immer nur einen Bruchteil der Wörter zuverlässig entziffern. Worüber Heinrichs Gesandter Villeroi im Frühjahr 1599 in Rom mit Kardinal Aldobrandini verhandelt und was er zugesichert hatte, würde ich erst erfahren, wenn ich den Rest dieses Schreibens und alle weiteren, die sich vielleicht noch in Balzacs Besitz befanden, gefunden, transkribiert und übersetzt hätte. Doch schon diese wenigen, schwer lesbaren Zeilen trieben das Fieber der Neugier in mir hoch.

Ich las die Passage erneut und rief mir ins Gedächtnis, was ich über die Situation noch wusste. Villeroi hatte nicht direkt mit dem Papst verhandelt, denn der stellte sich aus der berechtigten Furcht quer, dass Heinrich Gabrielle heiraten würde. Er weigerte sich zeitweise sogar, eine Annullierung seiner noch bestehenden Ehe mit Margarete überhaupt in Erwägung zu ziehen, was Villerois Vorstoß gegenüber Aldobrandini erklärte. Bis zuletzt hatten die Parteien sich misstrauisch und zunehmend nervös umlauert, hatten versucht, eine Lösung für das Epoche machende Problem zu finden, das Gabrielle d'Estrées geheißen hatte und sich schließlich auf einmal in Luft auflöste, als sie, kaum sechsundzwanzigjährig, unter unsäglichen Qualen plötzlich verstarb, nur Tage vor der geplanten Hochzeit.

Woher nur hatte er diese Quelle? Die Geheimkorrespondenz lag doch im Medici-Archiv in Florenz. Dort waren die Briefe gesammelt und ausgewertet worden. Als das erste Ziel erreicht war, Gabrielle beseitigt, Maria de Medici auf dem französischen Thron und die italienische Kamarilla in Paris installiert, wurden alle verräterischen Akten im Staatsarchiv eingelagert. Dort lagen sie bis heute, verstaubt, verschlüsselt und vergessen. Aber genau das war mein Fehler gewesen. Die Geschichte war natürlich weitergegangen. Mit Henriette.

Sie war beim Fastnachtsbankett im Februar 1599 das erste Mal auf den Plan getreten. Was als erotisches Ablenkungsmanöver ersonnen worden war, um Heinrich von seinen staatsgefährdenden Heiratsabsichten abzubringen, hatte eine völlig unvorhergesehene Wirkung nach sich gezogen. Heinrich zeigte zwar großes Interesse an dieser Neunzehnjährigen, die halb nackt im Ballett der Fremdländischen Völker vor ihm herumtänzelte, während Gabrielle neben ihm saß, blass, schwanger und zunehmend im Unklaren darüber, wie ihre Sache am Ende ausgehen würde. Doch kaum war das Spektakel zu Ende, erhob er sich, verkündete, er werde Gabrielle am Sonntag nach Quasimodo heiraten, und steckte ihr zur Besiegelung dieses höchst offiziellen Eheversprechens seinen Investiturring auf den Finger. Das Ereignis sandte Schockwellen durch Europa. Und ab diesem Zeitpunkt war Henriette Teil aller dynastischen Gleichungen, die später folgten – bis zu Heinrichs Ermordung. War also vorstellbar, ja, war es nicht sogar höchst wahrscheinlich, dass Geheimdokumente aus dieser Zeit überdauert hatten und in Charles Balzacs Archiv verwahrt lagen?

Ich spürte den Stachel geradezu, der in seiner *Botschaft* steckte. Er hatte genau gewusst, was dieser Mitschnitt aus den Geheimgesprächen zum Höhepunkt der Krise in mir auslösen würde. Schau, ich habe den Schlüssel zu all den

Fragen, die du nie lösen konntest. Jetzt wird er vor deiner Nase wieder verschwinden, weil du mich nicht ernst genommen, mich nicht beachtet hast. Und noch eine furchtbare Ahnung beschlich mich jetzt: Hatte ich mich mit der falschen Frau, mit der falschen Frage beschäftigt? War es niemals nur um Gabrielle gegangen, sondern war die eigentliche Geschichte viel größer, viel umfassender gewesen?

In welchem Verwandtschaftsverhältnis stand Balzac überhaupt zu ihr? Die Kinder, die Henriette mit Heinrich IV. gehabt hatte, überlebten nicht einmal das Jahrhundert, in dem sie zur Welt gekommen waren. Gaston-Henri, Herzog de Verneuil, heiratete, starb jedoch kinderlos als Fürstbischof von Metz. Gabrielle Angélique, die Tochter, wurde von ihrem gewalttätigen Ehemann vergiftet. In der fünfjährigen Ehehölle, bevor sie ermordet wurde, gebar sie zwei Kinder, einen Sohn, der nicht einmal dreißig wurde, bevor er auf dem Schlachtfeld starb, und eine Tochter, die ihr Leben im Kloster verbrachte, ohne Nachkommen zu hinterlassen. Blieb also nur eine der vielen Seitenlinien des Geschlechts der Balzac, über die ich nichts wusste und ohne eine vernünftige Bibliothek auch nicht herausfinden konnte.

Ich hatte mich nie eingehender mit der Familie befasst. Henriette d'Entragues war nur der nächste Akt gewesen, die zweite Frau auf dem Gemälde. Jetzt erschien es mir unbegreiflich, dass ich mich nicht ausgiebiger mit ihr beschäftigt hatte. Spielte Henriette möglicherweise eine weitaus wichtigere Rolle für die Interpretation des Doppelporträts, als ich vermutet hatte? Lag der Schlüssel für den Sinn des Gemäldes in Wirklichkeit bei ihr?

Das Versäumnis beschämte mich. Wie konnte ich diese Möglichkeit übersehen haben? Es sprang doch ins Auge! Nach Gabrielles Tod hatte Heinrich Henriette noch übler mitgespielt als ihrer Vorgängerin. Diese hatte er wenigstens wirklich geliebt. Aber Henriette? Nach Gabrielles jähem Ende war es allein darum gegangen, den leer gewordenen Platz im königlichen Bett so schnell wie möglich zu füllen, und die Wahl fiel auf diese Neunzehnjährige aus einer Familie mit äußerst elastischen Moralvorstellungen, um nicht zu sagen: einer Rotte skrupelloser Opportunisten. Der Vater, François Balzac, war einer, der sein Fähnchen immer im Wind hielt und je nach der politischen Wetterlage die katholischen Guisen oder die protestantischen Royalisten unterstützte. Seine Frau, Marie Touchet, war zunächst seine Mätresse, zuvor jedoch und bis zu dessen Ableben, das sie angeblich durch ihr Temperament beschleunigt haben soll, die offizielle Geliebte Karls IX. Ein Anagramm aus ihrem Namen »Je charme tout«, das damals im Umlauf war, verwies auf ihre Qualitäten, die sich offenbar auf die beiden Töchter übertragen hatten, vor allem auf die Jüngere, die dem Temperament, der Schönheit und vor allem der Unverfrorenheit der Mutter in nichts nachstand und jeden um den Finger wickelte. Derart vielversprechendes Heiratsmaterial wurde natürlich eifersüchtig bewacht, was einem Pagen nicht gut bekam, dem die jugendliche und ungestüme Henriette zu eindeutige Avancen gemacht hatte und der von der Mutter kurzerhand erdolcht wurde. Dann kam jenes Fastnachtsbankett. Heinrich wurden Henriettes frische Reize präsentiert, um die verblassenden an seiner Seite umso verwelkter aussehen zu lassen. Der Schuss ging nach hinten los. Doch wenige Wochen später starb Gabrielle und hinterließ einen trostbedürftigen König.

Von einem kurzen Aufenthalt auf einem der Schlösser der Familie Balzac in Malesherbes versprach man sich Zerstreuung für ihn, die auch nicht ausblieb. Blond, blauäugig, blutjung, rank und schlank, biegsam wie eine junge Weide und zugleich äußerst schlagfertig und scharfzüngig, hatte Henriette keinerlei Mühe mit dem alternden, von

Trauer und Gewissensbisse zermürbten Monarchen. Mit einem hoffnungslos seinen Trieben ergebenen Endvierziger, was heutzutage in etwa einem Endsechziger entspräche, hatte sie leichtes Spiel. Ihre durchtriebene Koketterie, gepaart mit einer freizügigen, ans Schamlose grenzenden Körperlichkeit, die im letzten Moment unüberwindliche und klare Grenzen zu setzen wusste, war für einen Schwächling der Sinne, wie Heinrich es war, unwiderstehlich. Um ihr nah zu sein, logierte er im Schloss Le Hallier, während die Familie d'Entragues sich kaum eine Meile entfernt im Château de Chemault einrichtete. Henriette spielte die Desinteressierte, was die geplante Wirkung hatte. Erste Versprechen wurden gemacht, Geldsummen, die allmählich anstiegen, Titel, Ländereien.

Eines Morgens unterbrach ihr Halbbruder, der Graf d'Auvergne, eines dieser würdelosen Tête-à-Têtes mit dem noch würdeloseren Schmierentheater des moralisch empörten Beschützers der Familienehre und verwies den König des Hauses. Der kehrte verärgert nach Paris zurück, stieg bei Kardinal Gondi ab, nur um zwei Tage später festzustellen, dass die verfluchte Sippe direkt gegenüber im Hotel Lyon eingezogen war. Heinrich schickte einen Boten, wurde selbst vorstellig, erneut abgewiesen und so nach allen Regeln der Kunst weichgekocht, denn kurz darauf zog der Tross nach Marcoussis ab, wohin der Monarch alsbald folgte. Trauriges Schauspiel eines Mannes, von dem eine Zeitgenossin, die es wissen musste, nur noch zu sagen pflegte, sie sehe zwar jeden Tag den König, aber leider nie Seine Majestät.

Heinrich indessen ließ nicht von Henriette ab, warb, beschwor, versprach alles, um ihre Liebe zu gewinnen, und lieferte Spöttern Anlass zu fragen, wie sich denn zwischen der Nase und dem Kinn des Königs, die sich bereits so gut wie vermählt hatten, noch die Liebe einfinden solle? Trotz seiner lebendigen Augen und des noch regen Geistes sah Heinrich mit dem Zinken eines Policinello im Gesicht längst nicht mehr begehrenswert aus. Schön war er ohnehin nie gewesen. Jetzt, mit einem bereits leicht gekrümmten Rücken, einer dunklen und faltig gegerbten Gesichtshaut unter einem grauen Bart war kaum etwas übrig geblieben, was einer jungen Frau gefallen konnte. Dazu stank er und war meist schmutzig. Wascht Euch nicht, ich komme! Diese vor Jahren an seine schöne Gabrielle gerichtete Aufforderung mochte dem Mittdreißiger noch die Aura einer verruchten Erotik verliehen haben – dem Endvierziger eilten seine Körperausdünstungen eher als Warnung denn als Lockung voraus. Seine Titel waren das einzig Verführerische an ihm. Henriette wusste, worauf sie sich einließ, und forderte einen entsprechenden Preis für den Handel: Einhunderttausend Taler für die erste Nacht. Heinrich gab die grotesk hohe Geldforderung, ohne mit der Wimper zu zucken, an seinen Finanzminister Rosny weiter, der einen Tobsuchtsanfall bekam, das Geld aber herausrücken musste. Aus Protest reihte er die Hälfte der Säcke im Kabinett des Königs auf, vielleicht auch in der vagen Hoffnung, den Mann zur Besinnung zu bringen. Was nicht gelang. »Verdammt gut bezahlt, diese Nacht«, war alles, was der König dazu zu sagen hatte.

Erworben war sie damit aber noch nicht. Die Eltern traten dazwischen. Um ihre Ehre vor Gott und den Menschen nicht zu beflecken, forderten sie vor dem Vollzug ein schriftliches Eheversprechen. Sie könne nichts tun, klagte Henriette, es liege nicht in ihren Händen. Sie habe alles versucht, ihre Eltern umzustimmen, ein mündliches Ehrenwort vorgeschlagen, doch es sei vergeblich. Schade, aber so sei eben nichts zu machen, denn wer sollte schließlich einen Mann, der mit einer Handbewegung dreißigtausend Soldaten ausheben und dreißig Kanonen in Marsch setzen konnte, dazu zwingen, ein Dokument zu unterschreiben?

Die Aussicht auf den lang ersehnten Beischlaf ließ beim König alle Sicherungen durchbrennen. Die Heiratsverhandlungen mit Maria de Medici standen kurz vor dem Abschluss, aber dergleichen hatte ihn auch zuvor nicht von Eheversprechen abgehalten. Das am 1. Oktober 1599 auf Schloss Bois-Malherbes aufgesetzte Dokument für Henriette war ebenso viel wert wie alle anderen Eide, die dieser König einer Frau geschworen hatte: nichts. Weshalb Rosny, kurz zuvor mit einem Entwurf des Dokuments konfrontiert, sich auch gar nicht darüber aufregte und einfach schwieg, um es – nach wiederholtem Insistieren des Königs, was er denn davon halte – kommentarlos zu zerreißen.

Der Verrat an Gabrielle war das Ende vom Lied gewesen. Von den Medici vergiftet oder von einer höchst willkommenen Schwangerschaftskrankheit dahingerafft, trat sie rechtzeitig ab. Der Verrat an Henriette hingegen wurde nur wenige Monate später zur Ouvertüre eines zehn Jahre dauernden, furchtbaren Rachekrieges einer doppelt betrogenen, um Ehre und Krone geprellten Frau. Obwohl schwanger und somit laut Vertrag die zukünftige Königin Frankreichs, betrieb und vollzog Heinrich die Eheschließung mit Maria de Medici. Selbst wenn Henriette ihr Kind im Frühjahr 1600 nicht verloren und im Sommer zur Welt gebracht hätte, wäre Heinrichs Ehe mit Maria geschlossen worden. Dass Heinrichs politische Zurechnungsfähigkeit inzwischen völlig aus dem Ruder gelaufen war, zeigt die Tatsache, dass er nun abwechselnd legitime und zugleich illegitime, aber durch sein schriftliches Eheversprechen höchst anspruchsberechtigte Kinder mit beiden Frauen zeugte. Die Folgen konnten nicht ausbleiben. Zwei Attentatsversuche gegen Heinrich, an denen Henriette beteiligt war, schlugen fehl. Hingerichtet wurden unbegreiflicherweise stets andere. Henriettes Kopf endete nicht auf dem Schafott, sondern immer wieder im Schoß des Königs, samt dem noch immer heiß begehrten Rest.

Warum hatte ich Henriette nicht näher ins Auge gefasst? Zehn Jahre lang hatte sie diese unwürdige Situation ertragen, musste das schöne und stolze Haupt vor der tumben Bankiersnichte aus dem verhassten Geschlecht der Medici beugen, das Frankreich schon einmal beherrscht und fast ruiniert hatte. Wenn es jemanden gab, der für ein bitteres, hohnlachendes Doppelporträt mit Gabrielle infrage kam, dann sie, die den gleichen Betrug erlitten, aber jahrelang mit der Schmach und dem Hohn hatte leben müssen.

Ich stand auf, betrachtete die dunkle Landschaft um mich herum, denn es war über meiner Grübelei inzwischen Nacht geworden. Das Restaurant gegenüber hatte längst geschlossen. Es war noch Wein vom Vortag in der Flasche. Ich goss mir ein Glas ein, fand ein paar Nüsse in der Minibar und stillte damit meinen ohnehin nicht sehr großen Hunger. Ich trank, schaute missmutig vor mich hin, spürte die lösende Wirkung des Alkohols, wurde jedoch die Unruhe nicht los. Ich musste in Balzacs Archiv gelangen. Irgendwie.

Warum war sie nur so abweisend? Hatte sie einfach keine Lust, wollte sich keine Umstände machen? Wozu auch? Offenbar war es der Familie egal, was mit Balzacs Sammlung geschah, sonst würden sie das Archiv nicht einfach so verscherbeln. Wahrscheinlich brauchten sie Geld. Dieser Ausverkauf entsprach dem typischen Bild einer gleichgültigen oder zerstrittenen Erbengemeinschaft. War ihr Bruder die treibende Kraft? Er sah aus wie ein ziemlicher Versager. Vielleicht war er käuflich. Ich weiß nicht mehr, wie lang ich dort gesessen habe. Aber irgendwann griff ich nach dem Autoschlüssel.

11. KAPITEL

Ich ließ den Wagen in sicherer Entfernung stehen und schloss die Autotür fast geräuschlos. Als ich in Sichtweite kam, wartete ich einige Minuten. Im Manoir brannte nirgendwo Licht, was nicht bedeuten musste, dass man bereits zu Bett gegangen war. Die Wohnräume lagen alle nach hinten zum Garten. Ich schlich zwischen den Bäumen hindurch vorsichtig zum Vorplatz. Dann hielt ich mich rechts und ging jenseits einer kleinen Mauer in einem großen Bogen um das Gebäude herum, bis ich die Rückseite sehen konnte. Zwei Zimmer waren erleuchtet. Das eine lag im zweiten Stock am äußersten Ende des Gebäudes, das andere im Kellergeschoss fast direkt vor mir. Ich wartete im Schutz der kleinen Mauer, unschlüssig, was ich hier eigentlich ausrichten wollte.

Aus dem erleuchteten Fenster am Ende des Gebäudes lehnte sich jemand hinaus. Ein Streichholz flammte auf. Ein winziger, roter Punkt glühte in der Entfernung auf. Vermutlich Edouard, der seinen letzten Joint des Tages rauchte. Ich ging in die Hocke. Er würde mich aus dieser Entfernung kaum entdecken können, aber ich rührte mich trotzdem nicht von der Stelle. Die Minuten krochen dahin. Aber es war eine milde Nacht. Die Stille war unfassbar dicht, der Sternenhimmel ein glitzerndes Meer. Ich schaute in regelmäßigen Abständen zu Edouard hinüber, und irgendwann leuchtete die Glut ein letztes Mal auf. Der Umriss der Gestalt verschwand. Das Licht blieb an. Es war nicht zu hören, ob das Fenster wieder geschlossen wurde.

Ich erhob mich, mied den Kiesweg, näherte mich auf

dem Rasen lautlos dem Gebäude und kam an der kleinen, weißen Bank vorbei, auf der Camille bei unserer letzten Begegnung gesessen hatte. Ich blieb wieder stehen. Was tat ich hier? Hatte ich zu viel Wein getrunken? Nein, ich fühlte mich ungerecht behandelt! War die Initiative denn nicht von dieser Familie ausgegangen? Gehörte es sich, einen derart spitz formulierten Leserbrief zu verschicken und dann auch noch ungefragt anderer Leute Romane einfach weiterzuschreiben?

Und nun schlich ich wie ein Dieb durch diesen Garten auf ein erleuchtetes Fenster zu, das auf der Ebene des Fundaments eingelassen war. Trotz der zugezogenen Gardine konnte ich den vollständig eingerichteten Raum gut überblicken. Ein großer Teppich bedeckte einen Steinboden, der an den Borden in stumpfem Rot zu sehen war. Auf einem kleinen Tisch mit zwei Stühlen lagen etliche Papiere. Ein Notenständer war ebenfalls zu sehen. Ich ging langsam in die Hocke, denn stehend hatte ich nur einen verkürzten Blickwinkel, der zwei Drittel des Raumes meinem Blick entzog.

Camille Balzac stand mit verschränkten Armen da und betrachtete etwas. Ich sah ihr Profil, die kerzengerade aufragende Linie ihres Rückens und Hinterkopfes. Was immer es war, es schien ihre ganze Aufmerksamkeit in Anspruch zu nehmen. Ich verharrte in meiner Position. Konnte sie mich entdecken, falls sie aufsah? Wohl kaum. Der Raum war hell erleuchtet, der Garten dunkel. Mehrere Schubladen des Grafikschrankes vor ihr waren herausgezogen. Einige Blätter lagen ausgebreitet auf der Schrankoberfläche, Kohle- oder Bleistiftzeichnungen, soweit ich es erkennen konnte. In den Schubladen lagen noch mehr. Sie war offenbar schon eine ganze Weile damit beschäftigt, die Zeichnungen herauszuholen und vielleicht zu sortieren? Aber was meine Aufmerksamkeit nun auf sich zog, waren nicht die losen Blätter, sondern eine Porträtzeichnung von Henriette d'Entragues, die über dem Grafikschrank an der Wand hing. Camille war keine direkte Verwandte von ihr. Abgesehen von den Jahrhunderten, die zwischen ihnen lagen, entstammten sie getrennten Linien, die sich in der Zwischenzeit noch weiter voneinander entfernt haben dürften. Aber war das von Bedeutung? Ich konnte gar nicht anders, als Ähnlichkeiten zwischen den beiden Frauen zu entdecken. Vielleicht kannte Camille sich mit diesem Nachlass sogar erheblich besser aus, als sie mir gegenüber zu erkennen gegeben hatte. Warum sonst durchforstete sie Porträtzeichnungen ihrer berühmten Vorfahrin?

Ich zog mich wieder tiefer ins schützende Dunkel zurück, um keinesfalls von ihr überrascht oder gesehen zu werden. So leise ich konnte, schlich ich vor das Haus, wo ich eine ganze Weile die Fassade musterte. Ein Einbruch in Balzacs Archiv war ausgeschlossen. Selbst wenn ich die massiv aussehenden Fensterläden irgendwie öffnen könnte und ohne allzu viel Lärm ins Innere gelangte – was hätte ich davon? Wie sollte ich in der riesigen Sammlung finden, was ich suchte? Ich könnte mir das Regal vornehmen, wo der Notar meine beiden Umschläge gefunden hatte, aber wer sagte, dass dort weitere Geheimdepeschen lagen?

Was war nur mit dieser Frau los? Und was für eine idiotische Situation! Ein paar Schritte von mir entfernt saß sie in ihrem Keller und hütete diesen Schatz. Wozu? Eine Nachfahrin von Henriette d'Entragues lebte, atmete, existierte hier in diesem Haus. Doch sie wies mich ab. Natürlich musste ich es noch einmal versuchen. Ich würde alles tun, würde bitten und würde betteln. Aber warum sollte sie morgen anders reagieren als gestern? Vielleicht gehörte ihr Verhalten mir gegenüber sogar zu Balzacs wohlberechneter kleiner Rache. Ja, hatte er sie vielleicht sogar eingeweiht, sie instruiert? Hatte er ihr gesagt, falls sich einmal ein deutscher Romanautor hier blicken lassen sollte, dürfte sie ihm nur zwei Umschläge aushändigen, und sonst nichts. Nichts!

Ich starrte lauernd auf die dunkle Fassade, als könnte das irgendetwas an meiner Situation ändern. Ich wollte eigentlich schon aufgeben, zu meinem Wagen gehen. Aber dann fand ich mich wieder auf dem Weg in den Garten und kurz darauf erneut an der Stelle vor ihrem Fenster. Die Beleuchtung in Edouards Zimmer war inzwischen erloschen. Nur bei Camille brannte noch Licht, wenn auch bei Weitem nicht mehr so hell wie zuvor. Ich pirschte mich an das Fenster heran, konnte sie aber nirgends sehen. Noch näher wagte ich mich zunächst nicht. Möglicherweise würde sie mich doch bemerken, falls sie aufschauen sollte, denn das Licht dort unten war jetzt wirklich spärlich, stammte vielleicht von einer Nachttischlampe. Ich wartete. Nichts geschah. War sie möglicherweise nicht mehr im Raum, sondern irgendwo im Haus unterwegs? Ich zögerte, doch dann siegte die Neugier, und ich wagte mich näher heran. Henriettes Porträt über dem nun geschlossenen Grafikschrank war in seiner vollen Größe sichtbar. Die Verrenkungen, die ich anstellte, um so weit wie möglich in den Raum hineinsehen zu können, kamen mir mit einem Mal in etwa so lächerlich wie mein ganzes absurdes Gebaren vor.

Mein Blick gefror auf einem Bücherstapel neben einem Sessel. Die französische Originalausgabe meines Romans mit dem unverwechselbaren Bild auf dem Umschlag war selbst aus dieser Entfernung sofort zu erkennen. Ich nahm den Anblick in mich auf. Eine Wolldecke war über die Sessellehne geworfen. Camille war nirgends zu sehen. Es sah so aus, als habe sie eben noch dort gesessen und gelesen. Sie musste gerade erst aufgestanden sein. Eine Stehlampe beleuchtete den Beistelltisch, auf dem die Bücher lagen.

Ich wich so unauffällig, wie ich konnte, in den Garten zurück und machte mich, von tiefstem Misstrauen erfüllt, auf den Weg zu meinem Wagen.

12. KAPITEL

Das Café in Niaux war diesmal geöffnet, wobei es sich eher um die in Frankreich weitverbreitete Art von Lokal handelte, das sich dreimal am Tag chamäleonartig verwandelt: von einem Café in ein Restaurant und schließlich in eine Bar. Als ich eintrat, empfing mich der Duft von Kaffee. Croissantbefüllte Körbchen standen auf dem Glastresen. Eine dunkelhaarige ältere Frau hantierte geräuschvoll an einer Dampf speienden Espressomaschine. An drei Tischen verteilt saßen Zeitung lesend drei ältere Männer, vermutlich aus dem Dorf, die kurz aufschauten und mich nicht weiter beachteten. Ich ging zum Tresen, musterte die Croissants sowie einen Igel aus Chupa-Chups-Lutschern und wartete, bis die Bedienung sich zu mir umdrehte, während sie gleichzeitig mit der rechten Hand energisch ein Espressosieb ausklopfte und mit der linken den Dampfschäumer abwürgte.

»Was kann ich Ihnen bringen?«, fragte sie ein wenig ruppig.

Ich bestellte einen Kaffee und bat um das WLAN-Passwort. Sie deutete mit einer Kopfbewegung in Richtung des Lutscherigels. Auf der Glasunterlage daneben klebte ein Zettel, den ich zuvor übersehen hatte. *Mot de passe WiFi: barbebleue.*

Ich wählte einen der Marmortische aus, auf den Sonnenstrahlen fielen, setzte mich hin und gab den Namen des Massenmörders und Kinderschänders Blaubart in mein Notebook ein. Woher nur diese Faszination für Psychopathen? Was war eigentlich schlimmer: die Gemeinheit, Brutalität und Mordlust einer Minderheit unserer Artgenossen, oder die Erinnerungsbarbarei, die diesen Schindern und Geisteskranken auch noch ein ewiges Weiterleben in Büchern, Filmen und Theaterstücken schenkte?

Mein Kaffee wurde serviert.

»Voilà«, sagte die Bedienung und blieb noch einen Augenblick stehen.

»Merci.«

»Auf der Durchreise?«, wollte sie dann wissen.

»Ich verbringe ein paar Tage in Galliac.«

»Ah, hat Alain Sie hergeschickt?«

»Ja.«

»Gelobt sei das Funkloch«, bemerkte sie trocken. »Wohl bekomm's.«

Die Verbindung war endlich hergestellt, und eine E-Mail von Moran ging ein. *Rufe mich bitte zurück*. Ich musterte die anderen Gäste. Es war sicher keine gute Idee, hier zu telefonieren. Also ging ich nach draußen und wählte ihre Nummer.

»Bist du vorangekommen?«, wollte sie wissen.

»Ja und nein«, erwiderte ich. »Vielleicht ist das alles doch keine gute Idee.«

»Würde ich nicht sagen. Ich habe drei Angebote. Die Frage ist, wie du es machst und wie schnell?«

»Ich höre.«

Was Moran mir in der Folge erläuterte, war mir natürlich vertraut: die ehernen Marktgesetze der Buchbranche. Die berühmte Leserpyramide. Je weiter »unten«, desto größer das Marktpotenzial, je weiter »oben«, desto kleiner die Zielgruppe. Welches Genre. Welche Welt. Hauptfigur. Spannungselemente. Bestand es den »Das-Gleiche-wie-immer-aber-anders-Test«? Ich sagte nicht viel, hörte zu, bis sie bei den Vertragskonditionen angekommen war und endlich die Spanne der Vorschusssummen nannte.

»Nicht gerade viel.«

»Für einen historischen Roman ist im Moment nicht mehr drin«, antwortete sie geschäftsmäßig. »Das sind die Zyklen. Aber es gibt durchaus Interesse. Die Frage ist: Kannst du die Sache nicht in die Gegenwart holen? Irgendwie? Da-Vinci-Code-mäßig oder so. Eine Verfolgungsjagd im Louvre am Anfang zum Beispiel. Das Gemälde könnte gestohlen werden. Und dann strickst du den ganzen Rest irgendwie darum herum.«

»Ja. Sicher«, antwortete ich geistesabwesend. »Erst ein Gemäldediebstahl im Louvre. Dann ein Mord im Medici-Archiv in Florenz und Geheimdokumente, die niemand entziffern kann. Ein junger Dechiffrierspezialist tritt auf den Plan ...«

»Eine Spezialistin! Ja. Super. Eine Hackerin. Paris und Florenz sind immer gute Schauplätze.«

»Moran. Du weißt genau, dass ich so etwas nicht schreiben kann.«

»Natürlich. Das sollst du ja auch gar nicht. Du hebst das dann schon noch alles auf ein anderes Level. Aber ich brauche jetzt erst mal das Feuerwerk. Den unwiderstehlichen Einstieg. Den Fahrstuhl-Pitch. Hast du das Exposé fertig?«

»Exposé? Moran, ich habe das Material doch noch gar nicht. Wie soll ich da ein Exposé schreiben?«

»Hast du wenigstens die Hauptfigur?«

Ich überlegte. Sie hatte natürlich recht. Es war vermessen, für so ein ungelegtes Ei einen Vorschuss heraushandeln zu wollen. Wer las noch historische Romane? Jede Form war irgendwann am Ende. Und wer mit einem Smartphone aufwuchs, brauchte sowieso nur noch Bilder – was mich auf eine Idee brachte.

»Die Hauptfigur ist eigentlich das Gemälde«, sagte ich. »Das Porträt aus dem Louvre.«

Stille.

»Ich kann keinen Roman verkaufen, dessen Protagonist ein Gemälde ist«, erwiderte sie. »Das ist ein Sachbuch. Eine kunsthistorische Studie.«

»Wenn Katzen und Schafe Kriminalfälle lösen dürfen, warum dann kein Porträt?«

»Also bitte: Wollen wir jetzt versuchen, einen guten Vorschuss für dich auszuhandeln, oder über Lesererwartungen und den Buchmarkt philosophieren?«

»Okay. Lass mir bitte noch etwas Zeit. Ich denke mir etwas aus«, sagte ich. »Das höchste Angebot, das du genannt hast, ist das sicher oder nur so dahingesagt?«

»Es ist sicher, solange du keine Studie, sondern eine spannende Geschichte für ein großes Publikum ablieferst.«

Ich kehrte wieder ins Café zurück. Der Kaffee war kalt geworden. Ich schrieb den Höchstbetrag, den Moran genannt hatte, auf die Rückseite des Kassenbons und starrte den Zettel an. War das jetzt ein Geschenk des Himmels oder ein Vertrag mit dem Teufel? Wäre das überhaupt ausreichend, um mitbieten zu können und an die Dokumente heranzukommen? Und was, wenn ich gar nichts Interessantes fand? Sollte ich besser die Finger von dieser Angelegenheit lassen?

Dieses verdammte Geld! Dieses gnadenlose, unberechenbare, launische, verwöhnte, vergessliche, lebenswichtige und unverzichtbare Publikum, das immer recht hatte, das man überzeugen, verführen, gewinnen musste. Und auch noch im Wettbewerb mit tausend anderen, die ihre Geschichten erzählen wollten. War ich nicht auch davor nach Südfrankreich geflohen? Warum nicht einfach nur noch für *mich* schreiben, völlig frei von jeder Erwägung einer Leserin oder eines Lesers, zum wahrhaftigsten Ausdruck meiner selbst gelangen, meinen *Grand Meaulnes* zu Papier bringen, selbst auf die Gefahr hin, dass kein Mensch mehr wusste, wer der *Grand Meaulnes* gewesen ist. Meine

Seele schrie danach, ganz gleich, ob ein Hahn danach krähte. War das nicht genug?

Camille besaß ein Exemplar meines Romans!

Hatte mein Anliegen also doch ihr Interesse geweckt? Sie konnte das Buch schwerlich in der kurzen Zeit seit meiner Ankunft besorgt haben. Hatte sie es vor Jahren gelesen und gestern nach unserem Treffen aus Neugier wieder in die Hand genommen? Erfüllte sie vielleicht wirklich posthum eine bizarre Weisung ihres Onkels, und war das alles nichts als eine plumpe Inszenierung? Sie hatte gestern Abend in meinem Buch gelesen. Wie tickte diese Frau? Sie gab sich reserviert, unnahbar. Aber es wirkte ein wenig aufgesetzt, unnatürlich. Vor allem ihre Stimme verriet sie, gar nicht unähnlich der Sprache ihres Instruments: kühl und präzise, und doch wehmütig und gefühlvoll.

Ich gab Balzac d'Entragues in die Suchmaschine ein und durchforstete eine Weile lang das Internet. Die ersten Verweise führten immer nur zu Henriette und zu den immer gleichen Informationen, die ich bereits hatte. Dann folgten Einträge zu Balzac dem Schriftsteller und schließlich die zufälligen Namensübereinstimmungen: eine Weinhandlung, ein Kino in Paris, mindestens vier Hotels dieses Namens und sogar ein Modelabel, das der Suchalgorithmus in blinder Perfektion aufgespürt hatte. Der Manoir wurde nicht erwähnt. Seit Beginn des siebzehnten Jahrhunderts hatte kein Spross dieser Familie jemals in irgendeiner Weise Aufmerksamkeit erregt.

»Stimmt was nicht mit dem Kaffee?«, fragte die Bedienung.

»Nein, nein. Ist nur kalt geworden. Ich musste leider länger telefonieren.«

»Ah.«

Sie verschwand mit der Tasse und hantierte an der Maschine. Kurz darauf kam sie mit einer frisch gebrühten zurück.

»Danke«, sagte ich. »Das ist sehr nett von Ihnen.«
»Claire.«
Ich nannte meinen Namen.
»Ich will ja, dass Sie wiederkommen.«
Ich versprach es.
»Grüßen Sie Alain von mir. Er könnte sich auch mal wieder blicken lassen.«
»Das Hotel schließt bald, soviel ich weiß.«
»Machen Sie hier Urlaub, wenn ich fragen darf?«
»Nein. Ich bin wegen einer Nachlassgeschichte hier.«
»Ah. Saint-Maur. Die Versteigerung.«
»Ja.«
»Traurig.«
»So?«, fragte ich.
»Na ja. Jetzt kauft das wahrscheinlich irgendein Engländer, und dann steht es die meiste Zeit leer.«
»Sie kennen die Familie?«
»Nein. Nicht persönlich. Nur die Geschichten.«
»Geschichten?«
»Claire!«, rief jemand am Nebentisch.

Ich drehte mich um. Einer der drei Zeitungsleser, mit einem buschigen grauen Schnurrbart, schaute die Bedienung ziemlich unwirsch an und ahmte mit seiner rechten Hand ein auf- und zugehendes Maul nach. Claire schob mir die Untertasse mit dem Kassenbon hin und kehrte wortlos hinter den Tresen zurück. Mein Tischnachbar widmete sich wieder seiner Zeitung. Ich trank meinen Kaffee und nahm dann den neuen Bon zur Hand. Sie hatte nur einen Kaffee berechnet. Ich legte das Geld für zwei in die Schale, murmelte der Form halber ein *au revoir* und ging.

13. KAPITEL

Lemoy antwortete nach dem dritten Klingeln.
»Vor-Ort-Besichtigungen sind leider nicht mehr möglich«, antwortete er auf meine Frage. »Aber die Inventarliste können Sie selbstverständlich einsehen.«
»Ist schon bekannt, wer bieten wird?«, wollte ich wissen.
»Darüber kann ich keine Auskünfte geben.«
»Wo liegt die Liste aus?«
»In meinem Büro in Carcassonne.«
»Gibt es schon konkrete Gebote?«
»Meines Wissens nicht.«
»Wie detailliert ist denn die Inventarliste?«
»Es ist eher eine Systematik«, erklärte er. »Möchten Sie mitbieten?«
»Möglicherweise.«
»Nur zu Ihrer Information: Sammelgebote werden bevorzugt. Ein paar Verwerter haben sich bereits gemeldet.«
»Verwerter? Das Material wird vernichtet?«
»Nein. Aber Verwerter sind eher in der Lage, Partien später kleinteilig zu verkaufen. Ich gehe allerdings nicht davon aus, dass dieser Fall eintreten wird. Derart wertlos sind die Sachen ja auch wieder nicht.«
Er nannte mir die Adresse und die Öffnungszeiten seines Büros. Knapp zwei Stunden später öffnete mir eine Sekretärin die Tür zu einem Herrenhaus in Carcassonne und führte mich in einen separaten Raum. Kurz darauf erschien sie mit zwei Ordnern. Es dauerte nicht lange, bis ich einsah, dass der Notar natürlich recht hatte. Wie sollte man dieses Sammelsurium anders behandeln als in der be-

schriebenen Weise? Ich saß Stunden über die Inventarlisten gebeugt und versuchte, die Partien aufzuspüren, die für meine Belange relevant sein könnten. Aber dafür waren die Beschreibungen der Positionen viel zu allgemein oder zu kryptisch. Wer konnte schon sagen, ob sich unter der Inventarnummer B1823/Z, *Orations Funèbres, 17ème/18ème* nur Begräbnisreden aus dem siebzehnten und achtzehnten Jahrhundert fanden? Oder was M2302/R, *Mystères des vieux châteaux de France, Tomes 1–3 / par une société d'archivistes, sous la direction de A.-B. Le François – 1850* verbarg? Oder ob L4432/P *Lettres Inédites 17ème* denn auch tatsächlich unveröffentlichte Briefe aus dem siebzehnten Jahrhundert enthielt? Unter der Nummer Q3121/Z war eine Sammlung Vorlesungsverzeichnisse von protestantischen deutschen Universitäten aus dem Jahr 1808 gelistet. Die nächste Position enthielt Apodemiken, Handbücher für Gesandte mit präzisen Hinweisen, wie man sich körperlich und geistig auf Auslands- und insbesondere Kutschenreisen vorbereiten sollte.

Je abseitiger eine Eintragung war, desto mehr zog sie mich in ihren Bann. Was hatte dieser Mensch nicht gesammelt? Wenn es einen roten Faden durch diesen faszinierenden Wirrwarr gab, so konnte ich ihn jedenfalls nicht erkennen. Wo weitere Exemplare der Geheimdepeschen abgelegt wären, falls überhaupt noch mehr davon existierten, würde ich auf diesem Weg nie herausfinden. Und ebenso wenig, ob weiteres Material vorhanden war, das für die Entstehung des Louvre-Porträts relevant sein könnte.

Ich ließ bald von dem Versuch ab, über die Inventarliste voranzukommen, und fuhr stattdessen in mein Hotel zurück. Ich rasierte mich, duschte, zog ein frisches Hemd und mein bestes Jackett an und machte mich auf den Weg zum Manoir.

Der Vorplatz war leer, der Kies von den schweren Reifen der Speditionswagen zerfurcht, und auch Pkw hatten überall deutliche Fahr- und Manövrierspuren hinterlassen. Aber offenbar waren keine Besucher mehr da. Im Erdgeschoss brannte jedoch Licht. Ich ging die Treppe hinauf, hob eine der Löwentatzen an und lauschte dem fernen Klingeln. Lange Zeit geschah nichts. Ich klingelte ein zweites Mal. Dann hörte ich Schritte. Hinter der Tür blieb jemand stehen, und ich spürte, dass ich beobachtet wurde, sei es durch einen Spion, sei es durch eine der beiden Kameras, die rechts und links über dem Portal an der Fassade befestigt waren. Schließlich öffnete sich die Tür.

Camille Balzac stand vor mir, die gleiche Mischung aus Irritation und Überraschung auf ihrem Gesicht, mit der sie mein unerwartetes Erscheinen gestern im Garten quittiert hatte. Aber da war noch etwas, bilde ich mir jedenfalls rückblickend ein. Es fällt mir schwer, alles unbeeinträchtigt von dem zu erinnern, was ich heute weiß. Das Schicksal führte uns zu diesem Zeitpunkt ja bereits an einem sehr langen Faden, ohne dass ich dies auch nur geahnt hätte.

»Sie sind noch hier«, sagte sie, nicht fragend, sondern eher feststellend.

»Ja«, begann ich. »Ich wollte Sie bitten, mich kurz anzuhören.«

Sie bewegte sich nicht von der Stelle. Ich versuchte es mit meinem gewinnendsten Lächeln. Schließlich trat sie zur Seite. »Bitte.«

Sie ging vor mir her, bog in der Rotunde nach rechts ab, und wir erreichten das Nachmittagszimmer. Das grüne Kanapee stand noch immer da.

»Setzen Sie sich«, sagte sie. »Möchten Sie einen Tee?«

Sie verschwand und kehrte kurz darauf mit einem Tablett zurück, das man zu einem Beistelltisch aufklappen konnte. Sie stellte es zwischen uns auf, nahm am anderen

Ende des Kanapees Platz, schenkte ein und stellte eine dünne Porzellantasse vor mich hin.

»Machen Sie das oft«, fragte sie dann, »in fremde Gärten eindringen und Menschen in ihren privaten Räumen beobachten?«

Ich spürte, wie mir die Schamröte ins Gesicht schoss. Sie schaute mich direkt an. »Sie haben Glück. Bis vor zwei Wochen hatten wir hier noch zwei große und recht unfreundliche Hunde.«

»Es tut mir leid. Bitte sehen Sie es mir nach. Aber ...« – Ich zögerte.

»Aber ...?«

»Sie waren auch nicht ganz ehrlich zu mir, nicht wahr?«

»So?«

»Sie kennen meinen Roman«, fügte ich nach einer kurzen Pause hinzu. »Jedenfalls besitzen Sie ein Exemplar.«

»Ja. Und?«

»Warum haben Sie mir das gestern nicht gesagt?«

»Welchen Grund hätte ich dazu gehabt?«, gab sie zurück.

Ich versuchte, den richtigen Ton zu finden. Ich war hier schließlich der Eindringling. Aber ich fand ihr Verhalten auch nicht gerade fair.

»Dann hätte ich mich Ihnen besser erklären können.«

»Haben Sie den Eindruck, ich hätte Ihnen gestern nicht folgen können?«

»Nein. Das nicht ...«

Wieso drehte sie mir das Wort im Mund herum? Sie hob ihre Tasse und trank etwas Tee, was mir Gelegenheit gab, ihre Hände zu betrachten. Über ihren rechten Handrücken zogen sich zwei auffällige, lange Narben. Sie bemerkte meinen Blick, setzte ihre Tasse wieder ab und verbarg den vernarbten Handrücken mit ihrer anderen Hand.

Immerhin tranken wir Tee, dachte ich. Immerhin war

ich in ihrem Haus. Ich würde sie schon noch irgendwie für mich gewinnen, koste es, was es wolle. Obwohl ich noch nicht so recht schlau aus ihr wurde, spürte ich, dass ich eine Chance hatte.

»Madame Balzac – oder darf ich Camille sagen? Ich bin ohne jeden Hintergedanken zu Ihnen gekommen. Ich habe Ihren Onkel brüskiert, das tut mir sehr leid. Sie können sich bestimmt vorstellen, wie sehr ich es bereue, ihm damals nicht geantwortet zu haben und nicht hergekommen zu sein.«

»Vielleicht war es besser so«, erwiderte sie erheitert. »Ihr Roman hat ihn ziemlich verärgert.«

»Verärgert?«

»Ja.«

»Warum eigentlich? Können Sie mir das etwas genauer erklären?«

Sie zögerte, bevor sie antwortete. »Es wird Sie verletzen.«

»Bestimmt nicht. Bitte sagen Sie es mir. Ich bin hart im Nehmen.«

Sie schwieg einen Moment lang und sah aus wie jemand, den man bei einer Indiskretion ertappt hat, was ihr kurzzeitig eine verführerische Milde verlieh.

»Nun ja, Sie haben so vieles übersehen.«

»Und das wäre?«

»Zum Beispiel all die manipulierten Schwangerschaften.«

»Wessen Schwangerschaften?«

»Alle. Gabrielle, Henriette, Maria de Medici.«

»Ehrlich gesagt kann ich Ihnen gerade absolut nicht folgen.«

»Das ist ja das Verwunderliche«, sagte sie. »Dabei haben Sie es doch ausführlich beschrieben.«

»Was habe ich beschrieben?«

»Heinrichs Operation im Herbst 1598«, erklärte sie. »Wie er über Wochen immer schwächer wurde, sich kaum noch im Sattel halten konnte. Im Oktober entschieden sich seine Ärzte für einen höchst riskanten Eingriff, denn es war bereits Urinstau eingetreten. Ausgerechnet zu diesem Zeitpunkt wurde Gabrielle wieder schwanger. Ich habe mir die Passage gestern noch einmal angeschaut. Sie selbst lassen durchblicken, dass aller Wahrscheinlichkeit nach Bellegarde der biologische Vater des Kindes war, das zu dieser Zeit empfangen wurde und später mit ihr starb.«

»Das stimmt.«

»Eben. Warum sollte es bei Henriette und Maria dann anders gewesen sein?«

Ich brauchte einen Augenblick, mich von meiner Verblüffung zu erholen.

»Sie behaupten, alle drei Frauen hätten Bastarde zur Welt gebracht, um eine eventuelle Zeugungsunfähigkeit des Königs zu kaschieren?«

»Aber sicher«, erwiderte sie, als sei das ganz banal. »Gabrielles letztes und Henriettes erstes Kind haben ja leider nie das Licht der Welt erblickt. Aber schauen Sie sich die Porträts von Marias de Medici erstem Sohn einmal an. Es schreit doch von jeder Leinwand herab, auf welcher der Dauphin zu sehen ist. Ludwig XIII. hatte keinerlei Ähnlichkeit mit Heinrich. Nicht die geringste. Gaston hingegen, den Heinrich und Henriette im gleichen Zeitraum zeugten, ist dem König wie aus dem Gesicht geschnitten. Er war mit Sicherheit von ihm, und somit auch der eigentlich legitime Thronanwärter. Das ist es, mit Verlaub, was meinen Onkel so irritiert hat. Dass Sie das alles übersehen haben.«

»Aber ... jetzt verstehe ich gar nichts mehr«, gestand ich verwirrt. »Gabrielles letzte Schwangerschaft im Herbst 1598 mag suspekt gewesen sein. Aber Henriette hat später doch nicht nur Gaston zur Welt gebracht, von dem Sie ja gerade selbst gesagt haben, dass er Heinrich sehr ähnlich sah. Sie wurde bereits im Herbst 1599 von Heinrich schwanger, ein halbes Jahr nach Gabrielles Tod und ein Jahr nach der Blasenoperation! Und außerdem fast ein Jahr, bevor Maria überhaupt nach Frankreich kam! Heinrich hat ein Vermögen für diese Nacht mit Henriette bezahlt. Er unterschrieb sogar ein Hochzeitsversprechen für den Fall, dass Henriette ihm einen Sohn gebären sollte …«

Camille schaute mich nur an. Als bei mir endlich der Groschen fiel, verschlug es mir endgültig die Sprache.

»Voilà«, sagte sie nur. Ich wusste gar nicht, worüber ich mehr staunen sollte: über meine Naivität und Blindheit, über die kühle Logik, die Camilles Argumentation zugrunde lag, oder über die abgebrühte Art, in der sie das Ganze vortrug.

»Ein König, der möglicherweise bereits unfruchtbar ist, bietet hunderttausend Taler dafür, Henriette beschlafen zu dürfen«, erklärte sie mit einer Mischung aus Spott und Verachtung in der Stimme, »und als der Familie das nicht reicht, dazu auch noch den Thron von Frankreich, falls ein Sohn dabei herauskommen sollte. Natürlich geht man da auf Nummer sicher. Heinrich hat für seine Krönung den Glauben wechseln und sich viele alte Freunde und Verbündete zu Todfeinden machen müssen. Paris war ihm diese hochriskante Messe wert. Henriette musste indessen nur eine Nacht mit einem alten Mann verbringen. Das war dann doch vergleichsweise preiswert, oder? Ein junger Helfer zur Absicherung des Geschäfts fand sich da bestimmt leicht. Henriette war neunzehn. Glauben Sie, sie wurde gefragt? Und denken Sie, die Medici hätten ein Jahr später anders kalkuliert? Niemand konnte in diesem Zeitraum sicher sagen, ob Heinrich noch zeugungsfähig war oder nicht. Der über Jahre eingefädelte Plan, Frankreich durch eine Eheschließung wieder unter italienische Herrschaft zu bringen, stand und fiel mit einer raschen Schwangerschaft Marias. Ein Thronfolger aus der Verbindung Heinrichs und Marias war die einzige Versicherung, dass der für Ferdinand de Medici sündhaft teure Handel Bestand haben würde. Wer überlässt Dinge von derartiger Tragweite dem Zufall? Wissen Sie denn nicht, wie Henriette Heinrich später immer genannt hat?«

Ich schüttelte den Kopf.

»Monsieur guter Wille«, sagte sie heiter. »Heinrich war Ende vierzig.«

Sie schien noch etwas hinzufügen zu wollen. Ich wartete.

»Aber vor allem ein Thema haben Sie ausgespart«, fuhr sie schließlich fort.

»Welches?«

»Gabrielles Gefühlsleben. Wie haben Sie es sich eigentlich vorgestellt? Wer war sie wirklich, jenseits der politischen Marionette, der Hof- und Machthure, als die man sie immer gesehen hat, so wie Henriette später in noch weitaus größerem Maße?«

Das Gespräch nahm eine völlig unerwartete Wendung an. Die ganze Situation wurde immer abenteuerlicher. Ohne Heinrichs Bruch seines Eheversprechens gegenüber Henriette d'Entragues, ohne Marias de Medici rasche Schwangerschaft nach der Eheschließung wäre die französische Krone sehr wahrscheinlich der Familie Balzac d'Entragues zugefallen. Was bedeutete, dass Camille ... Es war eine derart sonderbare Vorstellung, dass ich vorübergehend an gar nichts anderes denken konnte. Ich war nicht nur im Landhaus eines eigenbrötlerischen Privatgelehrten und Sammlers gelandet und trank Tee mit seiner Nichte. Vielmehr befand ich mich auf dem Landsitz einer um den französischen Thron geprellten Adelsfamilie! Ich plauderte mit der Nachfahrin einer um den französischen Thron betrogenen Prinzessin!

»Sie haben übrigens recht«, nahm sie den Faden wieder auf, als ich ihre Frage unbeantwortet ließ. »Ich bin nicht ganz ehrlich gewesen. Ich habe gestern Abend auch deshalb wieder in Ihrem Roman gelesen. Sie schreiben nichts über Gabrielles Motive. Was soll man also in ihr Verhalten hineinlesen? War sie eine opportunistische, thronversessene Ehebrecherin, oder vielmehr eine äußerst staatskluge Frau, die sicherstellen wollte, dass nach Heinrichs Operation keinerlei Zweifel bezüglich der Fortpflanzungsfähigkeit des Königs aufkommen würden?«

»Ich habe es offengelassen«, räumte ich ein.

»Ja. Eben. Aber warum? Beschädigt sie das nicht? Ist bei einer derart heiklen Abwägung nicht der Autor gefordert? Darf man es der Laune und Deutungswillkür von Romanlesern überlassen zu beurteilen, was Gabrielle getan hat?«

Ich setzte zu einer Erwiderung an, zögerte aber, und sie sprach bereits weiter.

»Mein Onkel war Ihnen übrigens sehr ähnlich«, sagte sie. »Sie hätten sich bestimmt gut verstanden. Unser Anspruch auf die Krone – darum ging es ihm. Für das eigentliche Drama hat er sich ebenso wenig interessiert wie Sie. Deshalb habe ich gestern in Ihrem Buch noch einmal danach gesucht.«

»Wonach?«

»Nach der Geschichte dieser Frauen«, erwiderte sie. »Gabrielle d'Estrées. Henriette d'Entragues. Und irgendwo auch Maria de Medici. Sie kommen im Grunde gar nicht vor. Sie sind ständig da, aber zugleich abwesend. Sie schildern die Probleme eines Königs, eines Malers, eines Spions, eines Herzogs, eines Arztes, eines Polizeichefs und wen Sie sonst noch alles aufmarschieren lassen, um ihre Fabel an den Mann zu bringen. Aber was diesen Frauen angetan wurde, erwähnen Sie mit keinem Wort. Ich glaube, Sie konnten das Gemälde gar nicht sehen, dessen Geheimnis Sie ergründen wollten.«

Allmählich war ich mit dem herumirrenden Verlauf, den das Gespräch genommen hatte, den Volten und Überraschungen und den nicht gerade freundlichen Worten über mich und mein Buch restlos überfordert. Und diese letzte Bemerkung war mehr als verletzend.

»Es tut mir leid, dass Sie diesen Eindruck haben«, erwiderte ich mühsam beherrscht.

»Es ist ja auch gleichgültig«, sagte sie und erhob sich. »Ich habe noch einiges zu tun. Ich bringe Sie zur Tür.«

»Das können Sie mir nicht antun«, entfuhr es mir.

»Antun?«, wiederholte sie erstaunt.

»Camille«, beschwor ich sie. »Kann ich bitte noch einmal dort hinauf, bevor Sie das alles weiß Gott wohin verkaufen. Es wird vielleicht Jahre dauern, bis das Material danach wieder auftaucht. Bitte, können Sie mir nicht diesen Gefallen tun?«

»Nein«, erwiderte sie, »es ist rechtlich gar nicht möglich. Selbst wenn ich wollte, dürfte ich es nicht zulassen. Dafür ist es leider zu spät. Es liegen bereits Gebote vor.«

»Aber – ich begreife Sie nicht«, versuchte ich es aus einer anderen Richtung. »Ihre Familie wurde um den französischen Thron gebracht? Dort oben liegen Dokumente, die das vielleicht beweisen können! Und Sie verkaufen das einfach alles? Unbesehen!«

Sie lächelte nur und schüttelte erneut den Kopf. »Der französische Thron«, sagte sie spöttisch. »Mein Onkel hat schon genügend Lebenszeit an diesen Unsinn verschwendet.«

Sie ging an mir vorbei auf die Tür zu. Ich konnte mich nicht mehr zurückhalten und ergriff sie am Arm. »Camille, ich bitte Sie. Ich flehe Sie an. Was kostet es Sie, mir wenigstens noch einen Blick auf die Sammlung zu gestatten? Nennen Sie mir einen Preis.«

Sie blieb stehen und schaute mich kühl und nun ein wenig ungehalten an. Ich zog augenblicklich meine Hand zurück.

»Entschuldigen Sie bitte«, murmelte ich. Ihre Augen hatten sich für den Bruchteil einer Sekunde völlig verändert, waren eiskalt geworden und glühten zugleich von einer Energie und einem Willen, der mir unheimlich war. Meine Brust hob und senkte sich unter schweren Atemzügen. Was geschah nur mit mir? Ich musste diese Dokumente haben. Aber ich wollte auch noch etwas ganz anderes. Ich wollte wissen, was hinter diesen Augen vor sich ging, das Gespräch mit ihr fortführen. Ich wollte nicht gehen.

»Preis?«, hörte ich ihre schöne Stimme. »Sie können gern zur Versteigerung kommen. Aber ehrlich gesagt: Welchen Sinn sehen Sie darin? Wollen Sie vielleicht Ihr Buch doch neu schreiben?«

»Vielleicht«, antwortete ich. »Ich habe Jahre voller Arbeit und Liebe in diese Geschichte investiert«, nahm ich einen letzten Anlauf und wurde mir des Pathos in meinen Worten erst bewusst, als ich sie ausgesprochen hatte. Immerhin klang es auf Französisch weniger salbungsvoll. Aber es entsprach den Tatsachen. Ich hatte jeden Stein umgedreht, um diese Porträtserie zu entschlüsseln. Warum kam sie mir nicht wenigstens etwas entgegen?

»Ja, das haben Sie vielleicht«, gestand sie mir leise zu. »Aber was haben Sie eigentlich herausgefunden?« Es war wie ein letzter Hieb. Aber immerhin schien sie es endlich auch zu bemerken, wie sehr sie mich vor den Kopf stieß.

»Verzeihen Sie«, sagte sie hastig. »Es steht mir nicht zu, so mit Ihnen zu sprechen. Bitte akzeptieren Sie einfach, dass ich Ihnen leider nicht helfen kann.«

Sie verbeugte sich leicht, machte dann kehrt und verschwand rasch aus meinem Blickfeld. Ich stand da, lauschte in die Stille, die nach dem Verhallen ihrer Schritte den Raum erfüllte, und warf ihr einen halb wütenden, halb verzweifelten Blick hinterher. Dann starrte ich zur Decke über mir hinauf. Ich musste dort hineingelangen. Was konnte ich nur tun, um sie umzustimmen?

14. KAPITEL

Alain saß an der Rezeption, als ich ins Hotel kam. Ich war in Gedanken noch ganz woanders. Das Gespräch ging mir nach. Ich führte es immer wieder neu, stellte Fragen, die mir nicht in den Sinn gekommen waren, gab immer wieder andere Antworten, um nicht so tölpelhaft dazustehen, wie es mir jetzt vorkam. Was musste sie von mir denken?

»Hat es geklappt in Niaux?«, wollte Alain wissen. »Mit dem Internet, meine ich.«

»Jaja. Danke«, antwortete ich zerstreut und wollte schon die Treppe hinauf. Aber was sollte ich allein in meinem Zimmer? Was sollte ich überhaupt noch hier?

»Ich soll Grüße ausrichten«, sagte ich. »Von Claire.«

»Claire!«, platzte es aus ihm heraus. »Diese Plaudertasche. Hat sie dir ein Ohr abgekaut?«

»Nein. Aber sie hätte wohl, wenn so ein Typ am Nebentisch sich nicht eingemischt hätte.«

»Das war sicher ihr Mann. Bertrand. Der würgt sie immer ab, wenn sie zu lange mit den Gästen quatscht.«

»Schade. Sie wollte mir etwas über Balzac erzählen. Geschichten.«

»Ach so. Bertrand kotzt es an, wenn jemand über die Sache spricht.«

»Welche Sache?«

Ich ging die zwei Stufen wieder hinunter und stellte mich an seinen Tresen.

»Ehedrama«, sagte er. »Camilles Kind ist vor ein paar Jahren während eines Streits mit ihrem Mann in der Badewanne ertrunken. Furchtbare Geschichte.«

»O Gott!«

»Ja. Der war mal wieder gerade nicht da.«

»Wann ist das passiert?«

»Vor fünf oder sechs Jahren.«

»Hier? Im Manoir?«

»Nein, nein. In Paris. Die Boulevardpresse hat das natürlich hochgekocht, und der Dreck ist dann bis hierher in die Provinz geschwappt.«

»Aber ... was ist denn genau passiert?«

»Eifersucht. Ihr Mann war ein ziemlich bekannter erster Geiger. Um einiges älter als sie allerdings, was ihn offenbar nicht davon abhielt, auf mehreren Instrumenten gleichzeitig zu spielen.« Er verdrehte vielsagend die Augen. »Der Klassiker eben. Kommt nach Hause. Vielleicht Lippenstift. Oder hat vergessen, die SMS zu löschen. Was weiß ich. Jedenfalls hat es so gekracht, dass die Nachbarn irgendwann die Polizei gerufen haben. Die beiden waren derart mit sich beschäftigt, dass niemand mehr an das Kind dachte. Es ist einfach in der Wanne ertrunken.«

Ich schloss kurz die Augen. Die Narben auf ihrer Stirn, auf ihrer Hand!

Wie lebte man nach so etwas weiter? Ich hatte selbst mehrmals eine Schocksekunde erlebt, wenn ich dachte, eines meiner Kinder sei entführt worden, eine Klippe hinabgestürzt oder am Ersticken. Alle Sinneswahrnehmungen liefen Amok. Es war, als ob die Haut des eigenen Körpers plötzlich überall brannte.

Jetzt verstand ich diesen Bertrand.

Ich setzte mich in den Wagen und fuhr aufs Geratewohl los. Die gleichen Felder, die mich auf der Herfahrt bezaubert hatten, lagen trostlos links und rechts der Straße. Ich fuhr durch Dörfer, in denen sich kein Leben regte. Schäfchenwolken standen gleichgültig und sinnlos am Himmel.

Irgendwann stellte ich den Wagen auf einem Feldweg ab und ging einfach querfeldein.
Was haben Sie eigentlich herausgefunden?

* * *

»Sie haben es noch nicht gehört?«, fragte einer der beiden Gäste am Nebentisch am nächsten Morgen. Ich hatte grübelnd und verdrießlich beim Frühstück gesessen, ein weich gekochtes Ei ausgelöffelt und ihr Gespräch mitgehört. Sie beratschlagten, ob sie sofort wieder abreisen oder einen Tag freinehmen sollten, da sie nun schon einmal die weite Anreise aus Lausanne unternommen hatten. Der Name des Manoir war gefallen. Sie waren wegen der Versteigerung hier.

»Die Kanadier haben alles gekauft«, klärte mich einer der beiden auf. »Hätten sie sich das nicht früher überlegen können?«

»Keine Versteigerung?«, fragte ich konsterniert. »Sind Sie sicher?«

»Definitiv. Das Gebot aus Kanada ist so hoch, dass die Familie befürchtet, der Wert könnte bei einer Versteigerung nicht erreicht werden. Also haben sie zugesagt.«

»Von wem kam das Gebot?«

»New Centre for Renaissance and Reformation Studies. Sagen wir mal so: Es hat auch Vorteile, wenn fast alles an einem Ort liegt. Sie sind Forscher?«

Ich ließ mich auf kein weiteres Gespräch ein. Der Appetit war mir eh vergangen. Sie hatte es nur angedeutet, dabei musste sie es doch längst gewusst haben. So eine Entscheidung fiel doch nicht über Nacht!

Ich packte. Gegen halb elf lenkte ich den Wagen auf die Landstraße Richtung Toulouse. Ein paar Stunden später saß ich in der Abflughalle des Flughafens. Eine leichte

Übelkeit begleitete mich den ganzen Flug über und verschwand erst, als ich in Berlin die Treppe zum Rollfeld hinabging und die kühle Nordluft einatmete. Ich legte Charles Balzacs Hinterlassenschaft in einer Archivbox ab und stellte sie neben den anderen im Keller aufs Regal. Danach rief ich Moran an und erklärte ihr, dass die Sache sich erledigt hatte.

TEIL 2

15. KAPITEL

Paris, den 14. Dezember 2017

Monsieur,

ich möchte Sie für die Art und Weise, wie ich Sie vor einigen Monaten behandelt habe, um Verzeihung bitten. Ich kann zu meiner Rechtfertigung nicht viel anderes vorbringen als die Erschöpfung durch die monatelange Nachlassabwicklung. Nichts entschuldigt indessen meinen Ton und mein Verhalten Ihnen gegenüber. Es war völlig unangemessen, und es ist mir daher ein tiefes Bedürfnis, Ihnen mein Bedauern darüber zum Ausdruck zu bringen.
Ich hatte gehofft, Sie am Tag der Versteigerung wiederzusehen, um mich persönlich bei Ihnen zu entschuldigen, aber dazu kam es ja dann nicht mehr. Auch bei Alain habe ich Sie nicht mehr erreicht, denn wie ich hörte, waren Sie unverzüglich abgereist, nachdem Sie erfahren hatten, dass der Nachlass bereits verkauft worden war.
Unter dem Eindruck unserer Gespräche, die ich ganz im Gegensatz zu dem Eindruck, den ich fürchte bei Ihnen hinterlassen zu haben, als sehr bereichernd empfand, habe ich Ihnen schon damals geschrieben, den Brief dann jedoch aus Scham nicht abgeschickt.
Seit Monaten liegt er mahnend auf meinem Schreibtisch und erinnert mich täglich daran, wie unsensibel ich auf Ihre verständlichen Wünsche reagiert habe, die zu erfüllen mir leider nicht möglich war.

Ich hoffe, eine sicher auch für Sie unangenehme Erinnerung durch diese späte Geste etwas aufgehellt zu haben.

Leben Sie wohl.

Camille Balzac

Auf dem Umschlag befand sich eine gut lesbare Absenderadresse im achtzehnten Arrondissement von Paris, Rue Paul Albert. Ich las den Brief wieder und wieder und schrieb ihr am nächsten Tag zurück. Ich dankte ihr für ihre Offenheit, versicherte ihr, dass ich meinen Besuch in Saint-Maur keineswegs in so schlechter Erinnerung hatte, wie sie befürchtete, abgesehen von meinem eigenen Fauxpas in ihrem Garten und meiner Zudringlichkeit. Ich erklärte ihr, dass auch ich mich damals in einer schwierigen Phase befunden und daher vollstes Verständnis für ihre Situation und Reaktion auf mein Anliegen hätte.

Ich zerriss den Brief, schrieb einen zweiten, der ähnlich nichtssagend klang, und zerriss auch diesen.

Ein dritter Brief bestand lediglich aus einer Zeile:
Ich denke jede Sekunde an Sie.
Auch diesen zerriss ich.

Der Blick aus meinem Fenster ging in den Hinterhof, wo nichts glänzte oder leuchtete außer den farbigen Mülltonnen. Ich las ihren Brief immer wieder und hörte dabei ihre Stimme. Ich verbrachte Stunden vor meiner großformatigen Kopie des Louvre-Gemäldes, das ich als einziges Bild bisher in meinem neuen Domizil aufgehängt hatte. Mein Blick galt nicht mehr Gabrielle d'Estrées, sondern Henriette d'Entragues in ihrer unmöglichen, unbegreiflichen Pose. Dann setzte ich mich wieder an den Schreibtisch und brachte einen vierten Brief an Camille nicht zu Ende.

Was sollte ich ihr nur antworten? Warum hatte sie mir geschrieben? Die Tage vergingen. Weihnachten rückte heran, und damit der heikle Moment des Besuchs bei meinen beiden erwachsenen Kindern. Auch meine Ex-Frau war eingeladen. Auf Wunsch unserer Kinder kam sie ohne ihren neuen Partner, um das Traditionsfest nicht mit komplizierten modernen Verhältnissen zu belasten. Der neue Lebensgefährte meiner Ex-Frau war selbst geschieden und in ähnlicher Mission unterwegs, die verlorenen Fügungen und Passungen seiner früheren Familienverhältnisse für ein paar Stunden weihnachtlich zu übertünchen.

Ich versuchte schon lange nicht mehr zu begreifen, was geschehen war, warum sich dieses Muster in meinem Leben und auch um mich herum ständig wiederholte. Diese Trennungen, die sich manchmal über Jahre hinzogen, alle Stadien durchliefen, zuletzt auch meistens noch therapeutische Hilfeleistungen ad nauseam ausschöpften und am Ende zu keiner Antwort führten, sondern nur immer wieder zu den gleichen Fragen, die den Anfang vom Ende eingeläutet hatten: Was ist Freiheit? Wie weit gesteht man sie sich einander zu? Wie leben mit den widersprüchlichen Bedürfnissen nach Vertrautheit und Fremdheit, nach Sicherheit und Risiko, dem Bekannten und dem anderen? Der Widerspruch zog sich wie ein Riss durch das ganze Universum.

Die restlichen Tage des alten Jahres vergingen ereignislos, abgesehen von einem Opernbesuch und einem Geburtstag. Vor dem Neujahrsfest floh ich mit zwei Freunden aufs Land, wo wir den ganzen Abend Skat spielten und den Jahreswechsel erst richtig zur Kenntnis nahmen, als wir am nächsten Tag, zurück in Berlin, durch die von Böllerresten, Flaschen und sonstigem Neujahrsabfall zugemüllten Straßen fuhren.

Mit den üblichen guten Vorsätzen stand ich im neuen

Jahr ein paar Tage lang jeden Morgen um sieben auf und ging schwimmen, bevor ich mich an den Schreibtisch setzte, brachte aber wie schon seit Monaten nichts zu Papier. Bald reduzierte sich das Schwimmen auf zwei Tage die Woche. Tagsüber saß ich da und versuchte, an einer Novelle weiterzuschreiben, mit der ich schon vor der Reise nach Toulouse begonnen hatte. Nach den ergebnislosen morgendlichen Schreibversuchen verbrachte ich den Nachmittag mit der Arbeit an einem Übersetzungsauftrag, mit dem Moran mich fürsorglich bedacht hatte. Übersetzen kam mir sogar befreiend vor, angesichts meiner Unfähigkeit, etwas Eigenes zu Papier zu bringen.

Mitte Januar erhielt ich einen voluminösen Umschlag. Anhand der Handschrift und der französischen Briefmarken war sofort klar, wer die Absenderin sein musste. Auf der Rückseite des Kuverts stand, wie ein nachträglicher Gedanke: »In seinem Pariser Arbeitszimmer beim Aussortieren privater Unterlagen gefunden. Vielleicht von Interesse für Sie. C.«

Ich dachte, es handle sich vielleicht um weitere Romankapitel, und fragte mich beim Öffnen, was diesen Mann nur dazu bewegt hatte, meinen Roman weiterzuschreiben. Und was bezweckte seine Nichte damit, den gleichen Köder erneut auszuwerfen? Aber was ich plötzlich in Händen hielt, änderte alles.

Zu Paris, den 16. Februar 1599! Es war das Faksimile einer jener verschwundenen Depeschen, die bewiesen, dass Florenz seine Spione zu keinem Zeitpunkt aus Paris abgezogen hatte. Die Zahlen waren ohne Abstände eng hintereinandergesetzt, doch zwischen den Zeilen war genügend Abstand für den Klartext gelassen worden. Das Dokument war bereits teilweise entschlüsselt. Mit viel Mühe konnte ich ein paar Worte und Namen entziffern. Gabrielles Tante Madame de Sourdis wurde erwähnt.

Auf Gabrielle selbst wurde zwei Zeilen darunter in Form ihres Titels Duchessa di Beaufort Bezug genommen.

Ich musterte das nächste Blatt.

373 stand für Villeroi, 342379 für den König, 326 für den Hof. Wie viele dieser Fragmente hatte Balzac denn nur in seinem Besitz gehabt? Dann folgte die nächste Überraschung.

Dieser Dechiffrierschlüssel war recht einfach gehalten, Piktogramme dienten als Platzhalter. Der nächste war schon komplexer.

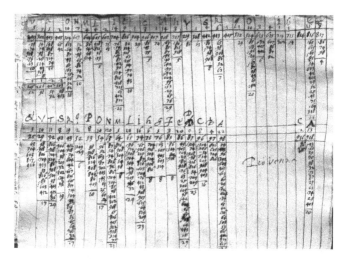

Ohne sachverständige Hilfe würde ich die Funktionsweise dieser Codes niemals enträtseln können. Wie viele dieser Dechiffrierschlüssel besaß Camille noch? Die Codierungen waren natürlich ständig verändert worden, insofern konnte es sich um eine enorme Zahl handeln. Wo hatte Balzac diese Exemplare nur aufgespürt? Das nächste Blatt enthielt sogar einen spanischen Code.

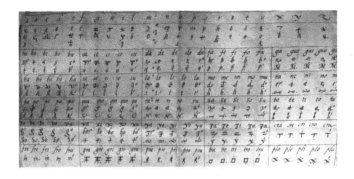

Die Dechiffrieranweisungen waren hier ausnahmsweise gut zu lesen.

Alle Worte, Buchstaben und Silben, über denen die Zahlen Eins bis Sechs auf diese Weise vermerkt sind, sowie die Zeilen, die mit einer dieser Silben beginnen: ay, te, me oder durch das Zeichen +0+ tragen keine Bedeutung.

Diesmal wartete ich nicht länger. Ich fand nach einigem Suchen einen Telefoneintrag unter der Adresse, die zwar etwas merkwürdig auf den Namen »Balzac Société Anonyme« lautete, aber offenbar nicht ganz falsch sein konnte. Ein Anrufbeantworter meldete sich. Ich legte auf. Ein paar Stunden später versuchte ich es noch einmal. Diesmal antwortete eine weibliche Stimme. Wer immer es war, eine Freundin oder die Putzfrau, teilte mir mit, Madame käme erst am Wochenende zurück.

Der Samstag kam und ging. Innerlich wartete ich jeden Moment auf ihren Rückruf, aber nichts geschah. Am Sonntagvormittag blieb das Telefon ebenfalls stumm. Ich wartete bis zwölf Uhr, dann probierte ich es erneut. Niemand antwortete, auch kein Anrufbeantworter. Ich ließ es lange klingeln, legte auf, wartete bis zum Abend und versuchte es wieder. Ohne Erfolg. Später ging ich aus. Als ich kurz vor Mitternacht zurückkehrte, entdeckte ich einen verpassten Anruf. Vorwahl 44. Vereinigtes Königreich/Großbritannien. Es war zu spät, um zurückzurufen. Am nächsten Tag versuchte ich die Nummer, aber die Rückmeldung lautete: nicht erreichbar. Ich gab auf.

Zwei Tage später klingelte mein Telefon. Eine französische Mobilnummer. Sie rief aus Paris an.

»Sie haben versucht, mich zu erreichen?«

»Ich wollte mich bedanken. Für die Dokumente.«

Pause.

»Geht es Ihnen gut?«, fragte ich. »Haben Sie alle Formalitäten abgeschlossen?«

»Ja. Danke. Es ist alles geregelt.«

Pause.

»Und wie geht es Ihnen?«

»Ich lese mit Neugier und Verwunderung die Fortsetzung meines Romans von der Hand Ihres Onkels. Wussten Sie, dass er vorhatte, den Roman weiterzuschreiben?«

»Ich ahnte es. Deshalb hatte er Sie kontaktiert. Ich glaube, er wollte es mit Ihnen gemeinsam tun.«

»Mit mir?«

»Ja. Empört Sie das?«

»Nein. Das nicht. Aber es ist eine seltsame Vorstellung.«

Etwas klirrte im Hintergrund. Sie hantierte anscheinend mit Flaschen oder Gläsern.

»Er wäre niemals in der Lage gewesen, es zu einem Ganzen zu gestalten, so wie Sie es getan haben.«

Es tat gut, einmal etwas Anerkennendes aus ihrem Mund zu hören. Und ihre Stimme durch den Hörer direkt an meiner Wange zu spüren, gefiel mir ebenso.

»Ist denn noch mehr vorhanden?«, fragte ich zögernd.

»Ja, sicher«, antwortete sie, als verstünde sich das von selbst. »Es stehen noch ein paar Kartons hier. Aber ich glaube nicht, dass er noch weitere Kapitel geschrieben hat. Sie sehen ja, was für ein Sammelsurium es ist. La Rivière in Fontainebleau. Vignac und das Mädchen auf der Flucht aus Paris. Ein Gespräch zwischen Bonciani und Ballerini ...« Sie machte eine Pause. Ich hörte Papier rascheln. Lagen die Dokumente vor ihr? Las sie gerade darin?

»... die Hinrichtung von Ravaillac«, fuhr sie wie zur Bestätigung fort, »aus der Perspektive eines unbekannten Zeitgenossen. Aber das war ja viel später. Sehen Sie, das alles führt nirgendwohin.«

Ich kann das Gefühl schwer beschreiben, das mich überkam. »Die Kartons«, fragte ich. »Was enthalten sie«

»Persönliche Dinge. Skizzen. Entwürfe. Recherchetagebücher. Nichts von wissenschaftlichem oder dokumentarischem Wert, deshalb haben wir es ja aussortiert. Möchten Sie die Sachen sehen? Vielleicht kann ich meine Unhöflichkeit vom letzten Mal wiedergutmachen?«

»Ich könnte nach Paris kommen«, sagte ich mit halb belegter Stimme.

»Ich war gerade längere Zeit verreist«, erwiderte sie. »Aber die nächsten Wochen werde ich hier sein.«

Es war mehr als ein Angebot. Es war eine Einladung. Ich hätte sofort fahren können. Ich hatte keine Verpflichtungen, denen ich nicht von einem Pariser Hotelzimmer aus nachkommen konnte. Übersetzen konnte ich an jedem Ort der Welt, sofern es eine Internetverbindung gab. Aber ich zögerte, ließ fast eine Woche verstreichen, bevor ich in der Rue Lamarck eine kleine Wohnung mietete, fünf Minuten Fußweg von ihrer Adresse entfernt, eine Distanz, die mir angemessen schien, ganz gleich, wie die Situation vor Ort sich weiter entwickeln würde.

16. KAPITEL

Ich fuhr über Köln und besprach mit Moran den Fortgang der Novelle, einer Form, die ich mir idiotischerweise einfacher und handhabbarer vorgestellt hatte als einen Roman und in der ich inzwischen rettungslos feststeckte.

»Erzähl mir einfach noch einmal alles von Anfang bis Ende«, ermunterte sie mich. So war das immer. Seit unserem ersten gemeinsamen Buch hatte dieses Ritual bis heute immer funktioniert. Es war das mündliche Erzählen, das Fabulieren, das bei mir die verschlossenen Türen öffnete. Moran fragte, hakte nach, zwang mich immer tiefer in die Ecke hinein, aus der ich nicht herauskam – und plötzlich wichen die Wände zurück, gab der Boden nach. Es war ein magischer Prozess. Ich wusste wirklich nicht, wie, doch plötzlich war etwas da, auf das ich stumm schreibend niemals gekommen wäre und das den einigermaßen unheimlichen Umstand bestätigt, den Kleist so schön formuliert hat: *Denn nicht wir wissen, es ist allererst ein gewisser Zustand unsrer, welcher weiß.*

Ich erwähnte mit keinem Wort, dass ich auf dem Weg nach Paris war. Aber wie zu erwarten, fragte Moran irgendwann, was denn nun eigentlich aus dieser Fortsetzung meines Erstlings geworden sei?

»Das Material ist weg«, sagte ich kurz angebunden. »Es gibt keine Fortsetzung.«

»Schade. Ich fand die Idee ja nicht schlecht. Warum erfindest du nicht einfach etwas. Sollen wir nicht mal gemeinsam überlegen?«

»Man kann die Geschichte nicht ins Heute weiterspinnen. Und ich habe keine Lust auf einen Historienschmöker.«

»Erzähl doch einfach mal, wie du dir das vor ein paar Monaten gedacht hast. Irgendeine Vorstellung musst du doch davon gehabt haben, wie es weitergehen könnte, oder? Vielleicht geht es ja doch.«

Ich zuckte mit den Schultern. »Der Roman endet mit Gabrielles Tod. Die Pläne des Malers sind gescheitert. Er hat keine Möglichkeit herauszufinden, wer ihn benutzt hat und wozu. Jemand will ihn ermorden. Es gelingt ihm jedoch, seinen Angreifer zu überwältigen. Um alle Spuren zu verwischen, tauscht er die Kleider mit dem Toten, legt in seinem Atelier Feuer und flieht mit seiner Geliebten Valeria aus Paris.«

»Eigentlich ein toller Cliffhanger. Warum hast du denn damals nichts daraus gemacht?«

»Danke!«

»Nein, so war das nicht gemeint!«

»Damals löste man Romane nicht auf«, sagte ich. »Vergiss nicht, ich kam frisch von der Uni. Wir hatten dort gelernt, dass alle Wahrheiten über die Welt diskreditiert waren. Literatur war erledigt, es gab nur noch *Texte*, Sprachspiele ohne übergreifenden Sinn. Romane mit einer Auflösung galten als unfein und naiv. Sogar der Autor war für tot erklärt worden. Der realistische Roman sowieso. Dahinter konnte ich doch nicht zurückfallen.«

»Ach ja«, seufzte Moran. »Lang, lang ist's her.«

»Genau. Und deshalb gibt es heute so gut wie keine Romanleser mehr. Die sind vermutlich gleich mit dem Autor gestorben. Alle wollen nur noch Krimis und Thriller.«

»Das ist doch Quatsch! Bücher erzeugen ihr Publikum, nicht umgekehrt. Und das ist der eigentliche Job eines Künstlers. Du erzeugst nicht nur ein Werk, sondern eine neue Wahrnehmung. Das ist groß!«

»So? Da-Vinci-Code-mäßig?«

»Sei nicht unfair. Damals ging es um Vorschüsse.«

Ich hatte mir diese Bemerkung trotzdem nicht verkneifen können. Irgendwie waren wir fast schon wie ein altes Ehepaar.

»Also gut«, lenkte ich ein, »spielen wir es mal durch. Man könnte bei dieser letzten Szene einsetzen. Die Medici wollen Vignac loswerden. Sie haben ihn für ihre Propagandaaktion gegen Gabrielle missbraucht. Jetzt, da sie tot ist, wollen sie alle Mitwisser beseitigen. Vignac weiß davon gar nichts, er begreift den Sinn des Gemäldes nicht, das er ja angeblich in Gabrielles Auftrag gemalt hat. Vor seiner Flucht sucht er Ballerini auf ...«

»Moment«, unterbrach sie mich. »Das ist alles ziemlich lange her. Wer ist noch mal Ballerini?«

»Vignacs Mentor. Sein Helfer. Die Geschichte fängt doch damit an, dass Vignac als Zeichner für diesen italienischen Chirurgen arbeitet. Die Schlachtfelder der Religionskriege liefern reichlich Anschauungsmaterial dafür. Vignac ist ein begnadeter Zeichner. Aber er will irgendwann nicht mehr für Ballerini herausquellende Gedärme oder Amputationen illustrieren. Diese ganze Zerstörung und Verwesung widern ihn an. Er sucht Sinn und Schönheit. Oder Sinn durch Schönheit. Er will malen. Und er will ein besseres Leben. Er träumt davon, Hofmaler zu werden, was für einen wie ihn etwa so realistisch ist, wie vom Kabelträger zum Filmstar aufzusteigen. Aber er will es versuchen. Er ersinnt einen Plan. Sein Freund Lussac hat einen Verwandten in Paris, in dessen Werkstatt Vignac ein illegales Atelier einrichtet.«

»Warum noch mal illegal?«

»Wegen der Kontrolle durch die Zünfte! Die Maler bewachen nicht weniger eifersüchtig ihre Pfründe als jede andere Korporation. Es geht nur mit List und Tücke.«

»Und deshalb sucht Vignac heimlich die Protektion der Herzogin.«

»Genau. Wie alle Zeitgenossen geht er davon aus, dass Gabrielle d'Estrées Königin wird. Vignac malt eine Huldigung an ihre großartige Zukunft, eine Aktaion-Allegorie. Gabrielle ist darauf als Diana dargestellt. Im Mittelgrund wird ein Hirsch von Hunden zerrissen. Das ist Aktaion, der Diana unerlaubterweise nackt beim Baden beobachtet hat und daher aus Rache in einen Hirsch verwandelt wird und seiner eignen Hundemeute zum Opfer fällt. Heinrich reitet im Hintergrund vorbei. Es ist eine recht konventionelle Allegorie auf die Unantastbarkeit des Liebespaares Heinrich und Gabrielle. Das Bild hängt heute in Tours im Musée des Beaux Arts.«

»Gemalt von wem?«

»Anonym. Alle diese Bilder sind von unbekannter Hand. Vignacs Freundin Valeria schmuggelt das Gemälde ins Palais des Bankiers Zamet, wo Heinrich und Gabrielle sich regelmäßig zum Essen und für Schäferstündchen treffen. Tatsächlich wird Vignac bald darauf von Gabrielle für eine Auftragsarbeit kontaktiert. Er wird zu einem Gespräch mit Gabrielles Kammerfrau bestellt, einer gewissen Marie Hermant. Sie eröffnet ihm, dass man seine Hilfe in Anspruch nehmen will, um eine Intrige und Propagandaaktion gegen Gabrielle zu vereiteln. Man führt ihn in einen Raum, und er sieht dort eine Szene, die er malen soll. Es ist der Vorläufer des Louvre-Porträts. Ich nenne es die Florenz-Fassung. Das Bild mit dem unsichtbaren Ring.«

Moran runzelte die Stirn. »Gott sei Dank haben wir diesen Roman schon verkauft«, sagte sie, »und ich muss das alles nicht erklären. Um wie viele Gemälde ging es da eigentlich?«

»Viele. Es ist eine ganze Serie. Aber die Florenz-Fassung ist besonders wichtig. Ich bin überzeugt, dass sie vor der Louvre-Version entstanden ist und in Auftrag gegeben wurde, um Propaganda gegen Gabrielle zu machen. Gabrielle und Henriette sind nackt in einer Wanne sitzend dargestellt. Im Hintergrund ist nur ein roter Vorhang zu sehen. Hier greift nun aber nicht wie auf dem Louvre-Porträt die eine Frau der anderen an die Brustspitze, sondern die Frau zur Linken schiebt der Frau zur Rechten einen unsichtbaren Ring auf den Finger. Das Bild war eine Provokation, um die Stimmung gegen Heinrichs riskante Heiratspläne aufzuheizen.«

»Inwiefern riskant?«

»Heinrichs Frauengeschichten wurden allmählich hochgefährlich. Das Florenz-Porträt war eine unverhohlene Warnung, den prekären Frieden und die Sicherheit der Dynastie nicht weiter aufs Spiel zu setzen, indem er irgendwelchen Mätressen die Ehe versprach. Die Botschaft ist ziemlich eindeutig: Die Huren des Königs feiern imaginäre Hochzeit, so weit ist es im Augiasstall von Paris gekommen. Der Maler Vignac versteht diesen tieferen Sinn natürlich nicht. Er ahnt nicht, was im Hintergrund geschieht, ist einfach nur froh über den Auftrag.«

»Aber wundert er sich denn gar nicht über das Motiv?«

»Warum sollte er? Edeldamen halb nackt bei der Toilette waren ja durchaus ein übliches Motiv. Das manierierte Gestenspiel der Hände machte diese Pose noch besonders reizvoll. Nackte Brüste schockierten damals niemanden. Manche Damen erschienen so auf Bällen.«

»Und das Ergebnis?«

»Das Gemälde wird während des Fastnachtsbanketts lanciert. Der Plan geht aber nicht auf. Heinrich lacht nur und setzt an diesem Abend öffentlich den Hochzeitstermin mit Gabrielle fest.«

»Und der Maler?«

»Versteht die Welt nicht mehr. Er weiß nicht, wer ihn

benutzt hat: Gabrielles Feinde oder womöglich sie selbst? Hat sie den Vorfall vielleicht inszeniert, um Heinrich zu einem öffentlichen Bekenntnis zu ihr zu zwingen? War sie derart raffiniert? Ballerini sagt: Ja, und fügt außerdem hinzu, dass die ganze Scharade völlig nutzlos sei, denn Gabrielle würde niemals Königin werden. Vignac habe auf das falsche Pferd gesetzt, und er solle lieber wieder für ihn arbeiten, anstatt am Hof in sein Verderben zu rennen. Tatsächlich ist man hinter ihm her. Valeria wird entführt und misshandelt. Man will über sie Vignac finden, was aber nicht gelingt. Vignac versteckt sich und versucht nun mit allen Mitteln herauszufinden, wer ihn manipuliert hat. Dazu muss er den Sinn seines eigenen Gemäldes entschlüsseln. Das war ja das eigentliche Thema des Romans: dass wir Bedeutung niemals wirklich kontrollieren können, am wenigsten dort, wo es eigentlich genau darum geht – in der Kunst. Vignac muss sein eigenes Bild verstehen, um sein Leben zu retten. Aber das gelingt ihm nicht. Daher war es nur folgerichtig, das Rätsel nicht aufzulösen. Ich konnte es auch gar nicht, konnte nur spekulieren, denn die Antwort auf die Frage, wer wirklich hinter diesen Porträts steckte, wie man sie lesen muss und ob Gabrielle ermordet wurde oder nicht, findet sich, wenn überhaupt, in der Geheimkorrespondenz der Medici-Spione.«

»Wirklich zu dumm, dass du da nicht zum Zug gekommen bist«, seufzte Moran. »Kommt man da nicht doch noch irgendwie heran?«

»Keine Ahnung, wie lange die Kanadier brauchen werden, bis das Material bearbeitet und katalogisiert ist. Ein paar Jahre bestimmt.«

Sie musterte mich argwöhnisch.

»Du gibst einfach auf?«

Ich zuckte mit den Schultern und dachte an die Kartons, die in Paris auf mich warteten. Aber ich sagte nichts.

17. KAPITEL

Die Wohnung in der Rue Lamarck war klein, dunkel und stickig. Wie so oft standen die Fotos auf der Vermittlungswebseite in keinem Verhältnis zur Realität, und das Geschwätz der Person, die damit beauftragt worden war, mir diese Absteige zu übergeben, steigerte meinen Ärger nur noch. Es war völlig ausgeschlossen, hier zu übernachten. Nach endlosen Streitereien willigte ich ein, für die Stornierung der Buchung eine Nacht zu bezahlen, und war nun erst einmal damit beschäftigt, mir eine neue Bleibe zu suchen. Anfang Januar war es glücklicherweise nicht so schwierig, in Paris ein akzeptables Hotelzimmer zu finden. Es lag in der gleichen Straße und noch etwas näher zu Camilles Wohnung. Das im vierten Stock gelegene Zimmer war hell und freundlich und verfügte sogar über einen kleinen Balkon zu einem begrünten Innenhof.

Direkt gegenüber gab es ein Café. Ich frühstückte und begriff erst jetzt, warum mich dieses »charmante Studio in Montmartre« derart abgestoßen hatte. Es waren gar nicht nur die Enge und Dunkelheit gewesen, sondern der Geruch, der süßlich faulige Gestank nach Insektenspray, den ich für immer mit der winzigen Mansarde verband, in der ich als Student in Paris gehaust hatte.

Doch zu den schlechten Erinnerungen gesellte sich jetzt auch ihre schöne Schwester Nostalgie. Ich spazierte durch die Stadt und besuchte die Orte, an denen ich damals Wochen und Monate mit Recherchen verbracht hatte: die Bibliothèque Nationale in der Rue de Richelieu, die Bibliothèque Sainte-Geneviève neben dem Pantheon sowie die heimliche Königin von allen: die Bibliothèque Historique de la Ville de Paris. Überall hatte ich einem Bilderrätsel nachgespürt, das im Louvre hing, an dem Tausende von Menschen vorbeigingen und sich wahrscheinlich die gleiche Frage stellten wie ich: Was taten diese beiden Frauen? Was sollte das?

Ich erreichte den Louvre und ging auf die Glaspyramide zu. Die Warteschlange war bereits endlos. Es wäre aussichtslos gewesen, mich an diesem Tag noch anzustellen. Eine Online-Abfrage per Handy ergab, dass auch die nächsten drei Tage bereits komplett ausgebucht waren, sodass ich das Gemälde vor meinem Besuch bei Camille am nächsten Tag nicht würde sehen können.

Ich kehrte ins Hotel zurück, verbrachte die Abendstunden mit Übersetzungsarbeit und versuchte, früh schlafen zu gehen. Aber ich lag lange wach. Was wollte diese Frau von mir? Warum kam sie mir plötzlich so entgegen, nachdem sie mich bei unserer Begegnung im Manoir derart hatte abblitzen lassen? Ich versuchte, mir Einzelheiten ihrer Erscheinung in Erinnerung zu rufen. Doch sosehr ich mich auch bemühte, es war vor allem ihre Stimme, die mir in den Sinn kam, wenn ich an sie dachte. Ihr Gesicht, das Mädchenhafte dieser Frau faszinierte mich, ihre Gestalt, schlank, grazil, distinguiert, nicht nur in ihrer äußerlichen Erscheinung, sondern vor allem auch in Gestik und Bewegung. Warum war ich wirklich hier? Wegen alter Dokumente?

Irgendwann stand ich wieder auf, verließ das Hotel und spazierte durch die nächtliche Stadt. Die frische Luft tat gut, vertrieb aber meine innere Unruhe nicht. Ich fand eine Brasserie, die noch geöffnet hatte, und trank ein Glas Wein. Sollte ich wirklich zu ihr gehen und nicht besser wieder abreisen, den nächstbesten Zug zurück nach Berlin nehmen und die ganze Sache ein für alle Mal vergessen? Ein Vorwand wäre leicht zu finden. Ich könnte sie morgen anrufen, ihr erklären, dass leider etwas dazwischengekommen war, und mich dann einfach nicht mehr melden.

Später im Hotel kam mir der Gedanke plötzlich albern vor. Warum sollte ich mir diese Dokumente denn nicht ansehen, warum Camille Balzac nicht noch einmal treffen? Was war denn mit mir los? Hatte ich vielleicht Angst vor ihr? Oder eher vor mir? Ich ging Balzacs Entwürfe noch einmal durch. Doch anstatt mein ungutes Gefühl zu zerstreuen, erwachte nur ein weiteres in mir. Irgendetwas störte mich an diesem Eindringling, diesem unerwünschten Ghostwriter, dieser fremden und dennoch vertrauten Stimme.

Niemand beachtete die beiden Gestalten, die kurz vor Einbruch der Dämmerung am 10. April 1599 im Tross von Kaufleuten, Bauern, Händlern und Fuhrwerken die französische Hauptstadt in südlicher Richtung verließen.

Der Himmel war bewölkt, die ungewöhnliche Hitze der letzten Tage hing noch über den Feldern, durchschnitten von ersten, kühlen Windstößen, die baldigen Regen ankündigten. Das junge Paar schien es eilig zu haben. Grüße oder freundliche Fragen, wohin sie unterwegs seien, quittierten sie nur mit unverbindlichem Kopfnicken, einer kurzen Grußerwiderung oder der vagen Auskunft: nach Süden. Sie reisten mit wenig Gepäck. Der Mann hatte einen Sack geschultert und trug außerdem ein längliches Lederfutteral, das an einem Riemen wie ein Köcher quer über seinen Rücken hing. Die junge Frau hatte aus Tüchern zwei Ballen geknotet und sie mit einem Seil zusammengebunden, das über ihre verhüllte Stirn gespannt war. Sie marschierte leicht vornübergebeugt, den Blick auf den schlammigen Weg gerichtet, sorgsam darauf bedacht, sicheren Tritt zu finden und

zugleich ihr junges Gesicht hinter einem herabfallenden Schleier so weit als möglich zu verbergen.
Ihr Begleiter blieb die ganze Zeit über dicht bei ihr. Er rutschte mehrmals fast aus in dem Bemühen, die junge Frau vor einem derartigen Missgeschick zu bewahren.
Bald verließen sie die Hauptstraße, setzten ihren Weg in östlicher Richtung fort, gingen schließlich ein Stück querfeldein, bis sie ein Waldstück erreichten, das ihnen vertraut sein musste, denn sie fanden ohne Mühe einen Pfad hinein, der nur aus nächster Nähe erkennbar war. Hier war außer ihnen niemand mehr unterwegs.

Der Stil, die Wortwahl, die Namen und Örtlichkeiten sowieso – alles war von fremder Hand verfasst, mir aber auf unbehagliche Weise vertraut, als hätte ich die Entwürfe in einer meiner Archivkisten gefunden. Nicht einmal die fremde französische Sprache bot Schutz davor, denn viele Passagen in meinem Roman entstammten französischen Publikationen aus dem achtzehnten und neunzehnten Jahrhundert. Ich hatte sie entlehnt, umgestaltet, bearbeitet, meinen Figuren in den Mund gelegt oder in Briefe und Verhöre geschmuggelt. Bis in den Rhythmus und stilistische Wendungen hinein hörte ich Original und Bearbeitung gleichzeitig. Ich konnte gar nicht anders, als durch diese von fremder Hand geschriebenen Sätze meine eigene Stimme zu hören. Und auf einmal begriff ich, was mich daran so verstörte. Ich hatte das Gefühl, als führte jemand meine Hand.

Ich stand vor meiner Geschichte wie Vignac vor seinem Gemälde.

18. KAPITEL

Ich traf zehn Minuten zu früh vor ihrem Haus ein und wartete ein paar Schritte entfernt. Beim dritten Schlag einer fernen Kirchenglocke ging ich die paar Stufen hinunter bis zu ihrer Tür. Es gab kein Namensschild an der Klingel, doch ein verwittertes Familienwappen mit jeweils drei horizontalen und drei vertikal angeordneten Kreuzen im Scheitelstein des gemauerten Türbogens bestätigte, dass ich hier richtig war.

Eine völlig veränderte Frau öffnete mir. Statt in hochgeschlossenem blauem Kleid und mit in der Mitte gescheitelten Haaren, was ihr in der antiquierten Kulisse des Manoir vor einigen Monaten noch eine etwas strenge, reservierte Aura verliehen hatte, stand da eine attraktive Pariserin unbestimmbaren Alters vor mir, lässig, modisch leger gekleidet und ohne die geringste sichtbare Verbindung zu der vierhundert Jahre zurückliegenden Geschichte, die uns auf verschlungenen Pfaden zusammengeführt hatte. Ihr Haar fiel offen herab. Sie hatte etwas Mascara, Lippenstift und vielleicht auch ein wenig Rouge aufgelegt. Kleine Diamantohrringe glitzerten in ihren Ohrläppchen. Sonst sah ich keinen Schmuck. Sie trug eine einfache weiße Bluse zu einer dunklen Leinenhose und Sandalen.

»Bonjour«, begrüßte sie mich und trat zur Seite. »Bienvenue.« Die Tür schnappte sanft hinter mir ins Schloss, und sofort erstarb der Lärm der Stadt. Sie ging voraus. Der Stoff ihrer Hose, der ihre Waden umspielte, endete eine Handbreit über ihren schmalen, nackten Fußgelenken. Wir erreichten eine Balustrade, von der eine Treppe in eine Art Wintergarten hinabführte. Ich blieb einen Augenblick stehen, während sie die Stufen hinunterging. Ich hatte nicht damit gerechnet, mich in einem derart geräumigen Stadthaus wiederzufinden. Die komplette Rückseite des Gebäudes war durch einen Glasanbau um schätzungsweise ein Drittel erweitert worden. Jenseits der Glaseinfassung sah man einen Garten.

Der Raum unter mir war eine Mischung aus Wohn- und Musikzimmer. Ein Konzertflügel dominierte alles. Darauf lag eine Geige. Eine Sofalandschaft zog sich die komplette Glaseinfassung entlang, unterbrochen durch Öffnungen im Boden, aus denen kleine Bäume oder Sträucher hervorwuchsen. Die Morgensonne war zwischen den Wolken hervorgekommen und tauchte alles in diesem Raum in helles Licht, wo Innen und Außen aufgehoben schienen.

Ich stieg langsam die Treppe hinab. Als ich den Terrazzoboden betrat, sah ich sie in einer Küche hantieren, die im straßenseitigen, unterkellerten Teil des Hauses untergebracht war. Ich blieb stehen und genoss das stilvolle Ambiente.

Nach einer Weile kam sie mit einem Tablett zum Vorschein, das sie auf einem ovalen Marmortisch am Fenster abstellte.

»Bitte, nehmen Sie doch Platz.«

Ich bestaunte die Fassade, während sie uns einschenkte. Von hier unten wirkte das alles noch beeindruckender.

»Fast jeder ist überrascht, der das erste Mal hier ist« sagte sie dann. »Meine Mutter hat den Glasanbau entworfen. Sie ist Innenarchitektin.«

»Es ist sehr gelungen. Man fühlt sich wie in zwei Welten gleichzeitig.«

»Milch? Zucker?«, fragte sie.

»Nichts, danke.«

Sie stellte die Kanne ab, setzte sich und schaute mich an.

»Sie müssen eine sehr schlechte Meinung von mir haben. Es tut mir leid, wie unser letztes Zusammentreffen verlaufen ist.«

Ich winkte ab. »Bitte reden wir nicht mehr davon. Sie sagten, Sie waren auf Reisen?«

Die Narbe auf ihrer Stirn war durch das hereinfallende Sonnenlicht auffallend gut zu sehen. Die Wunde war genäht worden. Beim Bemühen, weder ihre Stirn zu betrachten noch ihr ständig in die Augen zu schauen, streifte mein Blick den Ausschnitt ihrer Bluse, die weiße Spitze ihres Büstenhalters und dazwischen die gewölbten Ansätze ihrer Brüste. Ich lehnte mich zurück und suchte einen Punkt im Raum, auf dem ich meinen Blick vor ihr in Sicherheit bringen konnte.

»Ich war in Bangkok«, sagte sie. »Mein Vater lebt dort. Ich reise oft nach Südostasien. Danach war ich noch ein paar Wochen in London.«

»Aber Sie leben hier, in Paris?«

»Ja. Nach dem Tod meines Onkels bin ich jetzt die Einzige hier. Der Rest meiner Familie lebt vor allem in England und den USA. Aber auch Australien. Thailand. Singapur. Wenn jemand nach Europa kommt, gibt es hier zwei Wohnungen im Obergeschoss, die genügend Platz bieten. Paris war meistens nur die Zwischenstation auf dem Weg nach Saint-Maur, solange mein Onkel noch am Leben war. Jetzt werden die Besuche wohl noch seltener.«

»Das Anwesen ist verkauft?«

»Ja. Niemand will dort leben, und es ist zu aufwendig im Unterhalt.« Sie machte eine kurze Pause und fügte dann hinzu: »Wer nicht in Europa lebt, hat eine andere Perspektive. In meiner Familie glaubt niemand, dass unser Kontinent noch eine große Zukunft hat. Wozu ein derart großes Haus in einer Gegend besitzen, die vergreist und sich entvölkert und wo man jederzeit eine Villa mieten kann, wenn man unbedingt dorthin will?«

»Sehen Sie das auch so?«

»Ich beschäftige mich nicht mit solchen Fragen. Ich habe weder ein großes Vermögen noch ein Unternehmen oder sonst etwas von größerem Wert. Ich habe keine Kinder. Ich wohne hier, weil meine wohlhabenden Verwandten jemanden brauchen, der sich um diese Dependance kümmert. Mir gehört fast nichts davon. Die eigentlichen Besitzer haben so gut wie keine Zeit dafür.« Sie deutete auf den Flügel. »Das ist meine Welt.«

»Sie spielen in einem Orchester?«

»In einem Trio«, antwortete sie. »Und Sie? Leben Sie ausschließlich vom Schreiben?«

»Momentan mehr vom Übersetzen.«

»Literatur?«

»Eher Krimis. Unterhaltung.«

»Kann man davon leben?«

»Mit einer Familie wird es eng. Ich habe zwei erwachsene Kinder. Aber sie stehen schon so gut wie auf eigenen Füßen.«

»Und Ihre Frau?«

»Ich bin geschieden«, sagte ich. »Das Übliche.«

»Aha. Sagt man das so?«

Ich zuckte mit den Schultern. »Nach meiner Erfahrung sind sechzehn Jahre heutzutage schon eine lange Zeit für eine Ehe, finden Sie nicht?«

»Darüber weiß ich nichts.«

»Sie haben nie geheiratet?«

»Nein.«

Log sie? Oder stimmte die Geschichte gar nicht, die Alain mir erzählt hatte? Aber was ging es mich an? Ich war ein völlig fremder Mensch. Wenn sie etwas derartig Grauenhaftes erlebt hatte, war nur verständlich, dass sie nicht darüber sprechen wollte. Ich schaute befangen zur Seite.

Gab es keinen Mann in ihrem Leben? Ich fragte natürlich nicht, wollte darüber auch nicht nachdenken, tat es aber dennoch. An Kandidaten konnte es ihr ja wohl nicht mangeln. Je länger ich sie betrachtete, desto attraktiver erschien sie mir jetzt. Das Gesicht war bis auf die kleine Narbe auf der Stirn makellos, aber gerade durch sie einzigartig und besonders. Dann waren da ihre Augen, eine Lebendigkeit in ihrem Mienenspiel sowie eine in all ihren Gesten und Bewegungen spürbare Sinnlichkeit, der ich mich nur schwer entziehen konnte. Ich konnte mir nicht vorstellen, dass sie nicht mindestens einen Geliebten hatte. Oder eine Geliebte? War sie in England aufgewachsen? Oder den Vereinigten Staaten? Es war durchaus wahrscheinlich, wenn offenbar der Großteil der Familie im Ausland lebte. Und warum dachte ich über all diese Fragen überhaupt nach? Ich war hergekommen, um ein paar Dokumente anzuschauen. Sonst nichts.

»Sollen wir vielleicht einen Blick auf die Unterlagen werfen?«, fragte ich. »Ich will Sie nicht zu lange aufhalten.«

»Aber natürlich«, erwiderte sie sofort und erhob sich. »Gehen wir. Die Sachen liegen oben.«

19. KAPITEL

Wir erreichten den Flur, durch den ich das Haus betreten hatte, und stiegen eine weitere Treppe zum ersten Stock hinauf. Es hingen gerahmte Fotos an den Wänden, die ich im Vorbeigehen flüchtig betrachtete. Es waren vor allem Porträtaufnahmen unterschiedlicher Größe, teils schwarz-weiß, teils farbig, vermutlich Familienfotos, manche offenbar Jahrzehnte alt, andere jüngeren Datums.

Auf dem nächsten Treppenabsatz bog sie nach rechts ab und ging auf eine angelehnte Tür zu. Dahinter öffnete sich ein Raum mit zwei Fenstern, die zur Rue Paul Albert hinausgehen mussten. An den Wänden standen Bücherregale, auf denen vor allem Archivboxen untergebracht waren. Der Holzboden knarrte, als wir den Raum betraten. Es roch muffig. Die Luft war abgestanden. Mein Blick fiel auf einen Biedermeierschreibtisch. Zwei Umzugskartons standen darunter. Wir wuchteten einen der beiden auf den Tisch. Camille holte mehrere Stapel Papiere daraus hervor und ordnete sie nebeneinander an. Dann wollte sie sich den nächsten Karton vornehmen, doch ich schüttelte den Kopf.

»Das ist zu viel auf einmal. Der Tisch ist schon übervoll.«

Sie stemmte die Hände in ihre Hüften, nickte zustimmend, zog einen der beiden Stühle heran, die im Raum vorhanden waren, und schob ihn an den Schreibtisch.

»Fangen Sie einfach an. Sortieren Sie aus, was für Sie von Interesse ist. Sagen Sie mir Bescheid, wenn Sie fertig sind. Ich bin unten.«

Damit verließ sie den Raum.

Ich betrachtete unschlüssig die vier Papierstapel. Dann schaute ich mich im Raum um. An der einzig freien Wand neben der Tür hingen Porträts über die ganze Fläche verteilt, manche so tief, dass man sich bücken musste, um sie richtig zu betrachten. Ich begriff bald, warum. Sie hingen so, damit man sie am Schreibtisch sitzend betrachten konnte. Charles Balzac hatte wahrscheinlich oft hier gesessen, geforscht und geschrieben und dabei diese Bilderwand im Blick gehabt. Es handelte sich um Stiche und Lithografien. Ob echt oder reproduziert, konnte ich nicht sagen, denn sie befanden sich hinter Glas. Ein Gesicht erkannte ich sofort: die fliehende Stirn, der draufgängerisch gezwirbelte Schnurrbart, die angriffslustigen Augen! Sie gehörten unverwechselbar dem zwielichtigsten aller Italiener, die damals im Gefolge Marias de Medici nach Paris gekommen waren: Concino Concini. Dem Abenteurer und Kleinganoven war es nicht nur gelungen, im Schlepptau der neuen Königin an den französischen Hof zu gelangen und sich dort zu halten; er hatte es durch seinen Einfluss auf die schwache Regentin sogar bis zum steinreichen Marschall von Frankreich und nach der Ermordung Heinrichs IV. zum mächtigsten Mann des Landes gebracht. Direkt daneben hing das Bild seiner unheimlichen Gemahlin, einer Kreatur, die man sich immer nur verborgen in den Rockschößen der Königin Maria oder heimlich durch die dunklen Flure des Louvre huschend vorstellen kann: Leonora Galigaï, ein Wesen, so unglücklich wie unheilvoll, doch keineswegs so hässlich, wie Zeitgenossen sie immer wieder voller Missgunst und Verachtung geschildert hatten: von einer Fledermaus gezeugt, das Haar einer Medusa, eine Stirn so glatt wie ein Kieselstein, grüne Augen, Elefantennase, kleine Reißzähne, die Klauen einer Harpyie, Füße eines Hummers und einen Mund wie ein Ofenloch. Doch die Physiognomie dieser rätselhaften Zwergin war unvorteilhaft genug gewesen, um in der Einbildungskraft und Erinnerung derer, die sie fürchteten und hassten, diese Fratze entstehen zu lassen. Der steile Aufstieg und das jähe Ende des unheimlichen Paares – Concini erschossen im Hof des Louvre, seine Leiche von der rasenden Bevölkerung wieder ausgegraben und buchstäblich zerrissen, Galigaï unter dem Vorwurf der Hexerei enthauptet – füllte die Chroniken der Zeit, vor allem im Hinblick auf die Frage, welche Rolle die beiden bei der Ermordung Heinrichs IV. gespielt haben mochten.

Henriettes Halbbruder schmückte ebenfalls diese Galerie der möglichen oder erwiesenen Königsmörder: Charles, Graf d'Auvergne, zweifacher Verschwörer gegen das Leben des Königs, zweimal auf unbegreifliche Weise dem Schafott entgangen. Über ihm hing sinnigerweise das Porträt des Herzogs d'Épernon, ebenfalls bis heute verdächtig, beim Attentat auf den König die Finger im Spiel gehabt zu haben. Eine Hausangestellte Henriettes, eine gewisse Madame d'Escoman, hatte ihn schwer belastet, behauptete, d'Épernon mehrmals mit dem Attentäter gesehen zu haben. Doch mangels Beweisen war der Herzog nie angeklagt worden.

Mein Blick ging von Porträt zu Porträt, streifte dann wieder die Buchrücken und die Archivboxen auf den Regalen. Ich konnte das alles unmöglich in ein paar Stunden systematisch durchforsten. Aber die Versuchung zu stöbern war einfach zu groß. Charles Balzac hatte hier offensichtlich den Teil seiner Materialsammlung aufbewahrt, die sich mit Quellen zu Heinrichs Ermordung befassten. Die Aufschriften auf den Archivboxen reizten mich unsäglich. Ich musste nur die Hand ausstrecken. Da waren die Tagesberichte der englischen, spanischen und venezianischen Botschafter. Prozessakten über den Attentäter Ravaillac.

Auf drei Boxen stand die Aufschrift: *d'Escoman. Lettres et interrogatoires.* Ein anderer Karton mit der Aufschrift *Complot d'Auvergne* enthielt wohl Unterlagen zur Verschwörung von 1604. Ich ließ alle Boxen, wo sie waren, setzte mich stattdessen hin, schob drei Papierstapel zur Seite und zog den vierten näher heran.

Aus dem Untergeschoss ertönte leise klassische Musik. Ich versuchte abzuschätzen, wie lange ich brauchen würde, das Material zu sichten. Von wegen einige Dokumente! Hier befand sich ein komplettes, zweites Archiv. Warum war es nicht versteigert worden? Vielleicht weil es sich nur um Kopien handelte, keine Originaldokumente von historischem Wert. Ich nahm das obenauf liegende Heft vom Stapel und öffnete es.

Seit den frühen Morgenstunden strömen die Menschen zum Richtplatz. Es ist der Moment, da mir die Stadt Paris am meisten zuwider ist. Aus allen Ecken und Winkeln kommen sie herbeigeeilt, die Schaulustigen, die Züge verzerrt vor Erregung, die Augen glänzend und schon jetzt weit aufgerissen vor geiler Erwartung.

Der Text war handschriftlich verfasst. Ich blätterte um, las die nächsten Absätze.

Wir stehen alle noch immer wie betäubt da, tun das Notwendige, das von uns Erwartete, und doch scheint keiner aus der Stumpfheit des Schocks, der Lähmung des Geistes erwachen zu können. Menschen beginnen noch immer ganz plötzlich zu weinen. Auch ich muss mich immer wieder zusammenreißen, um die Fassung nicht zu verlieren, wenn ich sehe, dass alles einfach so weitergeht. Die Bäcker backen ihr Brot, die Vögel fliegen am Himmel, der schmutzige Fluss zu meinen Füßen treibt den Unrat an mir vorbei. Doch das Herz Frankreichs schlägt nicht mehr. Stattdessen bebt die Erde unter einem unheimlichen, unbekannten Takt, den niemand zuordnen kann.

Wer sprach da? Charles Balzac mit der fiktiven Stimme eines Zeitgenossen? Oder gar Henriette? Oder handelte es sich um einen Augenzeugenbericht, den Balzac irgendwo abgeschrieben hatte?

Das Land wird regiert von einer italienischen Usurpatorin, deren Regierungsbefugnis gerade einmal ein paar Tage alt, deren Religion vielen verhasst ist, und es hat nun einen König, der ein Kind ist und dessen Herkunft vielen Franzosen so viel Anlass zu Argwohn und Misstrauen gibt, dass die Situation nur in einen neuen Bürgerkrieg münden kann.
Noch ist alles ruhig. Das ganze Land hat sich verschlossen, die Stadt Paris blitzartig wie eine Muschel, der Rest des Landes langsam und träge in dem Maße, wie die Nachricht erst in die Vorstädte, dann die umliegenden Städte und allmählich in die Provinzen kroch. Der ganze Süden lebte noch sechs Tage in der Illusion, alles sei wie früher. Alles ging bei diesen unwissend Glücklichen seinen Gang, so wie die Gliedmaßen eines Enthaupteten noch minutenlang zucken, vor Zeiten gegebenen Befehlen eines Kopfes gehorchend, der längst mit gebrochenem Blick im Korb liegt. Ist Unwissen nicht das bessere Los? Was haben wir schon gewonnen durch die frühe Gewissheit?

Der Ton einer Geige schwebte aus dem Untergeschoss herauf. Ich lauschte eine Weile lang dem unbekannten Stück, das Camille zu üben schien. Dann las ich wieder. Eine allerletzte Passage, sagte ich mir.

Épernon will mich sehen. Ich bin vorbereitet. Fällt ein König, so fällt eine Welt. Und unter den Trümmern begräbt es viele. Er will mich im Louvre haben, wenn die Hinrichtung des Attentäters vorüber ist, denn dort werden Entscheidungen zu fällen sein, hinter den Mauern, weit weg von den Blicken des Volkes, das nichts begreift, von nichts Kenntnis hat. Wir werfen ihm die Leiche des Attentäters hin, an der es seinen Zorn und seine Wut ausleben kann, während hinter dem Vorhang die Dinge neu geordnet werden für den nächsten Akt ...

Ich schloss das Heft und legte es zur Seite. Camille spielte noch immer. Was sprach dagegen, noch ein oder zwei Tage zu bleiben, dachte ich. Zu Hause wartete niemand auf mich. Ich könnte immer für ein paar Stunden herkommen und diesen Schatz heben. Vor mir lag ein Vermögen erzählerischer Möglichkeiten, die ich vor zwanzig Jahren nicht gesehen hatte und vielleicht auch nicht hätte meistern können. Ich hatte viel zu kurz gegriffen, die Porträts immer nur mit Gabrielles Tod in Verbindung gebracht und die dadurch vorbereitete, epochale Wendung gar nicht mitgedacht. Die Ermordung Gabrielles war nur der erste Akt gewesen, das Vorspiel für das eigentliche Stück: die Ermordung Heinrichs IV.!

Ich stand auf und ging nach unten. Camille bemerkte mich nicht, als ich an die Balustrade trat. Die ganze Szene hatte etwas Unwirkliches. Ich wartete. Der Notenständer stand am Fenster, und ich sah nur ihren Rücken, die weichen Bewegungen ihres Oberkörpers im Takt zur Musik, die energischen Streichbewegungen ihres rechten Arms. Sie endete, blieb einen Augenblick reglos stehen, legte ihr Instrument ab und drehte sich um.

»Ah«, sagte sie. »Sie sind schon fertig?«

»Ich würde gerne morgen wiederkommen, wenn Sie

nichts dagegen haben. Es ist zu viel. Ich brauche mehr Zeit.«

»Bitte. Kommen Sie, wann Sie möchten. Wo sind Sie denn untergebracht?«

»Im Hotel. Rue Lamarck.«

»Hotel?«, sagte sie. »Über dem Arbeitszimmer stehen zwei Wohnungen leer.«

Sie schaute zu mir herauf, ich zu ihr hinunter. Die Sekunden dehnten sich.

»Oder haben Sie Angst vor mir?«

20. KAPITEL

Die ersten zwei Tage sah ich sie kaum. Ich war bei ihr eingezogen, als sei es das Normalste der Welt. Sie wies mich in eine der beiden Wohnungen im dritten Stock ein, die jeweils über Wohn-, Schlafzimmer und ein eigenes kleines Bad verfügten. Sie gab mir einen Hausschlüssel und erklärte, sie habe die nächsten Tage viel zu tun und werde selten da sein.

Am ersten Abend hörte ich sie spät zurückkommen. Ich ging die halbe Treppe hinunter, um sie wenigstens kurz zu begrüßen, aber Camille hatte das Licht bereits gelöscht und war irgendwo im Untergeschoss verschwunden. Ich traf sie auch am nächsten Morgen nicht an. Alles war still. Ich wagte mich in die Küche vor und entdeckte dabei einen Flur, der zu einer geschlossenen Tür führte. Vermutlich lag ihr Schlafzimmer dahinter, das ich aber natürlich nicht betrat. Die Überbleibsel eines schnellen Frühstücks standen auf der Arbeitsplatte: ein weißer Porzellanbecher mit einem Rest Tee sowie ein kleines Bambusbrett, auf dem Obst geschnitten worden war. Am Becherrand waren Spuren von Lippenstift zu sehen. Ich rührte nichts an, verließ das Haus, frühstückte in einem Café in der Nähe, kehrte zurück und arbeitete mich bis zum frühen Nachmittag weiter durch das Material.

Wie soll ich das Gefühl beschreiben? Es war, als wäre ich auf einer Expedition in ein scheinbar unerforschtes Gebiet plötzlich auf die Fußspuren eines anderen Forschers gestoßen, auf Orte, an denen er übernachtet, auf Dinge, die er verloren oder zurückgelassen hatte. Selbst Aufsätze und Studien, die ich schon kannte und vor Jahren selbst studiert hatte, waren höchst aufschlussreich für mich, denn Charles Balzac waren ganz andere Dinge aufgefallen und wichtig gewesen als mir. Dieser Roman hatte mich in gewisser Weise gemacht, so wie jedes Buch seinen Autor hervorbringt. Und jetzt erlebte ich diesen Prozess noch einmal.

Zwei Tage lang folgte ich mir selbst auf den Spuren der Lektürenotizen eines anderen, seinen Randbemerkungen, Fragezeichen, Ausrufungszeichen, doppelten Unterstreichungen oder Verweisen auf andere Texte. Für ihn hatte nicht Gabrielle, sondern Henriette im Zentrum gestanden, die Familie Balzac d'Entragues, weshalb es nur logisch war, dass er sein Hauptaugenmerk auf den Zeitraum gerichtet hatte, in dem Henriette eine herausragende Rolle spielte: die Jahre 1601–1610, bis zu Heinrichs Ermordung. Es wurde mir auch immer klarer, warum die Lektüre meines Romans eine derart heftige Reaktion bei ihm ausgelöst hatte. Ich war ihm nicht nur zuvorgekommen. Ich hatte die Perspektive derart verengt, dass ich ihm das Spiel verdorben hatte: etwas Größeres, Umfassenderes, was ihm vorgeschwebt haben musste, an dem er jedoch gescheitert war. Ihm war dieser riesige Stoff völlig zerfasert. Ich hatte ihn mit Müh und Not bändigen können, weil ich alles auf ein paar Monate erzählte Zeit reduzierte, was fast fünfhundert Seiten füllte. Er hatte sich ein ganzes Jahrzehnt vorgenommen.

Es war einfach verrückt! Wir waren unabhängig voneinander den gleichen Fragen nachgegangen. Genau wie ich hatte er versucht, die Lücken in den Quellen zu füllen und historische Leerstellen erzählerisch zu schließen. Nur hatte er keine abschließende Perspektive dafür gefunden. Mir war es jahrelang genauso gegangen. Ich hatte alles Mögliche versucht, jede erdenkliche Textform und Kombination ausprobiert, um die Geschichte zu erzählen: Verhöre, Briefe, Tagebucheintragungen, innere Monologe, auktoriales Erzählen, Berichte. Ich ließ historische und fiktive Figuren in der ersten und dritten Person zu Wort kommen, um die Ereignisse und Perspektiven auf die Vorgänge lesbar und vor allem erlebbar zu machen. Ich las alles, was mir in die Hände kam, um dieser Zeit nahezukommen, ihren Menschen unter die Haut zu kriechen und einen Blick in ihr Inneres zu werfen. Am Ende resignierte ich vor der Aufgabe. Es gab keine einzelne Erzählstimme oder Perspektive, die das alles darstellen und berichten konnte. Und war es unbedingt notwendig? Wenn eine Geschichte nur in Form von Fragmenten und Schlaglichtern erzählbar war, warum sollte man sie dann nicht genauso schreiben?

Moran war damals skeptisch. Wir hatten uns gerade erst kennengelernt. Es war unsere erste Zusammenarbeit. Für so etwas sei ein Rahmen notwendig, ein klar umrissener Eingang und Ausgang, sonst verirre man sich in so einem Wirrwarr. »Du kannst nicht mit den Religionskriegen einfach so ins Haus fallen und dann auch noch so viele verschiedene Figuren erzählen lassen«, hatte sie gemahnt. »Du musst die Leute erst einmal abholen, wo sie sind, bevor du sie ins sechzehnte Jahrhundert bringst. Und das natürlich nicht durch eine langwierige Exposition, sondern dramatisiert. Und das Stimmengewirr im Hauptteil musst du entweder reduzieren oder motivieren. Sonst funktioniert das nicht.«

Die doppelte Aufgabe schien unlösbar. Der einzig gangbare Weg, zu dem ich immer wieder zurückfand, war ein klassischer, althergebrachter erzählerischer Trick: der Fund eines alten Manuskriptes, so abgegriffen und zugleich unverwüstlich wie jeder literarische Topos.

»Hauptsache, es funktioniert«, sagte Moran nur. »Man kann nur immer neue Arrangements finden, keine wirklich neuen Formen. Die Bausteine sind fast immer die gleichen. Die Kombination ist alles. Wie im Leben. Eine überschaubare Zahl von immer gleichen Elementen bringt unendlich viele Erscheinungen hervor.«

Wie im Leben? Hier war ich nun buchstäblich im Haus einer meiner Romanfiguren aufgeschlagen! Bei einem Privatgelehrten und dessen Entwürfen für einen Roman, den zu schreiben er nicht imstande gewesen war. Genau diesen Einstieg hatte ich damals für meine Rahmenhandlung gewählt, einen fiktiven Historiker aus dem neunzehnten Jahrhundert, der ein unfertiges Romanmanuskript hinterlassen hatte. Genau wie Balzac war er nicht fertig geworden, hatte keinen Weg durch seine Geschichte gefunden, viele Eingänge, aber keinen Ausgang.

Ich verbrachte Stunden mit dem Ordnen der Dokumente, um zu rekonstruieren, was entstanden sein musste, bevor er meinen Roman gelesen hatte. Ich wollte seinen ursprünglichen Plan wiederfinden, seine Grundidee, die ihn umgetrieben hatte, bevor er unter meinen Einfluss geraten war. Ich öffnete weitere Archivboxen, die Unterlagen zur Verschwörung von 1604 zum Beispiel, die mich einen ganzen Vormittag lang beschäftigten. Es war der zweite, irrwitzige Versuch gewesen, Heinrich zu ermorden und Henriette auf den Thron zu bringen. Das erste Mal hatte man Marschall Biron dafür gewonnen, der auf dem Schafott endete. Diesmal wollte man es klüger anstellen. Heinrich IV. sollte während eines Besuchs bei Henriette ermordet werden. Über den spanischen Botschafter war man mit Phillip III. übereingekommen, dass nach Heinrichs Ermordung Henriettes Sohn Gaston als einzig legitimer Dauphin anerkannt würde, wodurch Henriette als Prinzregentin die verhasste Medici abgelöst hätte. Gaston würde mit der spanischen Infantin vermählt, wodurch Spanien die Kontrolle über Frankreich zurückgewänne. Das stärkste Bollwerk gegen die Gegenreformation wäre somit beseitigt. Der schön ausgedachte Plan flog auf, bevor er in die Tat umgesetzt werden konnte. Henriettes Vater François und ihr Halbbruder, der Graf d'Auvergne, wurden gefangen genommen und zum Tode verurteilt.

Ich schaute auf die Porträts, die neben mir an der Wand hingen, insbesondere das von Henriette. Wie groß musste ihr Hass auf Heinrich, ihre Erniedrigung gewesen sein, dass sie mehrfach ein derartiges Risiko einging? Als Lockvogel zu dienen für einen Mordanschlag auf den König? Vater und Bruder dem sicheren Tod ausliefern für den Fall, dass der Plan scheitert? Lieber ihr eigenes Leben in die Waagschale zu werfen, als diese unwürdige Existenz fortzuführen? Und dennoch hatte sie ihn geliebt, sich immer wieder mit ihm versöhnt, Kinder mit ihm gehabt, bis der Hass sich erneut Bahn brach.

Bis zum Königsmord? Lagen hier irgendwo Beweise für ihre aktive Mitwirkung?

Ich verbrachte Stunde um Stunde mit der Sammlung aus Quellen und Skizzen, in der Hoffnung, das Szenario zu entdecken, das Balzac vorgeschwebt hatte, um die Porträtserie nicht wie ich an Gabrielles tragisches Ende zu knüpfen, sondern an Henriettes katastrophalen Beginn und ihren jahrelangen Kampf um ihre Ehre. Ich dachte über Handlungsbögen nach, verlor aber schon bald den Überblick. Die Zahl der Figuren nahm überhand. Ich erstellte Figurenlisten, ordnete sie den konkurrierenden Interessengruppen zu und war dann natürlich gezwungen, erst einmal einen genauen Zeitplan zu erstellen, da die Interessenlage sich unablässig verschob.

»Ich dachte, Sie könnten vielleicht eine Pause gebrauchen.«

Ich fuhr herum. Ich hatte sie gar nicht kommen hören.

Camille stand im Türrahmen, die Haare feucht vom Regen, das Gesicht noch leicht gerötet von der kalten Januarluft, einen geöffneten schwarzen Wollmantel über den Schultern. Sie trug ein dunkles Kleid mit einem weißen Kragen darunter, als käme sie direkt von einer Probe oder einem Auftritt. Es verlieh ihr etwas Schülerinnenhaftes, das nicht recht zu ihr passte.

Als ich fünf Minuten später hinunterging, hatte sie sich umgezogen. Sie trug Jeans und einen eng anliegenden, schwarzen Rollkragenpullover.

»Kommen Sie gut voran?«

»Ich tauche ein. Das heißt: Ertrinken beschreibt es besser. Hatten Sie einen Auftritt?«

Sie stellte das Tablett mit dem Tee auf dem Tisch ab.

»Eine Probe.«

»Darf ich fragen, was Sie spielen?«

»Das Rondo Capriccioso von Saint-Saëns. Sie müssen es ja inzwischen ein paar Dutzend Mal gehört haben. Es ist für eine kleine Benefizveranstaltung übermorgen hier in der Nähe. Wenn Sie möchten, können Sie gerne kommen. Oder meinen Sie, dass Sie bis dahin fertig sind?«

Ich wusste nicht so recht, wie ich das verstehen sollte. Sie schien es zu spüren und fügte sofort hinzu: »Nein, so war das nicht gemeint. Ich dachte nur, Sie haben ja wahrscheinlich auch Verpflichtungen zu Hause?«

»Es kommt darauf an. Aber ich will Sie auch nicht zu lange belästigen.«

»Belästigen? Sie tun ja eher *uns* einen Gefallen als umgekehrt. Haben Sie gefunden, was Sie suchen?«

Ich gab ihr einen Überblick. Sie hörte zu, ohne mich zu unterbrechen. Ich hatte jedoch den Eindruck, dass sie mit ihren Gedanken die meiste Zeit woanders war. Erst als ich den Text erwähnte, der vielleicht von Henriette stammte, wurde sie plötzlich aufmerksam.

»Was stand darin?«

Ich zitierte ein paar Zeilen aus dem Gedächtnis. Es war wieder diese seltsame Situation, als säße Henriettes Geist plötzlich mit uns am Tisch, nicht nur durch die Worte, die sie vor Jahrhunderten geschrieben hatte, sondern auch durch die Anwesenheit ihrer Nachfahrin, mit der ich Tee trank.

»Er war ein Monstrum, finden Sie nicht?«, fragte sie.

»Wer?«

»Heinrich IV.«

»Nun ja, in seiner Zeit ...«

»In welcher Zeit?«, unterbrach sie mich. »Warum nehmen Sie ihn immer in Schutz?«

»Tue ich das?«

»Ja. So wie Sie ihn beschreiben, könnte man meinen, er sei das Opfer in dieser ganzen Angelegenheit gewesen. Er hat Henriette zerstört, Gabrielle in den Tod geschickt. Warum haben Sie das derart überzuckert?«

Ihr Gesicht hatte plötzlich einen Ausdruck angenommen, den ich an ihr noch nicht kannte.

»Habe ich das?«

»Ich finde schon. Sie haben einen tragischen Helden aus ihm gemacht. Wie alle. Seine angebliche Menschlichkeit. Jedem Franzosen ein Huhn in den Topf, aber vor allem ihm die nächstbeste Frau ins Bett. Der grüne Galan! Haben Sie *Die Bartholomäusnacht* gesehen? Daniel Auteuil als Henri Quatre? Strauss-Kahn hätten sie nehmen sollen. Oder Harvey Weinstein. Die kämen der Figur näher.«

Ich wusste überhaupt nicht, was ich dazu sagen sollte. Aber sie fuhr schon fort. »Sie haben gut daran getan, nach 1599 auszublenden, denn sonst wären Sie gezwungen gewesen, nach der Tragödie mit Gabrielle die Farce mit Henriette zu erzählen, diese groteske Ménage-à-trois nach der

Ankunft Marias. Und dann auch noch die letzte Perversion dieses alten Gockels: Charlotte de Montmorency, eine Sechzehnjährige! Er stand kurz davor, einen Krieg anzuzetteln, wäre nach Flandern marschiert, um sie sich mit Gewalt zu holen, wenn das Attentat nicht dazwischengekommen wäre. Der *größte* König von Frankreich, ein alter Mann, bereit, Tausende von Soldaten zu opfern, um in den Genuss zu kommen, eine Sechzehnjährige zu vergewaltigen?«

»Ging es nicht vor allem um Kleve und Lüttich?«, wandte ich vorsichtig ein. Ihre linke Augenbraue fuhr kurz hoch. Plötzlich änderte sich ihr Gesichtsausdruck wieder. Es war, als fiele dahinter etwas in sich zusammen.

»Für mich war Gabrielle die zentrale Figur der Porträtserie«, versuchte ich mich zu rechtfertigen.

»Ja. Ich weiß«, sagte sie ausdruckslos. »Aber Ihre Hauptfiguren hinter Ihrer *zentralen* Figur waren der König, ein Maler, Rosny, Bonciani und noch ein Dutzend weitere Männer. Wenn Sie wirklich die Geschichte einer Frau erzählen wollten, warum gaben Sie ihr dann keine Stimme?«

Der Vorwurf traf. Sie schaute mich an. Ich hatte das merkwürdige Gefühl, dass durch die braunen Augen Camilles plötzlich noch ein anderes Augenpaar auf mich gerichtet war. Das Ganze dauerte nur einen kurzen Moment. Dann nahm ihr Gesicht einen versöhnlichen Ausdruck an.

»Es tut mir leid«, sagte sie dann. »Ich habe kein Recht, so zu Ihnen zu sprechen. Sie können und dürfen schreiben, was Sie wollen. Sie brauchen sich nicht zu rechtfertigen.«

Es ging hier überhaupt nicht um meinen Roman, durchfuhr es mich. Oder vielleicht doch – aber da war noch etwas anderes. Ihre Geringschätzung traf mich tief. Ihr Vorwurf beschämte mich. Es war, als hätte sie mir eine Brille aufgesetzt, durch die hindurch Sätze, die ich einmal geschrieben hatte, mir auf einmal zuwider waren. Ich musste sofort an eine Passage über Heinrichs Noch-Ehefrau Marguerite de Valois denken, den verleumderischen Beinamen, der an ihr klebte und den ich damals einfach übernommen hatte: der unersättlichste Schoß der Weltgeschichte. Ich wand mich innerlich angesichts der Formulierung! Und Heinrich? Der unersättlichste Schwanz der Weltgeschichte. Hätte ich das auch übernommen?

Sie schaute mich an, ihr Gesichtsausdruck eine seltsame Mischung aus Bedauern und Genugtuung, und da ich noch immer nichts sagte, ergriff sie erneut das Wort.

»Darf ich Sie etwas fragen? Etwas Privates?«

»Ja. Sicher.«

»Warum schreiben Sie?«

»Warum musizieren Sie?«, gab ich die Frage zurück.

»Gegen die Einsamkeit. Die Sinnlosigkeit. Für die Schönheit. Wozu sonst?« Sie sagte das keineswegs bitter oder traurig. Es klang völlig nüchtern, wie eine Diagnose, als hätte sie gesagt: gegen die Kälte, oder gegen trockene Haut. »Und Sie?«, wiederholte sie die Frage.

Ich hatte darauf zwei Antworten, je nachdem, wer die Frage stellte, was ständig vorkam. Mir war schleierhaft, warum. Fragt man die Leute, warum sie Zahnarzt werden oder Flugzeuge steuern? Schwingt in der Frage, warum jemand schreibt, nicht immer ein unausgesprochener Vorwurf mit, ein leichtes Pikiertsein darüber, dass sich jemand anmaßt, mit seinem Text vor ein Publikum zu treten? Als wäre darin mehr Wahrheit oder Schmerz oder Einsicht enthalten als in dem, was ein jeder für sich zu Papier bringen könnte oder vielleicht schon gebracht hat.

»Ich höre Stimmen«, sagte ich, indem ich mich für die Antwort entschied, die der Wahrheit am nächsten kam.

»Die Geschichten kommen zu mir. Ich bin nicht ihr Ursprung oder Auslöser. Nur der Geburtshelfer. Ich weiß nicht, warum. Es ist wie eine Heimsuchung. Manchmal wäre ich froh, es wäre nicht so. Dann könnte ich einfach Tennis spielen wie andere Leute, auf Reisen gehen, Zeit mit Freunden verbringen oder einfach nichts tun. Aber da ist immer etwas in meinem Kopf, ungeduldige Figuren wie auf einer Bühne. Komm endlich, sagen sie. Wo bist du schon wieder! Wir haben da eine Frage, ein Problem. Sie sind immer da. Nachts. Frühmorgens. Mittags. Irgendwelche Leute mit ihren Geschichten, die in meinem Kopf reden und herauswollen.«

Sie fuhr sich mit der Hand durch die Haare. Es war wieder so ein Moment, wie es schon mehrere gegeben hatte, ein paar Sekunden, die sich ausdehnten wie ein Ballon.

»Und Ihre eigene Stimme? Wo ist die?«

»Meine Stimme?«

»Ja. Kommt sie auch irgendwo vor? So, wie Sie es geschildert haben, klingt es, als ob Sie sie nur verleihen?«

»Tut das nicht jeder, der eine Geschichte erzählt?«

»Erzählen ist also eine Art von Verstellung?«

»Sie meinen Platons Paradox?«

»Was ist das?«

»Eine widersprüchliche Passage im zehnten Buch der Politik. Sokrates erklärt darin seinen Schülern den Unterschied zwischen guter und schlechter Dichtung.«

»Aha. Und worin besteht er?«

»In der Frage: Wer spricht? Gute Dichter, sagt Sokrates sinngemäß, bleiben der Wahrheit verpflichtet und *berichten* daher nur, was die Figuren sagen. Wir wissen, wer spricht und wessen Standpunkt wir hören. Die schlechten Dichter aber täuschen uns, ja, sie lügen, weil sie in die Figuren hineinschlüpfen. Sie berichten nicht, sondern sie ahmen sie nach. Der Autor spricht mit verstellter Stimme, und wir wissen nicht, wer eigentlich das Wort führt. Das ist verwerflich. Diese *Nachahmer* sind sogar doppelt von der Wahrheit entfernt und müssen deshalb aus der perfekten Republik verbannt werden.«

»Und wo ist das Paradox?«

»Nun: Wer spricht hier? Sokrates vielleicht? Nein. Es ist Platon, mit Sokrates' Stimme. Sokrates ist lange tot. Er hat im Leben keine Zeile geschrieben. Platon hat seine Philosophie überliefert. Er lässt Sokrates auftreten, ahmt ihn nach, ebenso wie Adeimantos und die ganzen anderen. Er tut genau das Gegenteil von dem, was er predigt. Er verdammt Nachahmung ausgerechnet in Form von fiktiven Gesprächen, die ein Toter mit seinen Schülern geführt haben soll. Wer spricht also? Wir wissen es nicht. Proklos sagte deshalb, Platon sei ein so guter Dichter gewesen, dass man ihn gemeinsam mit Homer aus seinem eigenen Idealstaat hätte vertreiben müssen.«

»Und was bedeutet das für Sie?«, fragte sie. »Kann man diesen Widerspruch auflösen?«

»Ich glaube, es ist gar kein Widerspruch. Philosophie ist immer auch Literatur und umgekehrt. Die Suche nach dem reinen Gold einer begrifflichen Wahrheit wird immer wieder das Schwarzpulver Literatur hervorbringen, den Sprengstoff der sprachlichen Fantasie. Mythen, Legenden, Geschichten, Fabeln, Gedichte. Eine Maske meinetwegen, aber eine Maske, die uns die Freiheit gibt, zu spielen und dadurch alles zu sein. Die erdzugewandte Seite der Geschichte. Kein platonischer Begriffshimmel, wo die Urformen aller Wahrheiten und Erscheinungen säuberlich mit Nadeln aufgespießt sind wie Käfer und Schmetterlinge im Naturkundemuseum.«

»Sondern?«

»Ein Spiegel, der sich in Spiegeln spiegelt. Das selbstvergessene Staunen von allem über sich selbst. Die unablässige Metamorphose. Es geht ja nicht nur um das Absolute. Sondern auch um das Unendliche. Nicht nur Platon, sondern auch Ovid.«

Camille erwiderte lange nichts.

»Es ist stickig hier«, sagte sie dann. »Ich würde gern ein paar Schritte gehen. Möchten Sie mitkommen?«

21. KAPITEL

Es lag nahe, zum Parvis du Sacré-Cœur zu spazieren. Paris erstreckte sich unter uns, *en miniature,* wie eine Spielzeuglandschaft, dominiert von den bekannten Bauwerken und Monumenten. Wahrscheinlich hatte fast jeder, der mit uns dort oben stand, dieses Panorama schon einmal gesehen, die Einheimischen sowieso, und die Touristen bei früheren Besuchen oder auf Fotos. Es tat der überwältigenden Wirkung keinen Abbruch, und die Erhabenheit des Ausblicks erzeugte allenthalben eine kontemplative Stille.

Als wir weitergingen, hakte Camille sich bei mir unter. Es fühlte sich zugleich natürlich und fremd an. Sie erzählte mir, wo sie aufgewachsen war. Ihre Mutter und ihr Bruder lebten in London, ihr Vater mit seiner neuen Frau, einer Chinesin, in Bangkok. Ihr Onkel war die letzte familiäre Verbindung an das alte Frankreich gewesen. Camille war in Versailles aufgewachsen und nach der Scheidung ihrer Eltern als Achtjährige mit ihrer Mutter und ihrem Bruder nach London gezogen. Ihr Vater blieb in Paris und ging später nach Südostasien. Sie erwähnte ein Musikinternat. Reisen in Asien. Längere Aufenthalte im Manoir und eine enge Beziehung zu ihrem Onkel. Sie hatte schon immer Geige gespielt, aber viel zu spät ein ernsthaftes Musikstudium begonnen. Entsprechend war sie nicht sehr weit gekommen, spielte in der gehobenen Amateurliga, wie sie das nannte.

Mit keinem Wort erwähnte sie eine frühere Ehe. Irgendwann nutzte ich die Gelegenheit und ließ die Frage danach so unverfänglich wie möglich einfließen.

»Fehlanzeige«, sagte sie nur. »Und Sie? Sie sagten, Sie haben zwei Kinder?«

»Ja. Sohn und Tochter. Beide schon erwachsen.«

»Und die Mutter der Kinder?«

»Lebt in einer neuen Beziehung. Wie das eben so ist.«

»Ach ja. Ist *das* so?« Sie schaute mich von der Seite an. Die Luft zwischen uns wurde schwerer, das Atmen weniger frei. Wir gingen noch immer untergehakt, auch um auf dem nassen Kopfsteinpflaster sicherer unterwegs zu sein. Eigentlich war es aber die Unterhaltung, die auf glatten Untergrund führte.

»Haben Sie ebenfalls jemanden Neues gefunden, wie das eben so ist?«, wollte sie wissen.

Ich blieb stehen. Sie erwiderte meinen argwöhnischen Blick direkt ohne jede Scheu.

»Nein«, erwiderte ich kurz.

»Sie trauern noch?«

Sie spürte die Bewegung, mit der ich mich sanft von ihr lösen wollte, zog ihren Arm zurück und steckte die Hände in ihre Manteltaschen. War das ein Annäherungsversuch? Natürlich gefiel sie mir, gefiel mir sehr, jedoch auf einer rein sinnlichen Ebene. Meine Gefühlswelt war mir im Augenblick ein einziges Labyrinth, ein fremder Planet, womit die ganze Unmöglichkeit einer arglosen Begegnung bereits benannt war. Und gab es das denn überhaupt: eine arglose Begegnung zwischen Mann und Frau, angesichts der tausend Fallstricke und Fußangeln aus Rollenbildern und Machtverhältnissen, welche die Geschlechter inzwischen fast zu so etwas wie verfeindeten Staaten oder Stämmen gemacht hatten, die sich argwöhnisch beäugten? Trotz aller Anziehungskräfte erlebte ich jede Begegnung mit einer Frau zunehmend wie einen langwierigen, schwierigen, heiklen und endlos gefährdeten Annäherungsprozess, erschwert durch die Tatsache, dass offenbar keine

Seite mehr verstand und begriff, welche Bedürfnisse und Absichten die andere Partei *eigentlich* verfolgte. Darüber hinaus war ich innerlich noch viel zu wund und zu tief verstört von den Kämpfen und Verletzungen der letzten Jahre, die ich sowohl verursacht als auch empfangen hatte. Und das Letzte, was ich wollte, war, darüber lang und breit zu diskutieren.

»Unsere Gefühle füreinander waren verschwunden«, erwiderte ich daher knapp. »Wir waren darüber jedoch eher fassungslos und hilflos als nur traurig.«

Wir gingen weiter. Sie erwiderte nichts. Ich suchte nach einem Weg, den Gesprächsfaden wieder aufzugreifen und in eine andere Richtung zu lenken, doch sie kam mir zuvor.

»Und seither leben Sie allein?«

»Ich habe jedenfalls nicht wieder geheiratet, falls Sie das meinen, keine neue Familie gegründet.«

»Aber Sie haben Ihre Frau einmal geliebt?«

»Ja. Sicher.«

»Und haben Sie über das Scheitern dieser Liebe geschrieben?«

»Nein, das habe ich nicht.«

»Warum nicht? Schreiben sie keine Liebesgeschichten?«

»Doch. Natürlich. Ein Roman ohne eine Liebesgeschichte ist eigentlich kaum vorstellbar. Die Worte waren ja sogar einmal synonym.«

»Gilt das Umgekehrte dann nicht umso mehr, vor allem für einen Schriftsteller? Was für eine Liebesgeschichte war das, die kein Roman wurde?«

»Es gibt viele Autoren, die ihr Leben in Literatur verwandeln«, antwortete ich ein wenig unwirsch. »Ich gehöre nicht dazu.«

»Finden Sie Ihre eigene Geschichte nicht erzählenswert?«

Ich blieb erneut stehen und schaute sie an. Was bezweckte sie mit all diesen Fragen? Es klang wie ein Verhör.

»Ehrlich gesagt: nein. Ich glaube nicht, dass ich so einzigartig oder besonders bin, dass man einen Roman damit füllen könnte. Und warum sagen Sie gescheitert? Ist etwas, das zu Ende geht, immer gescheitert? Die meisten Liebesgeschichten in meinem Bekanntenkreis sind irgendwann zu Ende gegangen.«

»Eben«, sie lächelte. »Vielleicht weil es nur Geschichten waren. Nicht wahrhaftig, würdevoll, heilig. Aber jetzt verstehe ich, warum Sie Gabrielles Todesumstände so banal gedeutet haben.«

»Ach ja«, sagte ich kühl. »Habe ich das?«

»Ich habe Sie verletzt. Bitte entschuldigen Sie.«

»Erklären Sie es mir. Wie kommen Sie zu der Ansicht, ich hätte Gabrielles Todesumstände banal gedeutet?«

»Ihre Todesursache«, korrigierte sie sich. »Sie diskutieren die Frage über viele, viele Seiten. Krankheit oder Mord, Eklampsie oder ein Gift der Medici. Könnte es nicht etwas Drittes gewesen sein?« Sie blieb stehen und fügte hinzu: »Niemand stirbt jetzt an tödlichen Wahrheiten, nicht wahr? Es gibt zu viele Gegengifte.«

Mich fröstelte. Spätestens jetzt hätte ich begreifen oder zumindest argwöhnen müssen, dass sie ein unredliches Spiel mit mir trieb. Dieses Zitat war nicht zufällig gewählt, konnte ihr nicht einfach so in den Sinn gekommen sein. Was wusste sie über mich? Wie weit zurück reichte die Verbindung, die zwischen ihr und mir bestand? Und warum hatte ich nicht reagiert, sofort gefragt? Gab es irgendwo in mir ein stilles Einverständnis, eine naive Neugier, die einfach nur sehen wollte, wohin das alles noch führen würde?

»Ich habe die Möglichkeit angedeutet«, versuchte ich, mich zu rechtfertigen. »Ballerini schließt eine Vergiftung aus, weil er keinen Fall einer Vergiftung kennt, der nicht mit Erbrechen begänne. Das Übel kommt von innen, sagt er. Sie produziert es selbst.«

»Ja. Sicher. Wie Sie so vieles angedeutet haben. Aber was glauben Sie wirklich? Was ist Ihrer Auffassung nach geschehen? Die Medici planten wahrscheinlich keinen Giftmord mehr an Gabrielle. Das haben Sie ja selbst nachgewiesen.«

»Nachweisen konnte ich nur, dass zeitgleich mit den Hochzeitsvorbereitungen in Paris Geheimverhandlungen mit Florenz bezüglich Marias Mitgift im Gang waren. Aber das allein ist noch kein Beweis. Die wahren Absichten Heinrichs kannte nur er selbst. Vielleicht führte er die Verhandlungen nur zum Schein, um die Scheidung von Marguerite de Valois zu erreichen. Und um Gabrielle zu schützen.«

»War Gabrielle im Bilde?«, fragte sie.

»Auch darüber kann man leider nur spekulieren.«

Camille überlegte einen Moment, bevor sie weitersprach: »Stellen Sie sich die Situation doch noch einmal vor: Der König verspricht ihr öffentlich die Ehe, vor den Augen der ganzen bekannten Welt. Allen Widerständen und Anfeindungen zum Trotz. Der Termin wird festgesetzt. Die Hochzeitskleider sind bestellt. Die Balkone für den Hochzeitsumzug in Paris sind schon vermietet. In zwei Wochen soll sie Königin von Frankreich werden. Ihre Kinder werden legitimiert, sie ist erneut schwanger, trägt möglicherweise den Dauphin im Leib. Und alle tun tatsächlich so, als sei dies die Realität. Selbst der König. Er setzt den Papst immer stärker unter Druck, die Annullierung seiner Ehe mit Marguerite endlich auszusprechen. Er bietet an, den Bann gegen die Jesuiten aufzuheben. Das ist die offizielle Seite. Und was spielt sich im Hintergrund ab?

Jeder weiß, dass diese Vermählung politisch hochgefährlich ist. Die Unwägbarkeiten, die daraus entstehen, sind kaum aufzuzählen. Aber welche Gefahren haben die beiden bisher nicht gemeinsam überwunden? Über Jahre hat Gabrielle alle Höhen und Tiefen mit Heinrich durchlebt, von der Rückeroberung von Paris, dem Sieg über Spanien in Vervins bis zum Edikt von Nantes. Sie hat ihr Vermögen für ihn riskiert. Sie haben drei Kinder, und Gabrielle wird bald ein viertes zur Welt bringen. Für die Osterwoche ziehen die beiden sich mit ihren Kindern nach Fontainebleau zurück. Zehn Tage sind es noch bis zur angekündigten Hochzeit, bis zu Gabrielles Erhebung zur Königin! Sie ist sechsundzwanzig Jahre alt und im Grunde das blühende Leben. Aber sie ist im sechsten Monat schwanger und voller Furcht und übler Vorahnungen. Sie weiß sehr genau, vor welchem lebensgefährlichen Abgrund sie und der König stehen. Dass die Gefahr von außen kommen könnte, damit hat sie gewiss immer gerechnet. Aber wie soll sie das Unfassbare begreifen, das nun seinen Gang nimmt?

Haben Sie wirklich versucht, sich in diese Frau hineinzuversetzen, als erst die Ahnung und dann die allmähliche Gewissheit sie überfällt, dass der Abgrund gar nicht vor ihnen, sondern zwischen ihnen gähnt? Denn urplötzlich ergeht eine völlig unbegreifliche Entscheidung: Gabrielle soll nach Paris zurück, Ostern dort allein verbringen, angeblich aus Gründen religiöser Etikette. Der Papst weiß schon Bescheid. Er ist über die Geheimverhandlungen im Bilde, allein deshalb kann er, noch bevor Gabrielles Körper in Paris erkaltet ist, im viele Tagesreisen entfernten Rom der Welt verkünden, dass sich das Problem erledigt hat. Da bedarf es keiner übersinnlichen Erklärungen, wie Sie es angedeutet haben. Heinrich hatte entschieden. Und Gabrielle wusste es. Sie wusste es beim Abschied am Ufer von Melun, bei ihrer Ankunft beim Arsenal in Paris. Die

Stadt war völlig verwaist. Alle hohen Persönlichkeiten waren auf ihre Landsitze verschwunden. Keiner wollte diesen Höllensturz mit ansehen. Diesen Fall vom Höchsten ins Niedrigste, von der zukünftigen Königin zur abgelegten Mätresse! Wer wäre sie gewesen, wenn diese Erniedrigung sie *nicht* getötet hätte? Haben Sie sich das einmal in allen Einzelheiten vorgestellt, diese ersten Stunden ihres Sturzes? Wo brachte man sie hin? Zu Zamet! In Heinrichs Privatbordell. Ihr einsamer Spaziergang im Garten, wo sie noch vor dem Essen bewusstlos zusammenbrach. Glauben Sie wirklich, es wäre noch ein vergifteter Apfel oder eine körperliche Krankheit notwendig gewesen, um sie zu vernichten? Lohnt sich die Frage überhaupt, die Sie so lang und breit erörtern? Gift oder kein Gift? Eine tödliche Wahrheit hat sie umgebracht. Ein gebrochenes Wort.«

Wir waren wieder in der Nähe ihrer Wohnung angekommen. »Ich muss gleich weiter«, sagte sie. »Ich werde erst spät zurück sein. Danke für Ihre Begleitung.«

Damit ließ sie mich stehen.

22. KAPITEL

Ich kehrte in Balzacs Arbeitszimmer zurück. Der Anblick des Raumes deprimierte mich plötzlich. Und das Gespräch von eben verwirrte mich vollständig. Nicht nur wegen der offensichtlichen blinden Flecke in meiner Version der Geschichte. Ich konnte nichts zurücknehmen oder hinzufügen. Aber ich könnte die Geschichte fortschreiben, ergänzen, Henriettes jahrelangen Niedergang nach Gabrielles kometenhaftem Fall erzählen, die Zeitlupenfassung des jähen, brutalen Endes der Vorgängerin.

Wollte sie das? Was genau bezweckte sie mit ihren Fragen und Andeutungen? Und was wusste sie über mich? Wenn sie zurückkäme, würde ich sie zur Rede stellen. Zuvor würde ich hier meine Durchsicht beenden, disziplinierter, rascher, strukturierter. Zum Teufel mit dem ganzen irrelevanten Material über Gott und die Welt. Ich musste viel strenger vorgehen.

Ich schüttete Karton nach Karton auf dem Schreibtisch aus und sortierte gnadenlos aus. Aufzeichnungen, fotokopierte Aufsätze, Bilder, alte Stadtpläne, bibliografische Listen, genealogische Tafeln, und was der Mann sonst noch alles über die vielen Jahre gesammelt und aufbewahrt hatte. Alles, was nicht Henriette betraf, flog zurück in den Karton. Wie ich es aus meinen eigenen Archivkisten kannte, hatten sich auch bei Charles Balzac jede Menge Papiere aus dem täglichen Leben abgelagert: Restaurantbelege, Bibliotheksausweise, Leihscheine, Visitenkarten, Flugtickets und dergleichen. Wer besaß schon die Disziplin, beim Abschluss einer Recherchephase oder beim Aufräumen seines Schreibtisches immer alles zu ordnen und zu sortieren? Ich hätte recht genau nachvollziehen können, wo er herumgereist war, wen er getroffen, welche Museen und Kunstsammlungen er besucht hatte, ja sogar in welchem Hotel er zum Beispiel im September 1997 in Montpellier abgestiegen war, und was er und zwei weitere Personen an einem längst vergangenen Herbstabend im Restaurant zu Abend gegessen hatten. Die ausgebleichte Rechnung steckte zwischen den Fotokopien einer Abhandlung über die Sozialgeschichte von Hofkünstlern, die ich nach kurzem Zögern auch wieder zurück in den Karton warf.

Allein beim Material über Ravaillac, den Mörder Heinrichs IV., wurde ich noch einmal schwach. Ich überflog eine Beschreibung der Folterungen, denen man ihn unterzogen hatte. Und erst die Hinrichtung selbst! Wie hatte der Mann das nur so lange ausgehalten? Nur mit der größten Mühe war es gelungen, ihn bis zur Hinrichtungsstätte zu bringen, so gewaltig war die Menschenmasse in den angrenzenden Straßen. Außer den regulären Truppen hatten noch mehrere Hundert Edelleute zu Pferd den Richtplatz umstellt. Als der Verurteilte auf der Hinrichtungsplattform angekommen war, verrichtete er ein kurzes Gebet. Dann legte man ihn auf den Rücken und band seinen Leib zwischen zwei kleinen Pfosten fest. Die Füße und die Hände wurden schon jetzt an vier Pferden befestigt. Ein Priester intonierte das Salve Regina, wurde aber vom Wutgeheul des Volkes unterbrochen. Der Henker griff nach einer rot glühenden Zange und begann, an den im Urteil bezeichneten Stellen Haut- und Fleischstücke aus Ravaillacs Körper zu reißen. Das Mordmesser wurde ihm in die rechte Hand gepresst und über das Feuer gehalten, bis die Hand auf die Handwurzel abgebrannt war. Während die Fleischteile sich verzehrten und die Knochen verkohlten, goss der Henker aus kleinen Hörnern immer neuen Schwefel auf das Feuer. Dann wurden kochendes Öl, siedendes Pech, Wachs und Schwefel in die Wunden gegossen, welche die Zangen gerissen hatten. Während dieser langen und entsetzlichen Marter wurde er immer wieder aufgefordert, Mittäter zu nennen. Ohne Ergebnis. Man peitschte die Pferde, aber sie konnten ihn nicht zerreißen. Man peitschte und peitschte. Eine geschlagene Stunde verstrich, und noch immer hatte der Mann – man kann es kaum niederschreiben – das Bewusstsein nicht verloren, empfahl unentwegt, halb zerrissen und verbrannt, seine Seele dem Schöpfer. Schließlich sprang einer der Edelleute aus dem Sattel, schirrte eines der ermatteten Pferde aus und spannte sein eigenes an. Aber selbst dies half nicht. Der Henker musste zu einem Beil greifen, um die Gliedmaßen zu durchtrennen und den Körper zu zerteilen. Erst jetzt stürmten die Pferde mit ihrer blutigen Beute auseinander. Aber das Volk ließ sie ihnen nicht. Sie jagten den Pferden nach, balgten sich um die Körperteile, rissen selbst diese noch in Stücke und verschleppten die grässlichen Trophäen triumphierend in verschiedene Stadtteile. Man sammelte sie wieder ein. Nach wenigen Stunden lagen sie unter dem Fenster der Königin auf einem Haufen und wurden dort zu Asche verbrannt.

Ich legte die *Confessions und négations du mechant et execrable parricide François Ravaillac* zu den Unterlagen, die ich mitnehmen würde, als mir etwas auffiel, das aus den restlichen Papieren dieser Sammlung herausgerutscht sein musste. Zuerst starrte ich die gefaltete Broschüre nur verständnislos an, als würde sie dadurch wieder verschwinden, sich als Halluzination erweisen. Aber da lag sie, mit einer Abbildung des Eutiner Schlosses auf der Vorderseite und der Ankündigung einer Reihe von Vorträgen zur Reiseliteratur des achtzehnten Jahrhunderts. Ich faltete das Blatt auf, was unnötig war, denn ich wusste ja sehr gut, was darin stand. Wie erwartet fand ich mein Foto und meinen Namen mit einem kurzen Text neben der Abbildung eines Romans, für den ich dort einige Jahre zuvor recherchiert hatte. Ich las mehrmals das Datum: 9. Oktober 2016. Ich ließ das Blatt wieder sinken, schaute mich um, als könnte der Raum eine Erklärung liefern, und saß gewiss mehrere Minuten reglos da. Charles Balzac war zu diesem Zeitpunkt längst nicht mehr reisefähig gewesen. Der Unfall, der ihn weitgehend immobilisiert hatte, war zwei Jahre zuvor passiert, bald nach seinem Brief. Er war danach ans Haus, ja ans Bett gefesselt gewesen, konnte in diesem Zustand unmöglich nach Eutin gefahren sein. Wie aber kam dann diese Broschüre hierher? Hatte jemand sie ihm geschickt? Eine der vielen Personen, mit denen er in Briefkontakt stand? Ein Kollege vielleicht, der von seinem gesundheitlichen Zustand nichts gewusst hatte? Oder die Veranstalter selbst? Balzacs Name hatte vermutlich auf vielen Postverteilern gestanden. Aber Eutin? Hatte er Deutsch gesprochen oder lesen können?

Ich öffnete den nächsten Karton, dann den übernächsten. Meine Suche hatte auf einmal ein ganz anderes Ziel. Es war mir gleichgültig, ob ein Dokument die Religionskriege, die Sozialgeschichte des sechzehnten Jahrhunderts, die Etikette des spanischen Hofzeremoniells oder die Zunftordnungen der Malergilden behandelte. Ich suchte Spuren, die auf mich verwiesen, Indizien, dass ich mich in einer ganz anderen Situation befand, als ich bisher geglaubt hatte.

Plötzlich hielt ich einen durchsichtigen Plastikumschlag in der Hand. Zugfahrscheine lagen darin, Hotelrechnungen, Faltblätter mit Besucherinformationen über Städte wie Marburg, Hanau, Oldenburg, eine Eintrittskarte in ein Thermalbad in Bad Soden. Aber das war es nicht, was mir ins Auge gesprungen war. Obenauf lag, zweimal gefaltet, ein Ausdruck von der Webseite meines Verlags mit einer Auflistung meiner Lesungstermine vom Oktober–November 2016! Ich starrte fassungslos die genannten Stationen an. Marburg, Hanau, Oldenburg … Ich schüttete die Papiere aus und begann damit, sie zu ordnen. Dann ließ ich davon ab. Wozu Einzelheiten rekonstruieren? Ich schob alles in den Umschlag zurück und durchsuchte die anderen Kartons. Aber weiteres Material dieser Art fand ich nicht. Doch brauchte ich mehr? Waren die beiden ersten Funde nicht völlig ausreichend, um die einzig naheliegende und zugleich völlig abwegige Schlussfolgerung zu ziehen? Jemand war mir nachgereist!

Ich stand auf. Es war längst Abend geworden, und das Haus war bis auf das Arbeitszimmer völlig dunkel. Ich trat hinaus in den Flur, schaltete das Licht ein und ging langsam die Treppe hinab. Die Fotos an der Wand starrten mich an. Ich musterte argwöhnisch die Gesichter dieser Personen. Es hätte mich nicht erstaunt, wenn eines davon sich plötzlich bewegt und zu mir gesprochen hätte. Wer war dieser Charles Balzac? Was hatte er von mir gewollt? Warum hatte er sich derart für mich interessiert, mich sogar aus dem Krankenbett heraus noch verfolgt? Ich erkannte Camilles Bruder Edouard wieder. Und natürlich Camille, als jüngere Frau in einem Ruderboot und auf einem anderen Foto untergehakt neben einem älteren Mann. Ihrem Vater?

Ich erreichte die Eingangsebene und fand den Lichtschalter für den Flur und den Wintergarten. Von der Empore betrachtete ich den verlassenen Raum, das Piano und den kleinen Marmortisch am Fenster, wo wir heute Nachmittag gesessen hatten und unsere Teetassen noch immer standen. Ich ging langsam hinunter, räumte den Tisch ab und trug die Tassen in die Küche. Aber das war alles nur ein Vorwand. Ich wollte in ihr Zimmer. Sie käme spät zurück, hatte sie gesagt. Vielleicht wäre ich dann schon auf und davon, weg aus diesem Haus und der merkwürdigen Situation, in die ich inzwischen geraten war. Aber zuvor musste ich Gewissheit haben. Oder zumindest nachschauen, ob ich etwas fand, das Gewissheit versprach.

Der Flur, der zu ihrem Wohn- oder Schlafbereich führte, zweigte vor der Küche nach rechts ab. Hinter einer Wandgarderobe, an der ein paar Jacken und Mäntel hingen, sah ich die geschlossene Holztür. Ich machte ein paar Schritte in den Flur hinein, blieb dann stehen und lauschte. Es war nichts zu hören. Ich schaute auf die Uhr. Zwanzig vor acht. In ihr Zimmer einzudringen, war ein krasser Missbrauch ihrer Gastfreundschaft. Aber hatte sie mich unterschwellig nicht fast dazu aufgefordert? *Niemand stirbt jetzt an tödlichen Wahrheiten. Es gibt zu viele Gegengifte.* Dieses Nietzsche-Zitat stand als Motto im Vorsatz zu ebenjenem Roman von mir, der Gegenstand der Lesung in Eutin gewesen war. Aber dieser Roman war nie in Frankreich erschienen! Konnte sie Deutsch? Hatte sie ihn im Original oder in irgendeiner Übersetzung gelesen? Es gab eine spanische, italienische und eine russische Ausgabe davon. War Camille möglicherweise in Eutin gewesen? In Marburg oder Hanau? Im Publikum? Hatte Balzac sie hinter mir hergeschickt? Oder hatte vielleicht sogar sie ... der Gedanke war derart verstörend, dass ich ihn nur mit Mühe zu Ende denken konnte: Hatte möglicherweise *sie* diese Kapitel geschrieben? Und auch Balzacs Brief?

Das bildest du dir alles nur ein, sagte eine Stimme in mir. Das hättest du wohl gerne, dass sich eine solche Frau wie in einem viktorianischen Schwulstroman aufgrund der Lektüre eines deiner Bücher für dich zu interessieren beginnt, dass sie dir Briefe schreibt oder schreiben lässt, dir nachreist und dich am Ende auch noch in ihre Pariser Wohnung lockt, weil sie Bücher von dir gelesen hat.

Unschlüssig stand ich vor ihrer Tür. Nichts regte sich.

Im Haus war es völlig still. Ich dachte an die Nacht vor einigen Monaten zurück, als ich mich im Garten des Manoir an ihr hell erleuchtetes Fenster geschlichen und meinen Roman dort hatte liegen sehen. Was für eine Komödie! Zugegeben, sie konnte schwerlich vorhergesehen haben, dass ich wie ein Dieb dort herumschleichen würde. Aber was war wahrscheinlicher: Dass sie an jenem Abend für mich posiert hatte, oder dass sie es nicht getan hatte? Und jetzt?

Ich hatte das Gefühl, als hätte meine Existenz plötzlich einen doppelten Boden. Jemand steuerte mich. Nein, das war Unsinn. Ich war Herr meiner Entscheidungen. Ich brauchte dieses Zimmer nicht zu betreten. Vielleicht war Camille vor Jahren tatsächlich zu einer meiner Lesungen gereist? Vielleicht hatte sie mir Material zugespielt in der Hoffnung, ich würde kommen und es abholen. Na und? Es konnte auch einfach Neugier gewesen sein. Warum gleich einen umständlichen Annäherungsversuch dahinter wittern? Aber da war etwas in ihrem Wesen, in ihrer ganzen Art. Warum war sie nicht ehrlich zu mir?

Ich legte meine Hand auf den Knauf und drehte ihn langsam nach links. Er ließ sich mühelos bewegen. Als ich den Anschlag erreicht hatte, gab die Tür ohne jeden Widerstand nach. Ich öffnete sie einen Spaltbreit. Es war völlig dunkel dahinter. Ein feiner Luftzug schlug mir mit dem Hauch ihres Parfüms versetzt entgegen. Ich ließ den Knauf los, und die Tür schwang wie von selbst langsam und lautlos nach innen auf.

Ich tastete mit der Hand die Türzarge entlang, erspürte den Lichtschalter und drückte ihn. Im nächsten Moment durchfuhr mich plötzlich der Verdacht, dass Camille draußen auf der Straße stand und nur auf diesen Moment wartete. Sie beobachtete ihr Schlafzimmerfenster und würde sofort Bescheid wissen, dass ich eingedrungen war. Ich löschte augenblicklich das Licht, schaltete es dann jedoch gleich wieder an, denn der Gedanke kam mir dann doch idiotisch vor. Dort draußen stand niemand. Zudem hätte sie das kurze An- und Ausgehen ohnehin bemerkt. Ich würde mich eben erklären, falls sie mich ertappte. Und ich würde *sie* zur Rede stellen. Ich war kein Dieb. Kein Eindringling. Sie spielte irgendein Spiel mit mir. Sie hatte die Initiative ergriffen und mich nach Paris eingeladen. Es war wohl mehr als verständlich, dass ich eine Erklärung suchte.

Ich musterte das ungemachte Bett. Die Decke war zurückgeschlagen und teilweise auf den Boden gerutscht. Ein Nachthemd lag hingeworfen auf der Matratze. Ich machte zwei Schritte in den Raum hinein. Zwei schmale Fenster waren ein paar Handbreit unter der Zimmerdecke in die Außenmauer eingelassen worden. Neben dem Bett gab es einen Durchgang zu einem Bad. Ich konnte Teile eines Waschbeckens und eines Spiegels auf einer gefliesten Wand erkennen. Zu meiner Rechten stand ein Bücherregal. An der Wand unter den beiden Fenstern gab es eine Kommode. Zu meiner Linken, direkt dem Bett gegenüber, geriet allmählich ein großformatiges Bild in meinen Blick, das ich aus diesem Winkel jedoch noch nicht gut sehen konnte. Erst als ich fast am Ende des Raumes angekommen war und mich ganz umdrehte, ragte es vor mir auf.

Es war das Louvre-Porträt als Tableau vivant. Die Dimensionen waren enorm, mindestens viermal so groß wie das Original. Als Henriette posierte Camille! Wie auf dem Louvre-Porträt schaute sie mich direkt an, weder ernst noch lächelnd, ausdruckslos, in einer starren Körperhaltung. Ihren schönen Körper plötzlich nackt vor mir zu sehen, dazu in dieser provokanten Haltung, war erregend und verstörend. Die andere Frau, die Gabrielles Position einnahm, fixierte mich mit derselben Gleichgültigkeit, dem gleichen leeren Gesichtsausdruck, mit dem sie ihre nicht weniger provokante Nacktheit zur Schau stellte. Es war eher das Bild, das den Betrachter anstarrte, als umgekehrt. Mittel- und Hintergrund waren ebenfalls nachgestellt worden. Die Amme oder Kammerfrau saß zusammengesunken da. Der mit grünem Tuch bespannte Tisch ragte vor einem Kamin in den Raum hinein. Das Feuer darin war fast niedergebrannt. Der schwarze Spiegel hing daneben an der Wand. Und auch das merkwürdigste Detail des Originalgemäldes war nicht vergessen worden: Über dem Kamin war ein weiteres Bild zu sehen, ein Bild im Bild, allerdings vom oberen Bildrahmen zur Hälfte abgeschnitten, sodass man nur den nackten Unterleib eines sitzenden Mannes erkennen konnte. Das Tableau vivant war expliziter als das Original, wo das Geschlecht des unbekannten Mannes verhüllt geblieben war. Hier nicht. Und überhaupt bekam die ganze Szene dadurch, dass sie nicht gemalt, sondern fotografiert worden war, eine ganz andere Ausstrahlung. Das sexuelle, fast pornografische Element rückte in den Vordergrund, das Erotische, Triebhafte. Etwas war verschwunden und durch etwas anderes ersetzt worden. Es erschien auf einmal geheimnislos, und doch wie zu einem neuen, quälenden Rätsel geformt, entzaubert und zugleich verhext.

Ich weiß nicht mehr, wie lange ich das Bild angeschaut habe, Camilles gertenschlanken Körper mit ihren kleinen Brüsten, die kurzen Haare mit Gel eng an den Kopf frisiert, die Augen dunkel geschminkt, den Blick auf den Betrachter, aber eigentlich ins Leere gerichtet. Wie lange war diese Aufnahme her? Die Frisur und das Make-up gaben ihr ein stark verändertes Aussehen, aber ich hatte sie sofort erkannt. Mit welcher Absicht hatte sie sich als Henriette abbilden lassen? Was sah sie in ihr? In dieser expliziten Form? Warum? Wann? Für wen?

Ich drehte mich zum Bücherregal um. Klassiker der Pléiade standen neben Taschenbuchausgaben französischer Autorinnen und Autoren von Artaud bis Yourcenar. Ich konnte keinen Schwerpunkt, keine ersichtliche Ordnung erkennen. Duras stand neben Baudrillard, die Goncourt-Tagebücher neben Houellebecq, Sarraute und Robbe-Grillet zwischen Amerikanern im Original: Philipp Roth, Flannery O'Connor, Barbara Kingsolver. Dann, auf Kniehöhe, sah ich drei Romane von mir, zwei in französischer und einen in spanischer Übersetzung. Ich zog Letzteren heraus und schlug das Titelblatt auf. Das Nietzsche-Zitat war unterstrichen. Die französische Übersetzung stand handschriftlich darunter: *On ne meurt plus des vérités mortelles. Il y a trop d'antidotes.*

Dann hörte ich ein Geräusch. Ich stellte das Buch sofort zurück, eilte zum Lichtschalter, löschte das Licht und verließ das Zimmer. Als ich die Küche erreichte, wurde mir klar, dass ich mich getäuscht hatte. Sie war nicht zurückgekommen. Alles war still. Ich atmete schwer, versuchte, mich wieder unter Kontrolle zu bekommen, aber mein Herz wollte und wollte sich nicht beruhigen. Ich schloss kurz die Augen. Die in ihre Vorfahrin verwandelte Camille war wie darin eingebrannt, lockte mich mit ihrem verführerischen Körper, fixierte mich, erwartungsvoll und provokant.

Und jetzt? Was jetzt?

23. KAPITEL

Es war fast elf Uhr, als ich ihren Schlüssel im Schloss hörte. Ich hatte stundenlang ausgeharrt, war weder ausgegangen, um etwas zu essen, noch hatte ich ihr Schlafzimmer wieder betreten, auch wenn die Versuchung fast unerträglich gewesen war. Wie sollte ich ihr gegenübertreten? Wer war diese Frau? Was verbarg sich hinter ihrer reservierten, ja im Grunde schamhaften, schüchternen Maske? Vielleicht war das Bild nur das Ergebnis einer Kunstaktion? Hatte jemand, der die Geschichte der Familie kannte, sie für diese kryptische Hommage an Henriette gewinnen können? Hing das Foto irgendwo in einer Galerie, und war dies nur eine Kopie, ein Abzug für die Modelle? Wer war die andere Frau? Auch jemand aus der Familie? Selbst wenn, was erklärte das schon? Außerdem konnte ich nicht mehr klar denken. Sie so gesehen zu haben, befeuerte meine Fantasie. Camille schlief am Abend mit dem Blick auf diese Szene ein, und es war das Erste, was sie am Morgen sah! War die andere Frau ihre Geliebte? Was war mit der Geschichte, die Alain mir erzählt hatte?

Ich hörte sie die Treppe hinuntergehen. Ein quietschendes Geräusch konnte nur bedeuten, dass sie das Fenster zum Garten öffnete. Ich schlich die Treppe bis zur Eingangsebene hinunter und blieb dort stehen, unschlüssig, ob ich ihr um diese späte Uhrzeit überhaupt noch begegnen wollte. Kühle Abendluft wehte herauf. Als Nächstes vernahm ich ein leises Klirren, kurz darauf, wie eine Flasche entkorkt wurde. Ich fasste mir ein Herz, ging die paar Meter vom Treppenaufgang bis zur Balustrade und rief leise, aber hörbar: »Camille?«

Sie trat aus dem Küchentrakt hervor, eine schlanke Weißweinflasche in der einen, ein halb gefülltes, leicht beschlagenes Glas in der anderen Hand, und schaute zu mir herauf.

»Bonsoir«, sagte sie. »Sie schlafen noch nicht?« Dann hob sie die Flasche in meine Richtung. »Noch einen Nachttrunk?«

Sie verschwand wieder in Richtung Küche, kam mir dann mit einem weiteren Glas entgegen, ging an mir vorbei, stellte alles auf dem kleinen Tisch am Fenster ab und füllte die Gläser.

»Hatten Sie einen ergiebigen Abend?«, erkundigte sie sich.

»Es ist einfach sehr viel«, wich ich aus. »Und ehrlich gesagt, habe ich auch manchmal Skrupel. Ich meine, es sind ja letztlich private Papiere.«

Sie nippte von dem Weißwein, behielt ihr Glas danach in den Händen und drehte es langsam zwischen ihren schmalen Fingern.

»Er ist nicht mehr da«, sagte sie. »Ich glaube nicht, dass es ihm etwas ausmachen würde. Niemand außer Ihnen würde diese Sachen je lesen. Es interessiert keinen.« Sie stellte ihr Glas ab und schlug die Beine übereinander. »Eigentlich kann er froh sein. Sie schenken ihm noch eine kurze zweite Existenz, bevor er völlig vergessen sein wird. Schade, dass Sie ihn nicht kennengelernt haben.«

»Wissen Sie, was er geplant hatte?«

»Er wollte Henriettes Geschichte schreiben, die Geschichte der anderen Frau. Darüber wollte er den Rang und die Bedeutung unserer Familie wiederherstellen. Wenigstens auf dem Papier, in Form eines Romans oder einer Rekonstruktion der Ereignisse. Etwas Ähnliches wie das, was Sie für Gabrielle gemacht hatten. Nur historisch besser abgesichert, durch Quellen belegt, die sich in unserem

Familienbesitz befanden. Ihr Buch hat ihn verärgert, aber er hat Sie auch dafür bewundert, wie frei und sorglos Sie mit dem Material umgegangen sind. Wären Sie damals gekommen, hätte er sich wahrscheinlich entweder mit Ihnen zerstritten oder Sie gebeten, ihm zu helfen, die ganze Geschichte zu erzählen, bis zu Heinrichs Ermordung.«

»Und Sie versteigern einfach alles, führen das Projekt nicht fort?«

»Wozu?«, fragte sie zurück. »Die Machtspiele, die politischen Intrigen, die Verschwörungen. Das alles interessiert mich nicht.«

»Und was interessiert Sie?«

Sie zog die Augenbrauen hoch, antwortete aber nicht gleich. Nach einer Pause sagte sie dann: »Ich war sehr neugierig auf Sie, wissen Sie das?«

»So?« Ich richtete mich unwillkürlich ein wenig auf.

»Es war ein sonderbares Gefühl für mich, als Sie im September plötzlich vor mir standen. Mein Onkel und ich hatten oft über Sie gesprochen. Ich hatte nicht gedacht, dass wir uns einmal kennenlernen würden. Wie kam es überhaupt dazu? Warum haben Sie sich plötzlich doch noch gemeldet? Nach so langer Zeit?«

»Es ging mir letztes Jahr nicht so gut«, gestand ich. »Persönliche Probleme – und auch mit dem Schreiben. Irgendwie kam mir die Idee, mein erstes Buch zu Ende zu bringen. Es ist ja das einzige, das keinen echten Schluss hat. Dabei fiel mir der Brief wieder in die Hände.«

Sie lächelte. »Zufall also. Oder doch Schicksal?«

»Ich weiß es nicht.« Mein Herz begann wieder zu klopfen. Ich würde sie jetzt einfach fragen, ihr sagen, dass ich wusste, dass sie mir nachgereist war. Ich würde gestehen, dass ich in ihr Zimmer eingedrungen war, und sie bitten, mir das alles zu erklären. Aber plötzlich stand sie auf.

»Ich will Ihnen etwas zeigen. Ich bin gleich wieder da.«

Sie kehrte barfuß, in Jeans und T-Shirt, zurück. In der Hand trug sie eine flache Pappschachtel. Sie legte sie auf dem Tisch ab, schenkte die Gläser wieder voll, prostete mir zu und trank.

»Sie wollten wissen, was mich interessiert«, begann sie, hob die Schachtel auf und öffnete sie. Dünne weiße Stoffhandschuhe lagen obenauf. Sie zog sie an, schlug Seidenpapier zur Seite, nahm behutsam einen eng beschriebenen alten Pergamentbogen zur Hand und begann zu lesen:

Un temps fut que Votre Majesté recevait de moi de doux baisers, au lieu des propos amers ... Es gab eine Zeit, als Eure Majestät von mir süße Küsse statt der bitteren Klagen empfing, die Euch jetzt erreichen, Liebesseufzer anstelle von verzweifelten Schluchzern. Wenn ich einst zu Euch sprach, so schien es Euch, als öffne sich der Himmel, um Euch zu empfangen. Doch all diese frühere Zufriedenheit hat sich nun in Ekel verwandelt.

Sie hielt inne.

»Was ist das?«

»Henriettes Gnadengesuch an den König nach dem zweiten misslungenen Attentat. Oder ein Liebesbrief. Vielleicht beides.«

Sie las weiter, und es fiel mir schwer, mich der Mischung aus den flehenden Worten der verstoßenen und betrogenen Henriette d'Entragues und dem mitfühlenden Ton, in dem Camille die Passage vortrug, zu entziehen:

Ich hing stets an Euren Lippen und mehr noch, an Eurer Seele. Mir war niemals der Besitz dieses größten Glücks vergönnt, es sei denn, um nun ohne mein Zutun dieses größte Unglück zu erleiden: die glücklichste Frau dieses Jahrhunderts gewesen zu sein, nur um dessen unglück-

lichste zu werden. Ich liebe mehr noch, als ich jemals geliebt habe, das gleiche Feuer brennt in mir. Doch der mich mehr als sein Leben liebte, sucht nun nichts als meinen Tod. Und sollte er ihn auch nicht suchen, so verursacht er ihn doch.

Es waren einfache Worte, ohne viel Dekor oder weit hergeholte Metaphern. Eine elementare Klage, und daher umso niederschmetternder. Sie legte das Blatt ab, ließ den Zeigefinger ihrer rechten Hand am Rand vorsichtig in den Karton hineingleiten und hob die darin aufbewahrten Papiere behutsam so weit an, dass ich sehen konnte, wie viele es waren. Es mussten Hunderte sein.

»Sehen Sie«, sagte sie, »das ist es, was *mich* interessiert. Was das alles damals mit ihr gemacht hat. Ihr Hass, ihre Verzweiflung. Wie diese Situation einer betrogenen und verstoßenen Mätresse, die trotz allem noch immer liebte, dem König sogar noch Kinder schenkte, allmählich ihre Seele zerfraß. Wie es ihr das Leben zur Hölle machte. Warum sie keinen Ausweg mehr sah, sich und ihre ganze Familie in selbstmörderische Komplotte stürzte, in der Hoffnung, entweder dieses Leben zu ändern oder es wenigstens nicht mehr führen zu müssen. Das interessiert mich. Dafür müsste man einen Chronisten finden, jemanden, der es versteht, die Wahrheit dieser Frau, ja all dieser Frauen zu schildern, ihr Verhängnis aufzuschreiben, in ihren und in unseren Worten. Diesen Schmerz würde ich gerne ins Heute übersetzen, denn es ist ja der gleiche. Was sonst sollte uns daran noch interessieren? Es hat sich ja nicht wirklich etwas geändert, oder? Nur deshalb sprechen diese Briefe zu uns. Weil sie *uns* erzählen. Ist es nicht so?«

Sie wollte keine Antwort auf all diese Fragen. Sie gab sie selbst, in der Art, wie sie sie formulierte und wie sie mich dabei anschaute.

»Wissen Sie, als ich Ihr Buch damals las, da dachte ich, Sie wären ein Mensch, der diese Sensibilität besitzt. Es gab Passagen, die mich berührten, die den Eindruck entstehen ließen, dass Sie bis ins kalte Herz dieses Königs vordringen würden, bis zur Glut in den Seelen der Frauen, die er zerstört hat. Aber dann war dem doch nicht so. Ich konnte es nicht begreifen. Er hat das alles gelesen, dachte ich, er hat die Porträts gesehen, die Beleidigungen, den Hohn, die Verachtung. Und wessen Lebensgeschichte bekomme ich am Ende erzählt: die eines Künstlers in einer Schaffens- und Sinnkrise, der, wie Sie so schön schreiben, für seine Fragen keine Antwort, aber eine Form findet. Bravo.«

Ich verschränkte die Arme. Die Stimmung, die vor wenigen Minuten noch zwischen uns geherrscht hatte, war wieder komplett umgeschlagen. Kälte wehte mich an. Was sollte ich darauf erwidern? Mein Buch hatte ihre Erwartungen nicht erfüllt. Et alors? Lag der Fehler dann nicht auch in ihren Erwartungen? Sie spürte meine Reaktion natürlich.

»Verzeihen Sie. Ich brüskiere Sie immer wieder.«

Ich schluckte meinen Verdruss herunter. »Die Leserin hat immer recht«, entgegnete ich so heiter wie möglich, »sagt auch meine Agentin.«

Ihre Miene änderte sich wieder. In das Kühle, Urteilende mischte sich Scheu.

»Bitte, Camille«, versicherte ich, »ich kann mit Kritik ganz gut umgehen. Kein Problem.«

Sie schüttelte den Kopf. »Ich habe mich unmöglich verhalten. Es ist mir alles sehr unangenehm.«

»Was ist Ihnen unangenehm? Dass Sie von meinem Roman enttäuscht waren? Das müsste ja eher mir unangenehm sein, oder?«

Sie schaute an mir vorbei in den Garten. Ich wartete. Sie wich meinem Blick aus. Es war plötzlich bedrückend still in diesem Raum.

»Ich war nicht ehrlich zu Ihnen«, begann sie zögernd. »Mein Onkel hatte Material über Sie gesammelt. Sie ahnen ja inzwischen, wie er war. Er sammelte alles. Ich las manchmal etwas davon, Rezensionen, Interviews, ich hörte Sie im Radio.« Sie verstummte, trank einen Schluck. Dann schaute sie mir direkt in die Augen und sagte: »Ich wollte Sie vor einigen Jahren schon einmal kennenlernen. Also reiste ich zu einem Ihrer Vorträge in Strasbourg, in der deutsch-französischen Buchhandlung. Ich fuhr sogar zu einer Ihrer Lesungen nach Deutschland. Ich verstand kein Wort, aber darum ging es mir nicht. Ich wagte nicht, Sie anzusprechen. Das war alles.«

Was sie mir beichtete, wusste ich schon. Aber es aus ihrem Mund zu hören, war etwas völlig anderes. Da war plötzlich eine verführerische Milde in ihrem Gesichtsausdruck. Machte sie mir gerade eine Liebeserklärung? Sollte ich einfach aufstehen, sie in den Arm nehmen, sie küssen? Aber ich saß auf meinem Stuhl wie festgenagelt.

»Ich wünschte, Sie hätten sich getraut«, sagte ich, um wenigstens irgendetwas zu sagen.

»Wozu? Sie waren verheiratet. Hatten zwei Kinder.«

»Darf eine Leserin denn vielleicht keinen verheirateten Autor ansprechen?«, erwiderte ich schnell, wollte Zeit gewinnen, um mir über den tieferen Sinn ihres Satzes klar zu werden. Sie konnte es doch schwerlich so direkt gemeint haben, wie es klang?

Sie lächelte nur müde, als hätte ich eine völlig alberne, wenig erwachsene Frage gestellt.

»Camille?«, fragte ich nervös. »Was erwarten Sie von mir?«

Sie erwiderte lange nichts. Die Kladde mit Henriettes Aufzeichnungen lag noch geöffnet vor ihr. Plötzlich klappte sie das Seidenpapier über den Bögen wieder zusammen und platzierte sanft den Deckel darauf.

Ich schaute sie perplex an.

»Nichts«, sagte sie. »Ich erwarte absolut nichts von Ihnen. Oben liegt ja alles, was Sie für die Art Geschichte brauchen, die Sie üblicherweise schreiben.«

Es war, als ob sich alles um mich herum gleichzeitig ausdehnte und zusammenzog. Der Moment würde nicht wiederkommen. Noch Monate später versuchte ich, mir zu erklären, was in diesem Augenblick wirklich passiert war. Streckte ich meine Hand nach den Briefen aus? Oder nach ihr? Was wäre geschehen, wenn ich einfach nichts getan hätte? Plötzlich lag meine Hand auf ihrer. Wie schon vor einigen Monaten berührte ich sie einfach, doch diesmal reagierte sie völlig anders. Sie zog ihre Hand nicht zurück. Und sie schaute mich nicht vorwurfsvoll oder irritiert an. Stattdessen schloss sie ihre Augen. Ich war bereit, meine Hand beim geringsten Signal, der winzigsten Bewegung ihrerseits sofort wieder zurückzuziehen. Aber ihre Hand wollte meine Hand.

Sie öffnete die Augen wieder, erhob sich, ging um den Tisch herum, beugte sich zu mir herab und drückte ihre Lippen sanft auf meinen Mund. Ich ließ es geschehen, erwiderte den Kuss zunächst nicht, öffnete nur leicht meine Lippen, spürte, wie ihre Zunge sanft darüberstrich. Sie ließ sich auf meinen Knien nieder, küsste mich intensiver, ohne Hast oder Gier, eher sorgfältig, methodisch, gewissenhaft. Dann löste sie sich ein wenig von mir, hielt inne und schaute mich an. Sie küsste meine Augenlider, meine Stirn, fast wie eine Mutter ihr Kind, strich über meine Wangen, um dann die Erkundung meiner Lippen fortzusetzen. Meine Hände glitten wie von selbst unter ihr T-Shirt. Es war wie ein Schock, ihre weiche, warme Haut zu spüren, plötzlich zu tun, was ich mir seit Stunden immer wieder vorgestellt hatte. Sie löste sich erneut von mir, überkreuzte die Arme, zog mit einer geschmeidigen Bewegung ihr T-Shirt über den Kopf und presste mein Gesicht sanft gegen ihre Brüste.

Ich erhob mich mit ihr. Sie umklammerte mit ihren Beinen meine Hüften. Sie war leicht wie eine Feder. Unsere Münder verschmolzen miteinander, während ich sie in ihr Schlafzimmer trug. Wir sanken im Halbdunkel auf das Bett. Sie machte sich von mir frei. Wir entkleideten uns mit wenigen Handgriffen. Sie glitt sofort auf mich. In letzter Sekunde gelang es mir, meine Hand zwischen uns zu schieben. Sie hielt inne. Im Halbdunkel sah ich ihre Augen über mir glänzen.

»Was ist?«, flüsterte sie. »Komm! Bitte.«

Ich drehte meine Hand und erspürte mit meinem Mittel- und Ringfinger ihr warmes, weiches Geschlecht. Sie stöhnte sanft, presste sich genussvoll gegen mich.

»Komm!«

»Warte.«

»Nein«, sagte sie.

»Doch«, erwiderte ich.

Sie hielt inne, richtete sich auf und schaute auf mich herab. »Wovor hast du Angst?«, fragte sie. »Kinder? Krankheit?«

»Beides«, entgegnete ich ehrlich.

»Beides ist kein Problem bei mir.«

»Aber ... vielleicht bei mir? Du kannst doch nicht sicher sein.«

»Bist du krank?«

»Nein.«

»Benutzt du ein Kondom, wenn du mit anderen Frauen schläfst?«

»Ja. Sicher.«

»Also?«

»Eben. Es ist ein Grundsatz von mir. Camille, wir kennen uns kaum.«

Ich spürte ihren Blick auf mir, obwohl ich sie im Halbdunkel nur in Umrissen sehen konnte. Ihr Geschlecht lag weich, feucht und warm in meiner Hand. Sie bewegte sich sanft und atmete schwer. Ich rührte mich nicht, ließ meine Hand, wo sie war, kaum fähig, noch zu widerstehen, und dennoch dazu entschlossen. Sie begann, mein Geschlecht zu liebkosen und erneut unsere Vereinigung zu suchen.

»Nein«, flüsterte ich und drehte mich leicht zur Seite. Sie verlor das Gleichgewicht und landete neben mir auf dem Bett. Meine Finger glitten aus ihr heraus. Ich legte meine Hand auf ihre Brust, wollte sie streicheln und die Situation sich erst einmal ein wenig beruhigen lassen. Aber sie umfasste mein Handgelenk, drückte meinen Arm mit einer völlig unerwarteten Kraft auf die andere Seite, sodass ich wieder auf dem Rücken lag. Sie kam erneut auf mir zu sitzen, ergriff mein anderes Handgelenk und fixierte mich. Ich wollte erst lachen. Es war ein Spiel, dachte ich. Sie würde meinen Wunsch respektieren und warten. Ich würde ein Kondom holen. Wir hatten Zeit, die ganze Nacht. Wir könnten erst noch etwas Wein trinken, die Sache langsam angehen. Aber bevor ich auch nur einen dieser Gedanken zu Ende gedacht hatte, spürte ich schon, wie sie mich in sich hineinsog. Die Intensität war kaum zu ertragen. Sie presste mich tief in sich hinein, bewegte sich dann nur wenige Male ganz leicht auf und ab, sodass unsere Berührung tief in ihr bis zur Unerträglichkeit verdichtet schien. Ich spürte, wie ich schon ein wenig ejakulierte, ein schmaler, erster Riss in einer Wand, die im nächsten Augenblick bersten würde. Und sie schien das auch zu spüren, hielt wie verwundert inne, schaute mich mit einer solchen Zärtlichkeit an, dass ich überhaupt nicht begriff, wie wir innerhalb kürzester Zeit eine derartige Intimität und Intensität erreicht haben konnten. Ich hatte das überhaupt nicht erwartet, nicht so, nicht so schnell, und schon gar nicht ohne Schutz. Aber jetzt? Ich erwiderte ihren Blick, betrachtete ihre schönen Schultern, ihre Brüste, die ich in Gedanken längst geküsst und liebkost hatte, aber nicht so, nicht mit vor Erregung aufgestellten Spitzen, nicht so ergeben. Mein Kopf fiel wieder nach hinten ins Kissen. Sie beugte sich herab, küsste mich immer leidenschaftlicher. Unsere Körper waren bebend gegeneinandergepresst, sammelten sich. Ich konnte mich kaum bewegen. Sie steuerte alles. Ich weiß nicht mehr, wie lange diese Phase dauerte. Sicher nur einen kurzen Moment, der jedoch so intensiv war, dass die Zeit sich dehnte, als würde sie sich von innen heraus weiten, bis Camille sich aufrichtete, ihren Oberkörper meinem Blick darbot, meine Hände auf ihre Brüste legte und ihr Becken in kurzen, genussvollen Bewegungen langsam hin und her bewegte, auf und ab, kreisförmig, alles auf einmal, ohne Eile. Als ich mich in sie ergoss, lächelte sie, hielt kurz inne, bis meine Kontraktionen nachließen, fuhr dann fort, bis sie nur wenige Augenblicke später ebenfalls zum Höhepunkt kam. Sie erstarrte sekundenlang, ich spürte die Wellenbewegungen ihrer langsam abflauenden Lust. Dann sank sie auf mich herab, vergrub ihr Gesicht in meinem Nacken und atmete tief und regelmäßig.

24. KAPITEL

Wir liebten uns die ganze Nacht. Das Merkwürdige dabei war, dass wir kaum sprachen, als hätte der abrupte Sturz in die Körperlichkeit uns das Reden verleidet. Wenn ich erschöpft dalag, meine Hände auf ihrem schweißnassen Rücken, gingen mir viele Fragen durch den Kopf, aber ich sah keinen rechten Sinn darin, sie zu stellen. Mit einer Ausnahme. Als ich sie fragte, wann und warum sie für das Louvre-Porträt in dieser Weise posiert hatte, legte sie mir den Finger auf den Mund, küsste mich und sagte, das würde sie mir später einmal erzählen.

Später?

Gegen drei Uhr bekamen wir Hunger, aßen Oliven und Brot, tranken Wein. Dann badeten wir, hatten erneut Sex und schliefen ein, als der Morgen das Schlafzimmer in ein graues Zwielicht tauchte. Ich wunderte mich über die Selbstverständlichkeit ihrer Zärtlichkeiten, ihre Direktheit, die offene Art und Weise, wie sie sich gab und schenkte. Doch ich genoss das alles, ohne darüber nachzudenken, ob das, was wir taten, im Einklang stand mit dem, was jeder von uns fühlte. Wie hätte ich ahnen sollen, dass diese Nacht für sie etwas ganz anderes bedeutete als für mich, ja, überhaupt nicht vergleichbar war mit Begegnungen dieser Art, die ich zuvor erlebt hatte.

Ich war weder für eine Bettgeschichte nach Paris gefahren, noch, weil ich mich verliebt hatte. Aus meinen Motiven hatte ich nie einen Hehl gemacht. Ich war wegen einer Sammlung von Dokumenten, Briefen und Tagebüchern hier. Ich war auf der Suche nach einem neuen Stoff, nicht nach einem Abenteuer oder einer neuen Beziehung!

Doch was wollte sie? Und wie genau hat es damals wirklich in mir ausgesehen? Seit der Trennung von meiner Frau hatte ich zwei kurze Affären ohne größere Folgen gehabt. Irgendwo dazwischen hatte ein Besuch in einem Saunaclub gelegen, den ich unverrichteter Dinge abbrach, da die deprimierende Armseligkeit dieser Art von Einrichtung einfach nichts für mich war. Dieses groteske Herumstehen in Bademantel und Gummischlappen, als ginge es gleich zur Prostata-Untersuchung! Überall bildschöne, aber verständlicherweise wie Automaten agierende nackte Frauen. Sport auf dem Monitor über dem Bartresen oder – im Wechsel damit – Pornos der eher widerlichen Art. Davor sprachlose, stumm verzweifelte Männer und bemühte, Englisch radebrechende Frauen aus wer weiß welchen Ecken des nach Osten ausgefransten Armutseuropas. Ich hätte mich lieber kastrieren lassen, als an so einer würdelosen Aufführung teilzuhaben.

Dazu kam eine Episode in Nostalgiesex mit einer ehemaligen Freundin, die ich aus dem Studium kannte. Wir gingen gemeinsam zu einem Konzert, beendeten den Abend bei ihr, was wir beide am nächsten Morgen zwar ganz in Ordnung fanden, aber auf keinen Fall wiederholen wollten. Und das war alles gewesen.

Liebe war etwas, über das ich ständig nachdachte, worüber ich jedoch immer weniger zu sagen wusste. Der Verdacht nagte an mir, dass jenes rauschhafte Glücksgefühl, das ich früher mehrmals erlebt hatte, nicht nur niemals wiederkehren würde, sondern vielleicht schon damals gar nicht das Eigentliche gewesen war, gar nicht das, was man unter Liebe verstand. Und wenn ich nicht einmal sicher wusste, was mit diesem Wort überhaupt gemeint war, das Gefühl vielleicht nie wirklich erfahren hatte, was sollte ausgerechnet ich dann mit Henriettes Briefen anfangen? Oder brannte ich gerade deshalb darauf, sie zu lesen? Hatte ich die alte, unfertige Geschichte wieder ausgegraben, weil diese Frage in mir schwärte?

Die Geschichte der zweiten Dame auf dem Gemälde verwob sich nun mit einer dritten Frau. Und keiner fiktiven, sondern einer sehr realen, die allerdings am nächsten Morgen, als ich zu mir kam, verschwunden war. Ein kleines Frühstück wartete, liebevoll angerichtet, in der Küche auf mich. Die Kaffeekanne war vorbereitet und musste nur auf den Herd gestellt werden. Eine Haftnotiz klebte am Konfitüre-Glas. *Bonne journée.* Darunter ein Lippenstiftkuss.

Der Karton mit Henriettes Briefen war verschwunden. Camilles Geigenkasten lag nicht auf dem Flügel, sie war also vermutlich bei einer Probe. Ich kochte Kaffee, schaute noch einmal überall nach, ob der Karton nicht doch irgendwo liegen geblieben war. Doch da war nichts. Auch in Balzacs Büro war er nicht zu finden. Ich wartete, vertrieb mir die Zeit mit Nachrichtenlesen im Internet, rief ein paar Freunde in Deutschland an und wartete auf Camilles Rückkehr. Aber sie kam nicht, rief auch nicht an. Gegen halb eins schickte ich ihr eine SMS. Um halb zwei kam glücklich die Antwort. Sie sei mit einer Freundin zum Dejeuner verabredet und habe nachmittags Probe. Ich sollte sie doch gegen sechs dort abholen. Sie habe sich eine Überraschung ausgedacht.

Ich verbrachte den Nachmittag mit dynastischer Detektivarbeit in der Bibliothèque Nationale und studierte Porträtdarstellungen von Louis XIII. Es waren überaus beredte Zeugen einer zweifelhaften Abstammung. Louis hatte nicht die geringste Ähnlichkeit mit Heinrich IV. Er sah ihm nicht nur nicht ähnlich, sondern erschien wie das genaue Gegenbild des Bourbonen. Einer Abhandlung zum Thema entnahm ich, dass als biologische Väter gleich mehrere Kandidaten in Betracht kamen, die im Hofstaat Marias mit nach Paris übergesiedelt waren. Darunter auch einer der beiden Brüder Orsini, an erster Stelle jedoch Concino Concini, dessen physiognomische Ähnlichkeit meiner Ansicht nach ins Auge stach.

Ich bestellte weitere Abhandlungen über Heinrichs letzte Regierungsjahre und die grotesken und zugleich tragischen Verästelungen dieser furchtbaren, dramatisch jedoch höchst ergiebigen Dreier-Konstellation aus Königin, König und Mätresse. Drei Opfer, die zugleich Täter waren, unschuldig schuldig, zusammengeworfen in einer hochprekären dynastischen Hängepartie, die wie eine Dynamitstange im Pulverfass der Gegenreformation steckte, das bald explodieren würde, um sich im gesamteuropäischen Krieg aller Kriege, einer dreißigjährigen Schlächterei, zu entladen. Eine Frage, die ich mir zuvor noch nie gestellt hatte, ragte groß wie ein Gebirge plötzlich hinter diesem banalen Ehedrama am Horizont auf: Wäre Europa der Dreißigjährige Krieg erspart geblieben, wenn Heinrich IV. nicht ermordet worden wäre?

Diese These einmal durchzuspielen und dabei zu schildern, wie das Persönliche und das Politische sich gegenseitig durchfaulten und zersetzten, reizte mich enorm. Ich könnte erzählen, wie ein einst starker, visionärer, toleranter und schon damals europäisch denkender König in einer fatalen historischen Situation durch eine Ménage-à-trois allmählich zerrieben und auch mithilfe der letzten beiden Frauen in einer langen Reihe zerfetzt und quasi hingerichtet wurde. Frauen, denen er letztlich immer ausgeliefert geblieben war, selbst wenn er sie öfter gewechselt hatte als seine Hemden.

Ich las die grässlichen Szenen zwischen der tumben, schwerfälligen, von Flatulenz und chronischen Durchfallattacken gepeinigten Maria und der wespenartig um sie herumsirrenden, unablässig höhnenden, beleidigenden, intrigierenden, aber letztlich machtlosen Henriette, der Mutter des eigentlichen Dauphins. Die Kuh hat gekalbt, zitierte ein Zeitgenosse Henriette anlässlich der Geburt Ludwigs XIII. Das war große Tragödie und zugleich übelstes Schmierentheater. Ich musste Henriettes Briefe und Tagebücher unbedingt in die Hände bekommen, die Chronik dieser schleichenden Vergiftung in ihren Worten lesen, bis zu Heinrichs Ermordung.

Man konnte es drehen und wenden, wie man wollte: Das Ende dieses Monarchen war kaum anders lesbar denn als Ergebnis einer furchtbaren Doppelrache zweier Frauen, deren Abscheu und Verachtung füreinander nur noch übertroffen und zugleich vervielfacht wurde von ihrem gemeinsamen Hass auf den Mann, der zwischen ihnen stand. Fast ein Jahrzehnt lang hatte Maria de Medici vergeblich gefordert, gekrönt zu werden, um für den Fall von Heinrichs Ableben als Prinzregentin Regierungsmacht zu erlangen. Und keine vierundzwanzig Stunden, nachdem Heinrich ihrem Begehren trotz eindringlicher Warnungen und Vorbehalte endlich entsprochen hatte, lag er blutüberströmt in seiner Kutsche.

Und Henriette? Mehrmals hatte sie den Attentäter Ravaillac bei sich beherbergt und mit Geld versorgt. Der ebenso einfältige wie kaltblütige Killer, ein durch fanatisch religiöse Einflüsterungen zum Königsmord aufgehetzter Hüne, stammte ausgerechnet aus der Heimatstadt des Herzogs d'Épernon, des zweitmächtigsten Mannes Frankreichs und jahrelang heimlichen Widersachers Heinrichs. Traf zu, was die Bedienstete Henriettes, Jacqueline d'Escoman, bis zu ihrem traurigen Ende nicht müde wurde zu wiederholen? War Ravaillac vom Herzog d'Épernon mit der aktiven Unterstützung Henriettes rekrutiert worden? Deren letzte Hoffnung war es, dass Spanien nach Heinrichs Ermordung Louis XIII. zum Bastard erklären, Maria und ihre Kamarilla in Gestalt von Concini und Galigaï absetzen oder abschlachten und Gaston den Weg zum Thron ebnen würde.

Was würde ich über diese hochbrisante Intrige möglicherweise in Henriettes Briefen finden? Wie detailliert waren die Aufzeichnungen, die sich in Camilles Besitz befanden?

Ich kehrte in die Rue Paul Albert zurück und machte mich erneut auf die Suche nach dem ominösen Karton. Von dem Tisch, wo er am Abend zuvor zurückgeblieben war, als wir übereinander herfielen, war er schon heute Morgen verschwunden gewesen. Im Arbeitszimmer hatte ich bereits ergebnislos nachgesehen, suchte aber erneut alle Regale ab. Dabei stieß ich wie schon zuvor auf die drei Kartons mit der Aufschrift *d'Escoman. Lettres et interrogatoires*. Ich öffnete sie und versank eine Weile lang in einem furchtbaren Justizdrama. Allein das Titelblatt der Memoiren der mundtot gemachten Hausangestellten las sich schon wie ein Krimi.

LE
Pag. 1
358269
VERITABLE
MANIFESTE
SUR
LA MORT
D'HENRY LE GRAND,
Par la Damoiselle D'ESCOMAN.
M. DC. XVI.

DÉCLARATION de la Damoiselle l'Escoman sur les intentions &. actions du cruel parricide commis en la personne du Roi, de la Reine & Monseigneur le Dauphin, où elle fut concluë, en quel lieu, par qui, comme Ravaillac fut envoié ; comme elle a découvert tous les desseins, tant expérimentez que prétendus ; comme elle s'y est comportée ; les diligences qu'elle a faites pour en avertir leurs Majestez, * à qui elle s'est adressée pour en faire avertir le Roi, & pour faire prendre les Lettres qui alloient en Espagne;

* *Voyez Mercur. Franç. 1611, Tom. 2. fol. 14. &c.*

Schon 1606, vier Jahre vor dem Attentat, hatte diese Frau angeblich ein Gespräch zwischen Henriette und dem Herzog d'Épernon belauscht, in dem die Ermordung des Königs besprochen worden war. Zeitweilig im Haus von Henriette angestellt, war sie dem späteren Attentäter, der dort ein und aus ging, auch in den Jahren 1607–1609 wiederholt begegnet. Am Himmelfahrtstag 1609 hatte Ravaillac ihr sogar persönlich verkündet, dass er den König ermorden werde. In Panik war sie in den Louvre geeilt, um das Königspaar zu warnen. Aber vergeblich. Man glaubte ihr nicht, selbst als sie kompromittierende Briefe an den spanischen Gesandten vorlegte. Kurz darauf wurde sie unter dem Vorwand verhaftet, ihr Kind ausgesetzt zu haben, offenbar um sie zu neutralisieren. Sie hatte tatsächlich ihren prügelnden Ehemann verlassen und ihr Kind, da sie nun mittellos war, in eine Pflegefamilie gegeben. Man verurteilte sie zum Tode, doch es gelang ihr, dass das Urteil in eine Gefängnisstrafe in einem Kloster umgewandelt wurde. Als ihr Ehemann die Kosten für die Haftstrafe nicht bezahlte, wurde sie nach Heinrichs Ermordung freigelassen. Ging man davon aus, dass sie nun Ruhe geben würde? Die Sache war abgetan, Heinrich tot, Ravaillac hingerichtet. Niemand wollte an das schöne Märchen vom verrückten Einzeltäter rühren, hinter dem sich so viele Nutznießer dieser Ermordung bequem verstecken konnten.

Doch kaum in Freiheit, wiederholte sie ihre Anschuldigungen. Der erste Untersuchungsrichter kam zu dem Schluss, dass die Beweislast gegen d'Épernon und Henriette erdrückend sei, und strengte im Parlament ein Verfahren gegen die beiden an. Maria de Medici versetzte den Richter in den Ruhestand und ersetzte ihn durch einen Vertrauten d'Épernons. Die Anklage wurde fallen gelassen, Jacqueline d'Escoman wegen übler Nachrede um ein

Haar erneut zum Tode, dann zu lebenslänglicher Haft verurteilt. Ihr *Veritable manifeste sur la mort d'Henry le Grand* erschien 1616. Wann sie in ihrer Zelle starb, ist nicht überliefert.

Ich legte die *Lettres et interrogatoires* zu der Sammlung von Dokumenten, die ich mitnehmen würde, und setzte meine Suche nach den Briefen fort. Verbarg sie den Karton vielleicht in ihrem Schlafzimmer? Ich durchsuchte ihr Bücherregal, öffnete die Kommode unter dem Fenster und schaute sogar nach, ob der Karton vielleicht unter ihrem Bett gelandet war, aber ohne Erfolg.

Ich betrachtete versonnen die Spuren, die unsere Liebesnacht auf dem Laken hinterlassen hatte. Ein Geräusch lenkte mich ab. Es war ein samtiges Pochen, ein leises, aber unüberhörbar gedämpftes Klopfen. Ich hob den Kopf und versuchte auszumachen, woher das unheimliche Geräusch kam. An einem der beiden schmalen Oberlichter, die zur Straße hinaus einen Streifen unter der Decke bildeten, bewegte sich etwas. Etwas Dunkles schlug wiederholt gegen die Scheibe, ob von außen oder innen, konnte ich nicht erkennen. Ich schaltete die Taschenlampe meines Handys ein und versuchte, die Stelle auszuleuchten. Wie aus dem Nichts kam plötzlich etwas auf mich zu. Ich riss den Kopf zur Seite. Etwas prallte gegen meine Schläfe, begleitet von einem surrenden Brummen, das auf einmal direkt neben meinem Ohr war. Erschrocken fuhr ich zurück und erkannte dabei, worum es sich handelte. Es war ein dunkelbrauner Falter. Er flatterte zweimal um meinen Kopf und war kurz verschwunden, bevor ich ihn wieder an der Scheibe entdeckte. Das watteartige Klopfen setzte erneut ein. Ich stand still und beobachtete das verstörte Insekt bei seinen vergeblichen Versuchen, das optische Rätsel einer Glasscheibe zu lösen. Wieder und wieder prallte es gegen das gleiche Hindernis, stieß mit den Flügeln dagegen und vermochte die hermetische Durchsichtigkeit einfach nicht zu begreifen oder zu durchdringen. Der Anblick war beklemmend, das Geräusch unheimlich, ein samtiges Pochen, fremd und drohend. Ich löschte das Licht und verließ das Zimmer.

25. KAPITEL

Der Konzertsaal lag eine Viertelstunde Fußweg entfernt in einem unauffälligen Gebäude, das eine städtische Kultureinrichtung beherbergte. Im Erdgeschoss gab es eine kleine Stadtteilbibliothek, einen Kindergarten und zwei Büros, die alle geschlossen waren. Aus den oberen Stockwerken war Musik zu hören, eine Geige und ein Klavier. Ich hatte das Stück inzwischen oft genug gehört, um die flirrende Kadenz beim Übergang der Einleitung zum Rondo zu erkennen. Ich fand den Eingang und glitt geräuschlos hinein. Auf einer kleinen Bühne stand Camille neben einem Flügel und spielte zur Begleitung eines jungen Pianisten mit asiatischen Gesichtszügen. Sonst war niemand da.

Ich lehnte mich neben der Tür gegen die Wand, wartete und lauschte, wie schon oft zuvor bedauernd, dass ich nicht dieses Talent geerbt hatte. Musik war und blieb einfach die höchste aller Kunstformen, die vollendete Sprache. Was waren Bilder, Worte, Formen gegen dieses Rondomotiv, das sich nach dem Mittelteil mit Arpeggios und abrupten Sprüngen nun allmählich wieder einschlich, unwiderstehlich nicht nur für mich, sondern offenbar auch für Camille, die selig lächelte, während sie spielte, den Mund halb geöffnet, zugleich angespannt und gelöst, nicht viel anders als in unseren gerade erst verebbten intimen Momenten. Das Klavier übernahm kurz die Oberhand, dann setzte das Hauptthema der Violine wieder ein, zerfaserte auf das furiose Finale zu, eine brillante Coda, die Camille die Möglichkeit gab, ihre technische Virtuosität unter Beweis zu stellen.

Ich applaudierte, als sie geendet hatten. Der Pianist ebenfalls. Camille stieg in das Spiel ein, verbeugte sich zu ihm, dann zu mir und einem imaginären Publikum.

»Encore!«, rief ich, halb im Ernst, halb im Spaß.

Der Pianist spielte einen Akkord. Camille wartete. Vier Mal klang der Akkord durch den Raum, bis Camille die Geige erneut anhob, um nach weiteren vier Akkorden auf einmal mit einer Melodie einzusetzen, die mir die Kehle zuschnürte. Wie beschreiben, was außerhalb der Sprache liegt? Zwar hatte Sprache diese Musik inspiriert, war zuerst da gewesen, aber eine Sprache, die inzwischen so gut wie tot und vergessen war, die kaum jemand mehr verstand. Doch in dieser Musik war sie wiedergeboren, in dieser Melodie aller Melodien, die sich mit ihr verwoben und sie wieder beseelt, sie aus dem Grab direkt in den Himmel gehoben hatte. Die Worte fügten sich wie von selbst dazu, *In Trutina Mentis Dubia,* diese erschütternde, taghelle Klage und zugleich ergebene, erlösende Fügung in das dunkle Rätsel unserer Gefühle.

> Auf des Herzens unentschiedener
> Waage schwanken widerstreitend
> Scham und liebendes Verlangen.
> Doch ich wähle, was ich sehe,
> Biete meinen Hals dem Joch,
> Trete unters Joch, das doch so süß.

Scham und liebendes Verlangen. Ich konnte hier nicht bleiben, dachte ich, und wollte doch nichts mehr als das. Aber alles war bereits viel zu weit gegangen. Ich hätte die Einladung in ihr Haus nicht annehmen dürfen. Das Stück endete. Meine Ergriffenheit verflog, und als sie mir nach der Probe eröffnete, woraus die Überraschung bestand, die sie sich für uns ausgedacht hatte, da machte ich nur leichte Vorbehalte geltend. War es klug, an einem Freitagnachmittag aus Paris herausfahren zu wollen, wo der Verkehr bekanntlich enorm war? Aber sie meinte nur, jenseits des Périphérique sei alles frei, wir müssten nur bald los. Wir gingen zu ihrem Wagen, der auf halbem Weg in einem Parkhaus stand, hielten kurz in der Rue Paul Albert, um ein paar Sachen für die Übernachtung einzupacken, und fuhren los, an Neuilly vorbei nach St. Germain-en-Laye und weiter nach Westen.

Sie erkundigte sich danach, was ich den ganzen Tag über gemacht hatte. Dann erzählte sie vom Ziel unseres Ausflugs, einem kleinen Jagdhäuschen, einem Überbleibsel der einst überall im Land verteilten Besitzungen ihrer Familie. Es befand sich eine halbe Stunde von Giverny entfernt, auf dem Grundstück einer Domäne, die man um 1900 in Ermangelung der Mittel für den Unterhalt des dazugehörigen Schlosses der Gemeinde im Tausch gegen ein Nutzungsrecht geschenkt hatte, das zwar mittlerweile erloschen war, was aber keine Rolle spielte. Sie fuhr so oft hin, wie sie konnte, solange das Haus noch bewohnbar und nicht abgerissen war. Sie liebte den Ort und wollte ihn mir zeigen.

Wir aßen in der Nähe von Vernon zu Abend und erreichten die Hütte gegen elf Uhr abends. Sie lag am Ende eines Waldwegs, geduckt zwischen hohen Bäumen, ein uraltes, sympathisches Steinhäuschen ohne jeden Schmuck, mit ausgetretenen Steinschwellen, teils von Efeu überwucherten Außenmauern und sichtlich dem baldigen Untergang geweiht. Der Geruch, der uns innen entgegenschlug, war unbeschreiblich, eine Mischung aus Moder und Zauberkraut, auf den ersten Blick unwirtlich, im Grunde jedoch geheimnisvoll romantisch. Strom gab es nicht. Öllampen und Kerzen besorgten die Beleuchtung. Ein schmiedeeiserner Ofen heizte den kleinen

Raum schnell auf, und als dann auch noch das Feuer im Kamin brannte, hätte ich um nichts in der Welt woanders sein wollen als in diesem »Fabelhaus«, wie Camille es nannte, da angeblich Jean de La Fontaine mehrmals darin übernachtet hatte.

Wir öffneten eine Flasche Rotwein und schliefen auf einer Matratze miteinander, die wir aus dem Bett im Schlafzimmer geholt und zwischen dem Kaminfeuer und dem kleinen Ofen auf dem Holzboden ausgelegt hatten. Hätte ich ihr sagen sollen, dass ich mir über meine Gefühle überhaupt noch nicht im Klaren war? In ihre Liebkosungen und Zärtlichkeiten mischten sich Worte, auf die ich keine Erwiderung wusste. Ich fragte mich, wie sie so schnell Derartiges zu empfinden glaubte. Wir kannten uns kaum. Was mich betraf, so hatten wir eine Affäre, von der niemand sagen konnte, in welche Richtung sie sich entwickeln würde – oder eben nicht. Ich konnte es nicht sagen und spürte nur, dass ich vor ihren überschäumenden Gefühlen bereits ein wenig zurückwich. Gleichzeitig fiel es mir überhaupt nicht schwer, mich auf die sinnliche Begegnung mit ihr einzulassen. Doch tat man so etwas? Wegen ein paar alter Briefe?

Wir verbrachten den nächsten Tag mit der Erkundung der Domäne, spazierten über die Felder und Wiesen und wanderten durch den Wald. Wir sahen uns auch das kleine Schlösschen an. Es war eingerüstet und durch einen Bauzaun abgesperrt. Die Arbeiten schienen nach der Winterpause wieder aufgenommen worden zu sein. Das Fundament war freigelegt, vermutlich um es abzudichten. Ein Bagger und ein Kran standen einsam auf dem Gelände. Eine Tischkreissäge hing zehn Meter über dem Boden am Haken des Kranseils und pendelte leicht im Wind.

Wir kehrten in das Fabelhaus zurück, schürten Feuer in Ofen und Kamin und öffneten zwei Dosen Gemüsesuppe, die sich auf dem Eisenofen schnell aufwärmen ließen. Ein mitgebrachtes Baguette und der restliche Rotwein vervollständigten das Abendessen, woran sich wieder intime Stunden auf dem Matratzenlager vor dem Kamin anschlossen.

Ich ließ alles geschehen, folgte ihrem Rhythmus und ergriff nur einmal wirklich die Initiative. Es musste schon drei oder vier Uhr morgens gewesen sein und war vor allem auch ein Aufbäumen meinerseits gegen die allmähliche Erschöpfung, ein Versuch, dieser Frau und dieser ganzen Situation irgendwie Herr zu werden, was jedoch nur dazu führte, dass ich danach wie erschlagen dalag und sie sich frisch wie in der ersten Stunde an mich schmiegte und mir Worte ins Ohr flüsterte, die mich sprachlos machten.

Nach der Rückkehr am Sonntagabend würde ich mit ihr sprechen müssen. Jetzt, in dieser Atmosphäre, erschien es mir nicht passend. Der besondere Ort, die Unmöglichkeit, sich nach einer vielleicht schwierigen Aussprache erst einmal aus dem Weg zu gehen, ließen mich zögern. Ich kam hier ohne sie ja gar nicht weg, wusste nicht einmal genau, wo ich mich befand. Warum eine Rückfahrt in bitterem Schweigen und unangenehmer Entfremdung riskieren nach derart intimen Momenten? Und ich konnte ihr ja nicht einmal erklären, warum ich mich auf einmal unwohl und unsicher fühlte, erst einmal wieder etwas Abstand gewinnen musste nach dieser abrupten sexuellen Entladung und Nähe, der ich gefühlsmäßig nicht gewachsen war.

Während der Rückfahrt nach Paris suchte sie immer wieder meine Hand, hielt sie fest, während sie mit der anderen den Wagen lenkte. Als ich auf der Höhe von St. Germain das erste Mal wieder die Briefe erwähnte, ging sie nicht darauf ein. Als ich wenig später noch einmal darauf zurückkam, wich sie aus, machte eine vage Andeutung, sie habe sie wieder im Tresor mit den anderen Originalen verwahrt, was mich natürlich sofort hellhörig machte. Was für andere Originale? Ob ich denn schon ein Konzept für die Fortsetzung der Geschichte hätte, fragte sie im Gegenzug. Worüber ich überhaupt schreiben wolle?

»Das weiß ich noch nicht«, antwortete ich ehrlich. »Und ich muss auch zuerst einmal für ein paar Tage zurück nach Berlin«, fügte ich unehrlicherweise hinzu.

»Du willst abreisen und die Briefe mitnehmen?«

»Würdest du sie mir denn vorübergehend überlassen?«

Sie zog ihre Hand zurück. Wieder dauerte es eine Weile, bis sie antwortete.

»Wem sonst sollte ich sie geben?«, sagte sie. »Aber gleichzeitig habe ich das Gefühl, dass ich es nicht tun sollte. Wenn du sie doch nur für einen weiteren historischen Intrigenkrimi missbrauchen willst, was wäre dann gewonnen? *Quel gâchis, non?*«

Es war keinerlei Ironie oder Humor in der Art und Weise, wie sie das sagte. Sie meinte es so. *Was für eine Verschwendung!* Ich wurde innerlich steif. Am liebsten wäre ich sofort ausgestiegen. Sie suchte wieder meine Hand. Ich ließ es geschehen, aber ohne Erwiderung.

»Wir könnten uns zusammentun«, schlug sie vor. »Wir könnten sie gemeinsam lesen, darüber sprechen. Vielleicht könnte es dir helfen.«

Ich schaute sie an. Ich kann nicht mehr sagen, wie, und noch viel weniger weiß ich, was sie in meinem Gesicht las. Sie wandte den Blick ab, starrte durch die Windschutzscheibe auf die Straße vor uns. War das ein maliziöses Lächeln?

Es könnte mir helfen? Was könnte mir helfen? Und wobei? Was genau wollte sie damit eigentlich sagen? Dass ich im Grunde ein miserabler, oberflächlicher Autor war und ohne sie nicht in der Lage wäre, Henriettes Geschichte zu schreiben?

»Wir können es ja nachher einfach mal ausprobieren«, erwiderte ich beherrscht. Hauptsache, ich fand heraus, wo die Dokumente lagen! Der Tresor befand sich vermutlich in ihrem Schlafzimmer. Womöglich hinter dem Tableau vivant, was der ganzen Situation eine ironische Spitze aufsetzen würde. Lag der Gegenstand meines eigentlichen Interesses hinter einer erotisch amourösen Barriere unter Verschluss? War das der Preis dieser Briefe? Und wollte ich ihn bezahlen, mich überhaupt auf so einen Handel einlassen? Meinte sie das alles wirklich so, oder deutete ich sie völlig falsch?

Wir stellten den Wagen ab und kehrten in die Wohnung zurück. Camille verschwand in ihrem Schlafzimmer, ich ging nach oben, duschte mich und zog frische Kleider an. Ich suchte kurz das Arbeitszimmer auf und wusste auf einmal, was ich zu tun hatte. Ich würde abreisen, noch heute Abend. Den Nachtzug nach Berlin bekäme ich vielleicht noch. Auf keinen Fall würde ich mich auf ihren Vorschlag einlassen und die für mich bereits komplizierte Gefühlslage durch ein solches Experiment gemeinsamer Lektüre von Henriettes Briefen noch weiter belasten. Eine Sache war es, zum Beispiel mit Moran über einen Textentwurf zu sprechen, an dem ich ein Jahr lang gearbeitet hatte – eine ganz andere, Camille von Anfang an an einem Prozess zu beteiligen, der mir heilig war. Ich konnte und wollte das nicht teilen, musste mit dieser ganzen Geschichte jetzt erst einmal eine Weile allein sein.

Ich packte. Ich würde sie vor die Wahl stellen, mir die Briefe so lange zur Verfügung zu stellen, bis ich sie gelesen und mir ein Konzept überlegt hatte. Oder ich würde die Sache nicht weiterverfolgen.

Als ich die Treppe herunterkam, lag die Kassette mit

den Briefen auf dem Tisch am Fenster. Zwei Kerzen brannten dort. Eine geöffnete Flasche Rotwein und zwei Gläser warteten. Camille hantierte unsichtbar in der Küche.

Es ist das letzte klare Bild, das ich von diesem Abend habe. Alles, was danach kam, ist verschwommen, wie hinter Milchglas geschehen. Und dann ist einfach alles dunkel.

TEIL 3

26. KAPITEL

Dr. Abel Feyer hatte zweifellos Erfahrung mit Verletzungen dieser Art. Der Anblick meines verschwollenen, entstellten Gesichts und der Schnittwunden entlockte ihm jedenfalls keine sichtbare Reaktion. Er sprach ruhig und ein wenig überdeutlich, als ob er sich nicht sicher war, dass ich seine Sprache verstand. Er wollte wissen, ob ich Schmerzen hätte? Ich sagte, ich fühlte mich wie in Watte gepackt. Gut, erwiderte er. Die Schmerzmittel wirkten also.

Er fragte, warum ich in Paris sei, wie lange schon, erkundigte sich nach Berlin, wo er im Jahr zuvor einen medizinischen Kongress besucht hatte. Das erzählte er mir alles, während er meine genähte Braue begutachtete und mit einer kleinen Stablampe die Verletzung in meinem Auge untersuchte.

»Wie ist das denn nur passiert?«, fragte er. »Sind Sie gestürzt?«

»Ja.«

»Mit einem Glas in der Hand?«

»Ja.«

»Können Sie sich noch erinnern, wie es dazu gekommen ist?«

»Ich bin mit einer Bekannten von einem Ausflug zurückgekommen«, sagte ich. »Ich war ziemlich müde. Wir haben uns unterhalten und ein Glas Wein getrunken. Ich bin aufgestanden und muss irgendwie ausgerutscht sein.«

Er schwenkte seine Lampe ein wenig hin und her.

»Können Sie versuchen, dem Lichtschein zu folgen«, bat er mich.

Ich versuchte es. Er verdeckte mein gesundes Auge mit einer Klappe.

»Jetzt noch einmal, bitte.«

Ich sah nichts außer ein paar verschwommenen Konturen und eine milchige Helligkeit.

»Sie sind vom Tisch aufgestanden und einfach gestürzt?«

»Ja«, log ich. »Gestolpert oder gestürzt, das weiß ich nicht mehr genau.«

»Und Sie hatten Ihr Weinglas in der Hand?«

»Es ging alles sehr schnell. Plötzlich lag ich da. Meine Bekannte schrie. Alles war ein einziges Chaos.«

Die Klappe von meinem rechten Auge verschwand wieder. Dr. Abel Feyer diktierte etwas in sein Smartphone. Ich hätte dem Kauderwelsch aus lateinischen Bezeichnungen und diagnostischem Französisch wahrscheinlich folgen können, aber ich fühlte mich wie ein Verurteilter, der sein Urteil zwar hören möchte, vor lauter Angst jedoch nur ein lautes Rauschen in den Ohren hat. Ich betete, dass ich noch einmal Glück gehabt haben würde und die Operation erfolgreich gewesen war. Allein das interessierte mich: das Ergebnis der Operation und wie ich dieses Krankenhaus und diese Stadt so schnell wie möglich verlassen und nach Hause fahren könnte.

Dr. Feyer machte ein skeptisches Gesicht, als ich ihn schließlich fragte, wie es um mich stand. Für eine endgültige Prognose sei es zu früh. Die Notoperation sei gut verlaufen. Nun müsse man abwarten. Wann könnte ich das Krankenhaus verlassen? Das könne er erst am nächsten Tag sagen. Ob ich in Paris eine Bleibe hätte? Nein, ich wollte sofort nach Berlin zurück. Die Rückreise auf keinen Fall mit dem Flugzeug, riet er mit Bestimmtheit. Druckveränderungen im Auge könnten im Moment noch unabsehbare Folgen haben. Ich sollte mit dem Zug fahren. Oder mich abholen lassen. Gute Besserung!

Ich verbrachte einen furchtbaren Abend und eine ebensolche Nacht. Das Schmerzmittel ließ nach, und obwohl ich alles schluckte, was die Nachtschwester mir brachte, brannte und hämmerte mein Lid. Dazu kamen die nicht weniger quälenden Gedanken über das Vorgefallene, das in allmählich wiederkehrenden Bruchstücken ständig vor meinem inneren Auge ablief. Camilles sich langsam steigernde Reaktion auf meine Ankündigung, dass ich mich zurückziehen wolle, dass ich der Falsche für ihr Vorhaben sei. Sie hatte zunächst nichts gesagt, sich nur Wein eingeschenkt. Dann war ihr Gesicht völlig in sich zusammengefallen. Sie schob den Karton mit Henriettes Briefen über den Tisch in meine Richtung und sagte, ich solle einfach alles mitnehmen, es mir in Ruhe anschauen und dann entscheiden. Ich sei derjenige, der Henriettes Geschichte erzählen müsse. Ich hätte doch jetzt alles, was dazu notwendig sei, es fehle mir allein die Bereitschaft, mich für die Wahrheit dieser Frau zu öffnen, um ihr endlich eine Stimme zu geben, meine Stimme, die ich doch auch suche, oder sei das denn nicht so? Was wir die letzten Tage erlebt hätten, das sei doch nur ein Anfang.

Ich versuchte, mich herauszureden. Wir hatten vorübergehend einer gegenseitigen Anziehung nachgegeben, setzte ich an.

»Anziehung?«, wiederholte sie fassungslos. »Unsere Begegnung hat etwas Schicksalhaftes, etwas Vorherbestimmtes. Siehst du das nicht?«

Ich wusste nicht, was ich erwidern, wie ich ihr erklären sollte, was mich zurückhielt, begriff es ja selbst nicht.

»Du kannst nicht einfach wieder weggehen«, beschwor sie mich. »Wir haben eine Aufgabe. Wir müssen etwas erfüllen. Das spürst du doch auch, oder nicht? Deshalb willst du ja weg. Ich verstehe das. Aber das geht nicht. Hier, bitte. Ich gebe dir alles. Nicht nur die Papiere. Ich gebe dir alles. Mich. Ohne Vorbehalt und Einschränkung. Aber du kannst das nicht allein bewerkstelligen. Du brauchst mich. Bitte!«

»Camille«, erwiderte ich behutsam und schob den Karton von mir weg. »Ich will das nicht. Es tut mir leid. Ich hätte es niemals so weit kommen lassen dürfen. Ich habe nicht gesehen, welche Bedeutung das alles für dich hat. Aber du hast ein Bild von mir, dem ich nicht entspreche, eine Erwartung, die ich nicht erfüllen kann.«

»Du kannst es. Mit mir. Wenn du aufhörst, dich zu verstellen, wenn du diese Maske ablegst, hinter der du dein Spiel mit dir selbst spielst.«

Ich schüttelte den Kopf. »Da ist sonst nichts«, sagte ich. »Ich will es auch nicht anders.«

Ihr Blick verfinsterte sich. Dann begann sie erneut, auf mich einzureden. Ich fühlte mich erbärmlich. Was sie sagte, war groß, erhaben. Sie beschrieb Gefühle einer Kommunion, die mich beschämten, die ich überhaupt nicht kannte, zählte Kleinigkeiten auf, die sie beobachtet hatte, winzige Dinge, Empfindungen. Es war wundervoll und demütigend zugleich. Doch woher nahm sie diese Überzeugung? Das war doch alles nichts anderes als das Ergebnis einer über Jahre gewachsenen Projektion von Sehnsüchten und Wünschen auf einen Autor, der über eine Frau schreiben sollte, mit der sie sich identifizierte. Es war ein großes Missverständnis, eine doppelte, dreifache Fiktion, die mit uns spielte.

Es gab auch Momente, da war ich kurz davor, sie einfach in die Arme zu schließen, ihr zu sagen: Ja, ja, ich will das auch, was du da beschreibst, ich will es versuchen. Aber ich konnte nicht. Wollte nicht. Würde es niemals vermögen. Ich bin genau das, was du eben gesagt hast, widersprach ich stattdessen: Eine schillernde Oberfläche, in der sich alles Mögliche spiegelt und hinter der sonst nichts ist. Nichts. Ich kann das nicht erwidern, was du in mir siehst oder sehen willst. Ich bin viel zu armselig für dich. Zu oberflächlich. Zu leicht.

Dann die Katastrophe.

Ihr Arm schnellte plötzlich nach vorne. Sie wollte mir nur den Wein ins Gesicht schütten, ihren Zorn auf diese Weise loswerden. Ich beugte mich im gleichen Augenblick vor, um aufzustehen, um zu gehen, um meiner Entscheidung Nachdruck zu verleihen. Sie hatte mit dieser Bewegung nicht rechnen können. Ihre Hand flog mit voller Wucht und ungebremst auf meinen Kopf zu. Ich konnte nicht mehr ausweichen, war zu weit vornübergebeugt, ja, der Schwung meiner Fluchtbewegung musste den Aufprall noch um ein Vielfaches verstärkt haben. Ich sehe das Glas noch auf mich zukommen. Etwas Hartes traf meine Stirn. Ein trockenes Knacken oder Knirschen. Dann ein Schmerz, wie ich ihn noch nie zuvor gespürt hatte, als das Glas in Camilles Hand an meiner Stirn zersplitterte. Durch die Wucht unseres Zusammenpralls suchten sich die Splitter ihren Weg noch tiefer in mich hinein, rutschten rasierklingenscharf über meine Braue, zerschnitten mein Augenlid und bohrten sich in meinen Augapfel. Ich stürzte zur Seite, wodurch die Wunde im Lid nicht nur geweitet wurde, sondern auch dünne Glassplitter abbrachen und an der tiefsten Einstichstelle im Augapfel zurückblieben, was die Notoperation einige Stunden später erforderlich machte.

Freilich wurde mir die genaue Abfolge erst später in allen Einzelheiten klar. Was ich stattdessen erlebte, war ein Kontinuum aus Schock, Schmerz und Panik. Alles geschah gleichzeitig. Camille schrie auf. Ich stürzte zur Seite. Die Weinflasche landete neben mir und zerbarst mit einem lauten Knall. Wein und Blut ergossen sich gleichzeitig über die Fliesen. Ich begriff zunächst überhaupt nicht, was geschehen war. Camille stand über mir, hielt den messerscharfen Glasstummel noch in der Hand, warf ihn zur Seite und schlug entsetzt die Hände vor den Mund. Auch ihr Weinglas war in dem Chaos umgefallen und hatte sich über ihr weißes Nachthemd und den cremefarbenen Seidenmorgenmantel ergossen. Wie in Blut getaucht stand sie über mir, die Hände noch immer fassungslos auf den Mund gepresst, warf zuckend den Kopf hin und her, als wolle sie meinen Anblick von sich abschütteln.

Ein Rest der zerbrochenen Weinflasche rollte auf dem Boden hin und her wie etwas Lebendiges, Teuflisches. Ich versuchte, mich aufzurichten. Camille bückte sich, wollte mir helfen. Irgendwann stand ich taumelnd da, sah ihr vor Entsetzen starres Gesicht, legte eine Hand schützend über mein verwundetes Auge, jetzt fast irre vor Schmerzen und panisch vor Angst. Überall war Blut. Plötzlich war sie weg, kam mit einem Handtuch zurück, das ich auf mein Auge pressen sollte.

»Setz dich wieder hin«, stammelte sie hilflos. »O Gott, was habe ich getan? Bitte. Ich wollte das nicht.«

Ich stöhnte vor Schmerz, ließ mich auf einen der Stühle sinken. Unablässig floss Blut an mir herunter, durch das Tuch, über meinen Handrücken und von dort zwischen meine Beine auf den hell gefliesten Boden. Mein Auge pochte, brannte wie tausend Feuer.

»Ruf doch endlich einen Krankenwagen!«, stammelte ich. »Bitte. Schnell.« Ich kauerte auf dem Stuhl, kurz davor, mich zu übergeben, während Camille telefonierte, ihre Adresse in den Hörer schrie, weil der Mensch am Ende der Leitung über mein Stöhnen und Gebrüll hinweg offenbar nichts verstehen konnte. Ich weiß nicht mehr, wie lange es dauerte, bis die Sirenen zu hören waren. Zwei Sanitäter führten mich die Treppe hinauf. Ich wurde auf eine Trage gelegt und mit Blaulicht nach Lariboisière gebracht.

Der Notarzt, der mich untersuchte, musste gar nichts sagen. Ich konnte seinem Gesichtsausdruck entnehmen, wie es um mich stand. Er stellte mir ein paar Fragen, wie der Unfall passiert war. Ich sagte, ich sei mit einem Glas in der Hand gestürzt und unglücklich gefallen. Ich wollte Camille auf keinen Fall belasten. Ich fühlte mich schuldig, oder zumindest mitschuldig.

Es begann die längste Nacht meines Lebens. Stunden vergingen mit Untersuchungen und Warten. Die Glassplitter im Auge mussten operativ entfernt, die Schnittwunden an Braue und Lid genäht werden. Was danach von meiner Sehkraft in diesem Auge noch übrig wäre, konnte niemand sagen. Es hing von der Narbenbildung auf den unterschiedlichen Augenhautschichten ab, von der Frage, ob die Linse verletzt war, ob es durch die Druckverletzung im Augeninnern Schäden gegeben hatte. Es konnten jede Menge Folgeschäden eintreten, eine Netzhautablösung oder ein Sekundärglaukom.

Bei der Visite am Tag nach der Operation konnte ich hell und dunkel aus beiden Richtungen wahrnehmen. Das war aber auch schon alles. Formen konnte ich so gut wie nicht unterscheiden. Ich durfte aufstehen und mich bewegen. Erstaunlicherweise war das Auge weder verbunden noch mit einer Augenklappe bedeckt, sodass ich mein zombieartiges Gesicht in seiner ganzen widerlichen Pracht im Spiegel bewundern konnte.

Camille ließ sich nicht blicken, weder am Tag nach der Operation noch am darauffolgenden. Ich rief einen guten Freund in Berlin an und schilderte ihm die Situation. Er bot sofort an, mich abzuholen, aber ich redete es ihm schnell aus. Ich würde das Krankenhaus bald verlassen können und dann mit dem Zug nach Hause fahren. Ich hatte ja noch mein gesundes Auge, war also mobil genug. Er solle auf keinen Fall meine Familie informieren. Vor allem nicht meine Kinder. Wir verblieben so, dass er mich in Berlin am Bahnhof abholen würde.

Immer wieder rief ich bei Camille an. Aber sie nahm nicht ab. Es begann mich wütend zu machen, dass sie sich nicht wenigstens nach meinem Zustand erkundigte. Ich verbrachte den nächsten Abend grübelnd und zunehmend übel gelaunt und dachte über die Ereignisse nach, die mich in diese Situation gebracht hatten. Ich ekelte mich vor mir selbst. Vielleicht ist das schwer zu begreifen. Ich hatte ja im Grunde nichts getan, war eher das Opfer ihres Wutausbruches. Aber ganz tief in mir nagte etwas an mir, ein bitteres Bedauern, ein Groll gegen mich selbst, das Gefühl eines totalen Versagens. Und dieses Versagen starrte mir sogar aus meinem eigenen, halb zerstörten Gesicht entgegen, war dort an die Oberfläche getreten, nur mittelbar durch Camilles Wutausbruch. Ich starrte mein zugeschwollenes Auge an, das zusammengenähte Lid, die fleischig aufgeschwollene, geflickte Braue. Aber ich sah dort keine Wunde, sondern einen Teil von mir, den ihr reflexartiger Angriff freigelegt hatte. Ich musste mit ihr sprechen, fühlte mich außerstande, einfach stundenlang hier zu liegen. Aber ich erreichte sie nicht. Ich probierte es den ganzen Abend bis spät in die Nacht. Am nächsten Morgen, noch vor der nächsten Visite von Dr. Feyer, wählte ich wieder ihre Nummer. Doch diesmal antwortete nicht einmal mehr ihre schöne Stimme auf dem Anrufbeantworter, sondern eine Ansage von France Telecom, die mir mitteilte, die Nummer sei für mich nicht mehr erreichbar. Sie hatte mich blockiert.

Hatte sie Paris verlassen oder gar das Land? Der Tag dehnte sich endlos in einer öden Untätigkeit. Es gab weitere Untersuchungen, ohne dass irgendeine Änderung eingetreten wäre. Man konnte in Paris im Augenblick nicht viel mehr für mich tun. Ein weiterer Ruhetag und neuerliche Kontrollen seien empfehlenswert, aber ich könne am nächsten Tag entlassen werden und die Heimreise antreten, vorausgesetzt, ich strengte mich dabei nicht zu sehr an. Ich zögerte keine Sekunde, unterschrieb die Dokumente für die Versicherung und quittierte den Empfang des Entlassungsberichts. Obwohl ich davon ausgehen musste, dass es sinnlos war, rief ich am Abend wieder bei Camille an. Aber wieder antwortete nur die Computerstimme.

27. KAPITEL

Ich verließ das Krankenhaus am nächsten Morgen, nahm ein Taxi und fuhr in die Rue Paul Albert. Ich besaß noch einen Schlüssel, klingelte jedoch vorsichtshalber, wenn ich auch davon ausging, dass niemand zu Hause war. Ich hatte den Schlüssel bereits ins Schloss gesteckt, als die Tür plötzlich aufging. Edouard Balzac stand vor mir. Er sah genauso ungepflegt und bekifft aus wie damals, als er mir im Manoir die Tür geöffnet hatte. Doch diesmal war seine Reaktion völlig anders. Er lächelte.

»Bonjour, Monsieur«, sagte er und trat zur Seite, als hätte er mich erwartet. So war das also. Sie hatte nicht einmal die Courage, mir gegenüberzutreten, schickte ihren Bruder vor. Ich drückte ihm den Schlüssel in die Hand. Dann ging ich an ihm vorbei und direkt in den zweiten Stock hinauf. Ich packte meine Sachen, was schnell erledigt war. Beim Hinuntergehen warf ich einen Blick in das Arbeitszimmer, das genauso aussah, wie ich es einige Tage zuvor hinterlassen hatte. Die Papiere lagen ausgebreitet auf dem Schreibtisch, einer der drei d'Escoman-Kartons stand noch geöffnet daneben. Ich rührte nichts an, ging hinunter und wollte das Haus eigentlich sofort verlassen, ließ meinen Koffer dann aber am Eingang stehen, um einen letzten Blick in den verglasten Raum zu werfen, wo ich vielleicht für immer einen Teil meines Augenlichts verloren hatte.

Edouard saß an dem kleinen Tisch am Fenster und rauchte. Nichts deutete mehr auf den Zwischenfall hin, der sich vor drei Tagen hier ereignet hatte. Er schaute zu mir herauf.

»Wollen Sie gleich schon wieder los?«, fragte er.

Ich sagte nichts.

»Kaffee?«, fügte er hinzu.

»Wo ist sie?«

»Jedenfalls nicht hier.«

Er griff nach der Kaffeekanne und goss eine zweite Tasse voll, die er offenbar für mich hingestellt hatte. Dann zog er an seiner Zigarette und sog dabei den Rauch so tief ein, dass mir allein beim Anblick die Lunge brannte.

»Tut mir sehr leid, der Scheiß, der Ihnen mit meiner Schwester passiert ist.«

»Wo ist sie?«, fragte ich noch einmal.

»Wollen Sie nicht lieber runterkommen? Oder haben Sie es eilig?«

Er drückte seine Kippe aus, strich sich die langen, ungepflegten Haare aus dem Gesicht, schüttete irgendeinen Likör, der auf dem Tisch stand, in ein kleines Glas und kippte ihn.

Ich ging die Treppe hinunter, zog den Stuhl ein wenig vom Tisch weg, um dem Qualm der nächsten Zigarette, die er bestimmt bald anzünden würde, nicht so stark ausgesetzt zu sein. Der Anblick meines unverbundenen Auges setzte ihm offenbar zu, denn er verzog schmerzhaft das Gesicht, als er mich aus der Nähe musterte.

»Dass es so schlimm ist, hat sie mir nicht gesagt«, murmelte er.

»Woher sollte sie auch wissen, wie schlimm es ist?«

»Touché«, erwiderte er.

»Wohnen Sie hier?«, fragte ich.

»Nein. In London. Bin vorgestern gekommen. Sie war ziemlich durcheinander.«

»So?«

»Wird das wieder?«

»Das weiß man noch nicht.«

Er zog eine Benson & Hedges aus der Packung und zündete sie sich an.

»Ich soll Ihnen sagen, dass Sie in jedem Fall entschädigt werden. Nur damit Sie beruhigt sind.«

»Beruhigt? Haben Sie den Eindruck, dass ich beruhigt werden muss?«

Er verzog den Mund zu einer Grimasse, die vielleicht auch ein Lächeln sein sollte. Es war schwer zu glauben, dass dies Camilles Bruder war. Aber schließlich war die ganze Familie extrem facettenreich, Hochadel mit Thronanspruch und zugleich Hochverräter und Königsmörder. Kam Edouard vielleicht nach dem Grafen d'Auvergne? Oder nach Henriettes Vater, der seine Tochter wie eine bessere Prostituierte meistbietend verkauft hatte?

»Beruhigen muss man wohl eher meine Schwester«, erwiderte er. »Sie war ziemlich durch den Wind. Wie ist das denn passiert?«

»Es war ein Unfall. Eine falsche Bewegung. Wir hatten eine Meinungsverschiedenheit.«

»Meinungsverschiedenheit«, spöttelte er. »Mit so einem Ergebnis?«

»Wann ist sie abgereist«, fragte ich, um vom Thema abzulenken, »wenn Sie schon nicht wissen, wohin.«

»Habe ich das gesagt?«

»Es klang so.«

»Ich verstehe, dass Sie sauer sind. Und Sie mögen mich offenbar nicht. Das habe ich schon damals gemerkt. Sorry. Ich habe aber nichts gegen Sie. Ich spiele hier nur mal wieder den Doorboy.«

Er war schon zuvor immer wieder ins Englische gefallen und wechselte nun ganz in diese Sprache.

»Wo ist sie also?«, fragte ich.

»London wahrscheinlich. Oder auf dem Weg in den Norden. Wo sie immer hinfährt, wenn sie durchgedreht ist.«

»Ach, kommt das öfter vor?«

Er füllte ein zweites Likörglas, das ebenfalls schon auf dem Tisch stand, und schob es mir hin. Ich betrachtete es eine Weile und nahm dann einen kräftigen Schluck von der hellbraunen Flüssigkeit. Es war exzellenter Sherry, wenigstens das.

»Ich weiß ja nicht, was passiert ist«, begann er wieder, »aber so, wie Sie aussehen ...« Er unterbrach sich, zog an seiner Zigarette und schenkte uns nach. »Sie können ja nicht wissen, mit wem Sie es zu tun hatten. Camille hat einen totalen Dachschaden. Haben Sie das nicht gemerkt?«

»Bis vor drei Tagen nicht, nein.«

»Besser spät als nie.«

Er zog an seiner Zigarette, als wäre die Sache damit erledigt.

»Seien Sie froh, dass es nur ein Auge war und sie Sie nicht gleich kastriert hat.«

Cut off your balls. In den Romanen, die ich übersetzte, kam diese Formulierung oft vor. Ich war mit keiner deutschen Entsprechung wirklich zufrieden. Eier abschneiden klang einfach komisch auf Deutsch. Alles Geschlechtliche klang komisch auf Deutsch, es sei denn, jemand wie Irène Kuhn übersetzte Benoîte Groult. Ich hatte Schwierigkeiten, mir einen Reim auf diesen Typen zu machen. Wahrscheinlich waren diese Balzac d'Entragues allesamt verrückt.

»Die Frauen in meiner Familie haben ziemlich strenge moralische Grundsätze«, fügte er hinzu. »Mein Vater ist vor meiner Mutter bis nach Thailand abgehauen. Total durchgeknallt. Was haben Sie denn verbrochen? Sie betrogen?«

Ich schüttelte den Kopf. »Wir haben uns gerade erst näher kennengelernt.«

»Das glauben *Sie* vielleicht. Camille hat Sie doch schon seit ein paar Jahren im Visier. Seit Charles Ihren Roman verrissen hat.«

Ich erwiderte nichts. Obwohl ich es schon wusste, blieb es rätselhaft und unbegreiflich. Edouard war sicher der Letzte, der mir das alles erklären konnte. Ich wollte gehen, aber er sprach weiter.

»Sie scheinen ja ganz okay zu sein«, brummte er. »Sie sollten auf jeden Fall wissen, dass Sie nichts dafür können, wenn meine Schwester nicht ganz richtig im Oberstübchen ist. Könnten Sie mir eine Adresse oder so etwas geben, wo wir Sie erreichen können?«

»Camille hat meine Adresse«, entgegnete ich knapp. »Wo ist sie?«

Er zog wieder an seinem Glimmstängel. Wenn ich Leute wie ihn sah, begriff ich nicht, wie ich jemals hatte rauchen können. Und gleichzeitig hatte ich auf einmal wieder das Bedürfnis danach. Die Zeit einfach wegrauchen, die Fragen, die Entscheidungen – alles wie in Trance in diesem blauen Dunst entsorgen.

»Ich erzähle Ihnen jetzt einfach mal die Geschichte mit Geoffrey«, schlug Edouard vor. »Das sagt alles. Haben Sie noch so viel Zeit?«

Ich nickte nur. Offenbar würde oder konnte er mir nicht sagen, wo sie war. Geoffrey also.

»Erste Violine. Ein cooler Typ. Spielte bei uns mit für einen Gig.«

Er deutete auf den Flügel.

»Ist übrigens meiner. Aber ich bin lange weg von der Klassik. Wie dem auch sei, Geoffrey spielte einen Titel mit uns ein, und Camille tauchte zufällig im Studio auf. Auch Violine, wie Sie vermutlich wissen. Sie war zweiundzwanzig. Geoffrey hat fast den Bogen fallen lassen, als er sie sah. Ich mach's kurz: Ein Jahr später haben sie geheiratet. Das war natürlich schon so ein Quatsch. Ich meine, Geoffrey und heiraten? Und dann auch noch meine Schwester? Es soll ja Wunder geben, waren aber gerade keine mehr im

Angebot. Er hat sie schon betrogen, bevor sie im sechsten Monat war. Irgendeine chinesische Cellistin. Dann eine Oboe. Wahrscheinlich hat er sich durch den halben Orchestergraben gevögelt. Und das meiner Schwester! Der heiligen Camille von der unbefleckten Liebe! Sie hat das tatsächlich zwei Jahre lang überhaupt nicht mitbekommen. Wie bei unseren Eltern. Gleiche Geschichte. Allerdings war mein Vater im Vergleich zu Geoffrey ein Waisenknabe, eher der Typ Mann, der fünfmal heiratet, anstatt ständig fremdzugehen. Eher Mietnomade als Einbrecher, wenn Sie verstehen, was ich meine. Camille war acht, als sie sich trennten, und hat sich danach die Fingernägel bis aufs Fleisch runtergekaut. Irgendwann war es aber dann wohl wieder gut. Sie hat sogar wieder mit meinem Vater geredet, ihn in Bangkok besucht. Egal, es ändert nichts an dieser Horrornacht in Paris. Geoffrey kam nach Hause, wohl von irgendeinem Date. Keine Ahnung, wie sie es rausgefunden hat. SMS? Parfüm? Haare? Was weiß ich. Jedenfalls haben die Nachbarn irgendwann gegen zwei Uhr morgens aus Angst die Polizei gerufen. Als die Beamten ankamen, war alles wieder ruhig. Aber niemand öffnete. Daher wurde die Tür aufgebrochen. Camille kauerte blutüberströmt im Flur. Sie zitterte. Überall lagen Scherben und Teile zertrümmerter Möbel herum. Weiter hinten, auf der Schwelle zum Wohnzimmer, lag Geoffrey. Camille verlor das Bewusstsein, und die Rettungssanitäter waren daher zunächst mit ihr beschäftigt. Dann erst fanden sie den achtzehn Monate alten Julien. Er lag leblos in der Wanne. Ertrunken.«

Edouard machte eine Pause, als wollte er mir Gelegenheit geben, die Informationen zu verarbeiten. Ich dachte an Camilles Stirnnarbe, die Spuren von Verletzungen an ihren Händen.

»Ich habe von der Sache gehört, als ich im Herbst bei Ihnen war«, sagte ich.

»Ja. Gehört. Aber ich habe Geoffrey gesehen. Nicht vor Ort natürlich, aber danach. Ich war in England, als das passiert ist. Ich will ihn gar nicht in Schutz nehmen. Er hätte Camille niemals heiraten dürfen. Aber dieser Ausraster von ihr war einfach oberkrass. Noch Monate später wurde Geoffrey leichenblass, wenn er davon erzählte. Sie ist wie eine Furie auf ihn losgegangen. Er hat sich nur verteidigt, erst mit Händen und Füßen, aber dann mit Gegenständen, weil jede Gegenwehr sie nur noch rasender machte. Sie drehte völlig durch, ging mit einem Messer auf ihn los, stach auf ihn ein und verwundete ihn schwer. Das Messer konnte er ihr irgendwie entreißen, aber sie griff ihn einfach mit bloßen Händen weiter an, achtete gar nicht auf die Klinge, die er ja nur noch hochhielt, um sich zu schützen. Er musste sie bewusstlos schlagen, um diesen Irrsinn zu stoppen. Können Sie sich das vorstellen? Und in dem ganzen sinnlosen Chaos ertrank ihr Kind!«

Die nächste Zigarette war fällig. Ich hatte Mühe, mir nicht auch eine anzustecken.

»Camilles Version klingt natürlich ganz anders«, fuhr Edouard fort. »Sie hätte den ganzen Abend gewartet, weil sie angeblich von Geoffreys Untreue erfahren hatte. Julien wollte einfach nicht einschlafen, und sie hatte gehofft, ein Bad würde ihm guttun. Nur deshalb hatte sie um diese späte Uhrzeit Wasser in die Wanne gelassen. Als Geoffrey nach Hause kam, saß Julien noch in so einem kleinen Plastiksitz in der Wanne. Camille ging nur kurz raus, um ihm zu sagen, dass sie mit ihm reden wolle. Geoffrey sei betrunken gewesen und wollte ins Bett. So eskalierte die Sache schon im Flur. Camille behauptet, Geoffrey habe zuerst zugeschlagen. Kann durchaus sein. Aber dann brannten bei ihr alle Sicherungen durch. Sie wollte sofort ihre Koffer packen, ging aber erst ins Bad, um Julien zu holen. Oder er ging ins Bad, weil er pissen musste. Das weiß inzwischen niemand mehr. Jedenfalls lag das Kind da schon leblos im Wasser. Hatte sich offenbar aus dem Wannensitz befreit und war beim Versuch, herauszuklettern, unter den Sitz gerutscht und dort ertrunken. Danach haben dann alle die Kontrolle verloren, was man ja verstehen kann.«

Ich musste husten. Edouard erhob sich und öffnete eine der Glastüren zum Garten. Kühle Winterluft strömte herein. Eine Weile sprach keiner von uns ein Wort.

»Julien ist ertrunken, weil seine Eltern damit beschäftigt waren, sich die Köpfe einzuschlagen«, resümierte Edouard. »Wer ist schuld? Keine Ahnung. Geoffrey hat die Sache fast den Verstand gekostet.«

»Was ist mit ihm passiert?«

»Lebt in Australien. Arbeitet wieder. Viel mehr weiß ich nicht. Wir haben keinen Kontakt mehr.«

»Hat Camille Sie gebeten, mir das alles zu erzählen?«

Er schüttelte den Kopf. »Sie haben vielleicht schon gemerkt, dass Camille und ich uns auch nicht gerade grün sind. Aber wir helfen uns, wenn es hart auf hart kommt. Als Charles diese Scheiße mit dem Unfall passiert ist, fuhr Camille sofort hin, um ihn zu pflegen. Und ich auch. Blut ist eben dicker als Wasser, oder nicht?«

Ich wusste nicht, was ich noch hinzufügen sollte außer der Frage, auf die er mir wiederholt nicht geantwortet hatte.

»Wo ist sie? Wie kann ich sie erreichen?«

Er holte sein Handy heraus. »Geben Sie mir Ihre Nummer. Ich rufe Sie an, wenn ich etwas erfahre. Mehr kann ich Ihnen im Moment nicht anbieten.«

Wir tauschten unsere Nummern aus. Dann erhob ich mich.

»Das große Bild in Camilles Schlafzimmer«, fragte ich noch. »Was soll das? Wissen Sie etwas darüber?«

Er machte eine Miene wie ein Lehrer, der einem begriffsstutzigen Schüler zum dritten Mal erklären muss, dass ein Wal kein Fisch ist.

»Wenn Sie's unbedingt wissen wollen, dann gehen Sie ins Trois Roses in der Avenue Foch. Erklären kann ich Ihnen das beim besten Willen nicht. Aber Sie sehen's dann schon.«

Ich steckte mein Telefon ein und ging die Treppe hinauf. Auf dem Weg zum Bahnhof schaute ich nach, was es mit Edouards letzter Bemerkung auf sich hatte. *Les Trois Roses* war ein Nachtclub der gehobenen Art, den ich weder aufsuchen würde noch im Entferntesten mit Camille in Verbindung bringen konnte. Ich fuhr zur Gare de l'Est, nahm den nächstbesten TGV über Straßburg und dann den Anschluss nach Berlin. Ich starrte stundenlang auf verregnete Landschaften, immer wieder fassungslos über das Spiegelbild meines neuen Gesichts mit einer schwarzen Augenklappe aus der Bahnhofsapotheke.

28. KAPITEL

Ich richtete mein Leben so weit wieder ein, dass ich funktionieren konnte. Es gab endlose Scherereien um die Übernahme der Krankenhauskosten. Dann waren plötzlich alle Rechnungen beglichen, und sowohl die Mahnungen des Hôpital Lariboisière als auch die Rückfragen der verschiedenen Versicherungen blieben aus. Kurz darauf erhielt ich die Mitteilung einer Anwaltskanzlei in London, wonach alle Kosten meiner Behandlung von einer Treuhandgesellschaft übernommen worden seien. Ich wurde außerdem gebeten, einen Anwalt meiner Wahl mit der Aushandlung einer Entschädigungszahlung zu beauftragen und dessen Kontaktdaten mitzuteilen, vorausgesetzt, dass ich mit einer außergerichtlichen Einigung auf ein Schmerzensgeld einverstanden sei. Alle Anwaltskosten würden selbstverständlich ebenfalls übernommen.

Als die Schnittwunden an Braue und Lid abgeheilt waren, blieben allein die Narben der Operation im Auge selbst. Nach sechs Monaten konnte ich außer geringen Hell-und-dunkel-Unterschieden mit dem verletzten Auge noch immer so gut wie nichts sehen, und meine Befürchtungen wuchsen, dass sich Dr. Feyers Prognose eines achtzigprozentigen Sehverlustes bewahrheiten würde. Für Außenstehende waren die Narben glücklicherweise kaum zu erkennen, sodass wenigstens mein äußeres Erscheinungsbild bald wiederhergestellt war. Ich erzählte niemandem, was eigentlich geschehen war, und blieb bei der Version, die ich Dr. Feyer gegenüber vertreten hatte. Zu Beginn hoffte ich täglich auf eine Nachricht von Edouard Balzac und dass Camille mich vielleicht doch noch einmal sehen wollte, um diese ganze Sache irgendwie abzuschließen. Nach einigen Wochen richtete ich mich darauf ein, dass es länger dauern würde. Doch auch nach Monaten kam keine Nachricht. Nichts.

Es wurde Sommer. Es wurde Herbst. Ich versuchte, mein altes Leben wieder aufzunehmen, war dazu jedoch außerstande. Alles lag brach. Die halb fertige Novelle, ein paar Kurzgeschichten und Romanentwürfe in verschiedenen Entwicklungsstadien – alles lag seit meiner Rückkehr unberührt auf meinem Schreibtisch. Meine Lähmung ging so weit, dass ich all diese Entwürfe nicht einmal wegräumte. Ich erledigte meine Brotjobs, übersetzte, füllte Seite um Seite und war zufrieden, jenseits der lexikalischen und stilistischen Entsprechung für nichts davon verantwortlich zu sein. Manchmal hielt ich inne und bestaunte die Sätze, die irgendein Mensch in England oder den USA einfach so hingeschrieben hatte. Ich meine damit nicht allein den Inhalt, sondern vielmehr die Tatsache, dass jemand überhaupt in der Lage gewesen war, *etwas* zu sagen, *etwas* aufzuschreiben: ein Gefühl, eine Beobachtung, eine Frage. Ich übertrug Wort für Wort, Satz für Satz, konzentriert, gewissenhaft und zugleich teilnahms- und verständnislos, als handle es sich um Funksignale oder Hintergrundrauschen aus den Tiefen eines kalten, toten, mir völlig unverständlichen und gleichgültigen Universums.

Moran rief manchmal an, zunehmend besorgt, aber nicht einmal ihr konnte ich erklären, wie unmöglich es mir geworden war, auch nur einen einzigen Satz zu schreiben. Mein Zustand war oft genug von anderen beschrieben worden, und dies besser, genauer und treffender. Ich durchforstete mein Bücherregal, entschied mich am Ende für Hofmannsthal und suchte die entsprechende Passage aus dem Chandos-Brief heraus. Doch beim Wiederlesen erschien mir sogar Hofmannsthals Text widersinnig: *Es ist mir völlig die Fähigkeit abhandengekommen, über irgendetwas zusammenhängend zu denken oder zu sprechen.* Musste eine solche Einsicht nicht notwendigerweise stumm bleiben? Wie ein Gebet! Wozu *es* aussprechen? Wie sollte ich Moran oder sonst jemandem erklären, was in Paris geschehen war? Was mich getroffen hatte, war ja mitnichten die Scherbe eines zerbrochenen Weinglases, sondern die vergiftete Spitze einer antiken Klinge, ein vorzeitlicher Fluch aus einer vormodernen Zeit, jenseits jeglicher Vorstellung.

Hofmannsthals fassungsloses Erstaunen über ein ihm jetzt völlig absurd erscheinendes Projekt kam mir vor wie ein Kommentar zu meinem eigenen Vorhaben: *Wirklich, ich wollte die ersten Regierungsjahre unseres verstorbenen glorreichen Souveräns, des achten Heinrich, darstellen!* Genauso abwegig wie ein zweiter Roman über Heinrich IV. und die von ihm zerstörten und ihn zerstörenden Frauen. Fantastereien. Ich unterstrich: *Vollgesogen mit einem Tropfen meines Blutes, tanzen sie vor mir wie traurige Mücken an einer düsteren Mauer.*

Anstatt am Schreibtisch zu sitzen, suchte ich die Nähe meiner Kinder, war bestrebt, Aktivitäten zu finden, die mich ihnen näherbrachten, was jedoch nicht einfach war. Ihr Studentenleben bot nicht besonders viel Raum oder Zeit für mich. Ich zerbrach mir den Kopf darüber, wie ich engeren Kontakt zu ihnen halten konnte und ob das von ihnen überhaupt gewünscht war.

Auch über meine Beziehung zu ihrer Mutter dachte ich viel nach. Unser Trennungsprozess war eigentlich einvernehmlich erfolgt. Die Kinder hatten das Haus verlassen. Wir saßen im leeren Nest und stellten auf einmal fest, dass außer der Erziehung der Kinder nicht viel Gemeinsames mehr vorhanden war. Unser Sexualleben war seit Jahren auf ein homöopathisches Maß geschrumpft. Ich hatte ein paar Affären gehabt und meine Frau, wie ich schließlich erfuhr, seit drei Jahren parallel eine Fernbeziehung zu einem verheirateten Mann in Köln, der sich scheiden lassen wollte, und es dann auch tat, als sie bereit war, mit ihm zusammenzuleben. Alles war wie in Zeitlupe unter örtlicher Betäubung geschehen. Die Trennung, die Absprachen, die Güterteilung.

Aber vermutlich war es doch nicht ganz so harmonisch verlaufen, wie ich mir das jetzt einredete, sondern eben nur stumm, verborgen, heimtückisch wie ein Krebs. Am Ende war drei plus eins übrig geblieben, nicht vier mal eins oder zwei plus zwei oder sonst ein Fließgleichgewicht zwischen den beteiligten Personen, mit dem ich hätte leben können. Nein. Da war eine Unwucht.

Ein Freund sagte damals, ich sollte mich nicht wundern. Früher sei man mit fünfzig gestorben, deshalb hätten sich diese Probleme statistisch seltener gestellt. Heute müsse man, wenn der einzig sinnvolle, nämlich fortpflanzungsbezogene Teil des Lebens vorüber sei, symbolisch sterben und sich dann für den Nachschlag etwas Neues ausdenken, um die verlängerte Lebenserwartung zu genießen oder auszuhalten, je nachdem, wie man das erlebe. Andere griffen da gleich zur Flasche. Oder zum Strick. Ich könnte ja wenigstens noch ein paar Bücher schreiben.

Aber ich konnte es eben nicht. Und ich wollte auch nicht herumreisen, mir eine Freundin suchen, ein Haus im Süden bauen oder sonst etwas, was mein Freund an Rezepten vorschlug, mit denen andere Leute sich behalfen. Vor allem hatte ich das Gefühl, dass seine Theorie falsch war. Die Frage stellte sich schon viel früher. Warum sollte Fortpflanzung irgendeinen Sinn stiften? Das habe er nicht gemeint, korrigierte er sich. Aber es lenke eben über große Zeiträume von der grundsätzlichen Sinnlosigkeit des Daseins ab.

»*Warum musizieren Sie?*«, hörte ich mich in der Erinnerung Camille fragen.
Gegen die Einsamkeit. Die Sinnlosigkeit. Für die Schönheit. Wozu sonst?

Im Herbst wurde die Hälfte der Entschädigungssumme gezahlt, die mein Anwalt mit Camilles Familie oder Trust ausgehandelt hatte. Ich bekam darüber eine Mitteilung, die außerdem sachlich und geschäftsmäßig darum bat, eine beigefügte Erklärung zu unterschreiben, womit ich sowohl den Trust als auch Madame Balzac von allen weiteren Verbindlichkeiten mir gegenüber freistellte. Sobald das Dokument unterschrieben und zurückgeschickt war, würde die zweite Tranche überwiesen und der Fall damit erledigt sein.

Ich unterschrieb, schickte das Formular zurück und bat in einem Begleitbrief um eine Post- oder E-Mail-Adresse, unter der ich Camille Balzac erreichen könnte. Der Brief blieb ohne Antwort. Die zweite Tranche wurde überwiesen. Ich bat erneut um eine Kontaktadresse und erhielt diesmal die Antwort, Auskünfte dieser Art könnten leider nicht erteilt werden. Eine dritte und letzte Anfrage war dementsprechend fruchtlos.

Es war diese Mischung aus Korrektheit und Schmähung, die mich irritierte. Glaubte sie wirklich, damit alles beglichen zu haben? War sie mir sonst nichts schuldig? Tatsächlich hatte ich in der ersten Zeit zwar ungeduldig auf Nachricht von Edouard gewartet, aber der Gedanken, sie wiederzusehen, löste widerstreitende Gefühle in mir aus. Es war mir unheimlich, dass sie über Jahre eine Begegnung mit mir gesucht hatte. Gleichzeitig empfand ich bei der Vorstellung etwas Beglückendes, Außergewöhnliches und das abrupte Verschwinden dieser Zuwendung als niederschmetternd. Wie sehr die Begegnung mit ihr zunächst meine Fantasie beflügelt hatte, nur um mir am Ende jede

Fabulierlust zu vergällen, brauche ich nicht weiter auszuführen. Und dazu kam noch der bittersüße Nachgeschmack der intimen Momente mit ihr, die mich nicht weniger überfordert hatten als alles andere.

Irgendwann jedoch wurde die fixe Idee, sie mindestens noch einmal wiederzusehen, sie zur Rede zu stellen und einen Strich unter diese Geschichte zu ziehen, immer stärker und nahm gegen Jahresende zwanghafte Züge an. Ich konnte nicht ewig in dieser Lähmung verbleiben. Ich hatte damals, als ich gehen wollte, eine Entscheidung getroffen, die sie zu verhindern versucht hatte. Und im Grunde war es ihr gelungen. Ich dachte ständig an sie, fühlte mich schuldig, obwohl ich eigentlich nichts getan hatte, wagte nicht einmal, jemanden einzuweihen. Ich dachte an meine Kinder, meine Familie, die es im Grunde nicht mehr gab, versuchte zu begreifen, wie das alles gekommen war und vor allem, warum mir plötzlich alles so fragwürdig erschien. Es war doch alles in Ordnung. Meine Frau hatte einen anderen Mann gefunden. Meine Kinder lebten ihr Leben. Wir verkehrten respektvoll und liebevoll miteinander. Liebevoll?

Was für eine Liebesgeschichte war das, die kein Roman wurde?

Was war nur mit mir los? Warum erschien mir plötzlich alles falsch, verbogen, verlogen. Eine vielleicht psychisch kranke Frau hatte mich verfolgt, verführt und schließlich schwer verletzt, weil ich ihre Gefühle nicht gemäß ihren Vorstellungen erwidert hatte. Das war alles. Warum machte ich daraus so eine große Geschichte? Weil ich das Gefühl hatte, dass das Schicksal mir einen Wink geben wollte, mich gewogen und zu leicht befunden und mit einer Ohrfeige wieder davongeschickt hatte?

Ich führte Selbstgespräche mit ihr, legte meinen Standpunkt dar und zerpflückte ihren – oder was ich dafür hielt.

Was für ein Recht hatte sie gehabt, mich derart zu locken, zu täuschen, zu bedrängen? Ich sollte froh sein, keine schlimmeren Blessuren davongetragen zu haben, und mich nicht nach ihr sehnen! So verging fast ein Jahr. In regelmäßigen Abständen kontaktierte ich Edouard Balzac und bat um Nachricht, wie ich Camille erreichen könnte. Und ebenso regelmäßig kam seine immer gleiche Antwort. »Sorry. Not possible.«

Ich hörte nichts von ihr. Dann, im Januar, bei einer meiner sporadischen Suchen nach ihr im Internet, tauchte ihr Name plötzlich auf. Im Zusammenhang mit einer Konzertreihe. In Ascona.

29. KAPITEL

Paris schimmerte eisig unter dem glasigen Licht einer schwachen Februarsonne, als ich wieder vor ihrem Haus in der Rue Paul Albert stand. Im Briefkastenschlitz steckte Werbung. Ich wusste, sie war nicht hier, aber ich musste die Spur hier wieder aufnehmen, um eine letzte Frage zu klären, bevor ich versuchen würde, sie noch einmal zu sehen. Ich hatte einen Wagen gemietet und fuhr die gleiche Strecke, die wir damals genommen hatten. Ohne Probleme gelangte ich bis zu dem Restaurant in Vernon, wo wir zu Abend gegessen hatten. Danach begann eine Irrfahrt. Ich brauchte fast eine Stunde, bis ich endlich die richtige Abzweigung und die Zufahrt zu der Jagdhütte wiederfand. Am Ende des Waldweges erwartete mich ein Bild wie aus einem bösen Traum. Ein Bagger stand dort. Das Dach der Hütte war bereits abgetragen worden. Die Mauern standen noch, aber ich fuhr nicht näher heran und stieg auch nicht aus. Ich legte den Rückwärtsgang ein, wendete und fuhr nach Paris zurück, einen Rocksender auf höchste Lautstärke gedreht.

Ich gab den Mietwagen ab, ging ins Hotel, zog mich um und machte mich auf den Weg ins sechzehnte Arrondissement. *Les Trois Roses* befand sich im Hintergebäude eines imposanten haussmannschen Wohnhauses in der Avenue Foch. Ein Emblem mit drei Rosen war auf einer Messingtafel neben dem Hauseingang unter dem kursiv geprägten Namen eingraviert. Darunter stand nur: *Club Privé.* Auf der äußerst diskreten Webseite hatte ich neben der Adresse und den Öffnungszeiten nicht viele Informationen finden können. Als ich heute Morgen kurz dort gewesen war, um mich zu versichern, dass das Etablissement überhaupt noch existierte, war das Portal geöffnet gewesen. In einem begrünten Innenhof parkten ein paar Wagen. Im Vorderhaus und den Seitenflügeln gab es vor allem Büros. Notare, Anwälte, eine Finanzgruppe, wie man dem Stummen Portier entnehmen konnte. *Les Trois Roses* befand sich im letzten Stock des Quergebäudes, über den Büros einer Versicherungsgesellschaft.

Jetzt, gegen zweiundzwanzig Uhr, war das Portal geschlossen. Ich betätigte den Klingelknopf unter dem Emblem auf dem Messingschild und wartete. Gab es irgendwo eine Kamera? Musste man Mitglied sein? Nach fast einer Minute ertönte ein leises Klicken. Ich drückte gegen den schweren Flügel des Portals, der widerstrebend zurückschwang.

Als ich vor der Tür im obersten Stock angekommen war, hörte ich dezente Musik. Ich klingelte. Ein Mann im Smoking öffnete mir. Er war sicher unter dreißig, gut aussehend, dunkle Haare und Augen, die mich freundlich musterten.

»Sie sind Mitglied, Monsieur?«

»Nein«, sagte ich.

»Das erste Mal bei uns?«

»Ja.«

»Dann bitte ich Sie, mir zu folgen.«

Er ging voran. Im Vorbeigehen erhaschte ich einen Blick in eine Bar, an der Männer in dunklen Bademänteln auf Barhockern saßen und sich mit so gut wie unbekleideten Frauen unterhielten, die neben oder zwischen ihnen standen. Der Eindruck eines urologischen Untersuchungszentrums, den ein ähnliches Etablissement in Deutschland bei mir ausgelöst hatte, stellte sich diesmal nicht ein. Aber es herrschte die übliche Tristesse dieser Art Clubs, die völlige Entzauberung, der mit allen Mitteln entgegengearbeitet wurde: gedämpftes Licht, leise Musik, Duftkerzen, roter Plüsch und Cocktails. Immerhin waren die Bademäntel hier dunkelrot oder schwarz, und statt Gummilatschen, die man später nach Verlassen der Dusche in einen Desinfektionstrog versenken musste, trugen die Gäste geschmackvolle Flip-Flops aus Bast, die vermutlich nach Gebrauch weggeworfen wurden.

Wir gingen einen Flur entlang. An einer geöffneten Tür blieb er stehen und bedeutete mir, ein kleines Büro zu betreten. Ich setzte mich und wartete. Nach wenigen Minuten erschien eine ältere Dame, schloss die Tür und nahm mir gegenüber am Schreibtisch Platz.

»Willkommen. Sie möchten einen Abend bei uns verbringen?«

Ich bejahte.

»Die Clubgebühr beträgt 250 Euro. Dafür können Sie alles benutzen, also Sauna, Spa, die Themenräume selbstverständlich auch. Zwei Getränke sind inbegriffen. Die Damen sind selbstständig, und eventuelle Dienstleistungen verhandeln Sie bitte direkt mit ihnen. Möchten Sie bar bezahlen oder per Kreditkarte?«

Ich reichte ihr meine Karte.

»Mein Kollege zeigt Ihnen die Umkleide. Hier ist der Schlüssel für Ihr Wertfach.«

Der junge Mann im Smoking erschien wieder, reichte mir Bademantel, Handtuch sowie ein paar dieser Flip-Flops und wies mir den Weg zu einer Milchglastür. Die Umkleide unterschied sich nicht von der eines Sportstudios, mit Ausnahme der dezenten Beleuchtung, dem Geruch nach Duftkerzen, die in Mauernischen brannten, und der asiatischen Meditationsmusik, die aus Deckenlautsprechern tröpfelte. Ich zog mich aus, duschte, schlüpfte in den Bademantel und machte mich auf den Weg durch das Etablissement.

Im Hauptraum, in den ich im Vorbeigehen schon einen Blick geworfen hatte, gab es neben der Bar auch Sitzgruppen, wo unbekleidete junge Frauen auf Kundschaft warteten. Sie musterten mich, manche lächelten mir zu. Ein Mann mit nassen Haaren ging an mir vorbei. Ich fragte ihn nach dem Weg zum Spa. Die Anlage war beeindruckend. Der Pool war auf einer ausgebauten Dachterrasse errichtet worden. Durch die Fenster, die bis zum Boden reichten, sah man die schimmernde Skyline von Paris. Weder die Sauna noch das Dampfbad waren besetzt. Ein Pärchen vergnügte sich im Pool. Wie aus dem Nichts stand plötzlich eine junge Afrikanerin neben mir und fragte, ob ich Lust hätte, mit ihr ein wenig zu schwimmen? Ob ich das erste Mal hier wäre? Sie ergriff meine Hand und zog mich zu einem der Sofas. Sie heiße Jasmina und sei aus Dakar. Und ich? Ich erfand einen Vornamen. Ob ich vielleicht Lust auf eine Massage hätte? So könnte ich mich erst einmal ein wenig entspannen. Wir könnten in eines der Themenzimmer gehen. Ob ich irgendwelche Vorlieben hätte? Ich fragte, was für Themen es denn gäbe. Sie lachte. Sie war wunderschön mit ihren blendend weißen Zähnen, einem fein geschnittenen Gesicht, hohen Wangenknochen, einer kerzengeraden, aufrechten Haltung wie bei einer Tänzerin. Ich fragte sie, was sie sonst so im Leben mache, und versuchte dabei, darüber hinwegzusehen, dass sie bis auf die hochhackigen Schuhe und ein schmales Handtuch, das sie um ihre Hüfte gelegt hatte, völlig nackt war. Sie studiere Politikwissenschaften, sagte sie, erhob sich, griff erneut nach meiner Hand und zog mich hinter sich her. Wir betraten einen Flur. Jasmina öffnete die zweite Tür. Zwei antike Säulen säumten ein Bett. Ein Wandfoto sollte wohl suggerieren, man befände sich in einer römischen oder griechischen Therme. Plastikefeu hing von den Säulen herunter. Ich schüttelte den Kopf. Wir gingen weiter. Beim nächsten Raum musste ich lachen. Autoreifen lehnten an der Wand. Ein Motorrad mit einem extrem breiten Sitz stand ebenfalls da. Von einer Seilwinde hing eine Kette mit Gelenkgürtelschnallen für Fesselspiele herunter. Der Bettbezug war eine US-amerikanische Flagge. Ich gab Jasmina zu verstehen, dass auch diese Autowerkstatt nicht ganz meinen Vorlieben entsprach, was auch für die nächsten beiden erotischen Gruselkabinette galt: eine Steinzeithöhle und ein Arztzimmer mit Gynäkologiestuhl. »Es ist nur noch eines frei«, sagte sie bekümmert. »Sonst müssen wir warten.«

Die Tür öffnete sich. Ich starrte auf das riesige Bild an der Stirnwand. Camille schaute mich an. Ich spürte Jasminas Blick auf mir.

»Wer hat das gemacht?«, fragte ich.

»Ich weiß nicht. Warum?«

»Wie lange ist es schon hier?«

Sie zuckte mit den Schultern. »Ich weiß nicht. Sollen wir?«

»Wie lange arbeitest du schon in diesem Club?«

»Etwas länger als ein Jahr. Warum?«

»Und dieses Wandbild war schon immer da?«

Sie zuckte mit den Schultern. »Ja.«

»Was kostet eine Massage?«

»Nur Massage? Oder mehr?«

»Nur Massage.«

»Zweihundert.«

»Okay. Komm.«

Ich zog sie von der Tür weg in Richtung Umkleide.

»Nein, nein«, protestierte sie. »Sie können danach bezahlen.«

Ich ging weiter bis zu den Wertfächern, öffnete meines und gab ihr das Geld. »Hier. Für die Besichtigung. Danke.«

Sie schaute mich verständnislos an, schüttelte den Kopf und ging ohne ein weiteres Wort.

Ich kehrte zu dem kleinen Büro zurück. Nachdem ich ein paar Minuten dort gesessen hatte, tauchte die Dame auf, die mich eingewiesen hatte.

»Ist etwas nicht in Ordnung?«, erkundigte sie sich.

»Das Louvre-Zimmer«, sagte ich und ahmte die Brustgriffgeste nach, als sie nicht sofort verstand.

»Ah«, sagte sie. »Das lesbische Paar. Was ist damit?«

»Haben Sie dieses Motiv in Auftrag gegeben? Oder wer kümmert sich um die Gestaltung der Räume?«

»Warum möchten Sie das wissen?«, gab sie mit einem Anflug von Argwohn zurück.

»Ich würde gern einen Abzug des Fotos kaufen. Wissen Sie, wer es gemacht hat?«

Sie musterte mich jetzt mit unverhohlenem Misstrauen. Aber offenbar fiel ihr kein guter Grund ein, meine Bitte abzulehnen. »Ich werde nachsehen, ob ich noch Unterlagen finde. Amüsieren Sie sich. Ich sage Ihnen dann Bescheid.«

Ich setzte mich an die Bar und wartete. Ich sah Jasmina mit einem jungen Mann verschwinden. Sie lächelte mir zu. Eine Nicky und eine Dorothee wollten nacheinander von mir wissen, wie ich heiße, woher ich komme, und ob ich vielleicht Lust auf Entspannung hätte. Ich sagte, ich sei schon entspannt, vielleicht später. Die Frauen waren sehr freundlich, überhaupt nicht aufdringlich, durchweg bildschön. Alles war zugleich klar und ein großes Rätsel. Ich trank einen Wodka Orange, bestellte dann noch einen. Der junge Mann im Smoking erschien irgendwann und teilte mir mit, man habe leider keine Unterlagen mehr darüber, wer das Motiv im Renaissancezimmer fotografiert hatte.

Ich ging in das kleine Büro zurück. Die Empfangsdame saß wieder an ihrem Platz und schüttelte mit Bedauern den Kopf.

»Eine der beiden Frauen hat das Zimmer gestaltet«, erklärte sie nach einer kurzen Pause. »Sie hat hier gearbeitet. Ich glaube, sie hat damals auch den Fotografen besorgt.«

»Welche der Frauen hat hier gearbeitet?«

»Welche? Das ist eine komische Frage. Beide natürlich. Aber Angela hatte die Idee. Die Frau auf der linken Seite.«

»Angela«, wiederholte ich tonlos. »Sie hat das Foto gemacht?«

»Nein. Wie ich schon sagte. Es war ein professioneller Fotograf. Angela schlug das Motiv vor. Sie haben das Foto hier geschossen. Das weiß ich noch.«

»Und die Frauen auf dem Foto arbeiten beide nicht mehr hier?«

Jetzt lächelte sie fast mitleidig.

»Mein Herr, unsere Damen sind alle unter fünfundzwanzig. Das Foto ist mindestens zehn Jahre alt. Die beiden sind bestimmt längst verheiratet und machen Hausaufgaben mit ihren Kindern.«

30. KAPITEL

Als ich meinen Erstling schrieb, gab es noch kein Internet. Die Suche nach den historischen Quellen hatte Jahre in Anspruch genommen. Bis ich mühselig recherchiertes Bildmaterial tatsächlich in den Händen hielt, konnten Monate vergehen, wenn ein Buch oder eine alte Kunstzeitschrift über die umständliche Fernleihe aus Paris oder London herbeigeschafft werden musste. Wissenschaftliche Bibliotheken sammelten außerdem nur Veröffentlichungen, die bestimmten Qualitätskriterien entsprachen.

Was für eine alles umwälzende Fortentwicklung war im Kontrast dazu das Internet! Jeder Vergleich mit anderen Technologien schien untertrieben. Von meinem Hotelzimmer in Paris aus konnte ich nicht nur in Echtzeit weltweit die Bilddatenbanken von Bibliotheken, Museen und wissenschaftlichen Archiven durchforsten; ich erhielt sogar Zutritt zu Privatwohnungen, zu kleinen Galerien, Kneipen, Arztpraxen, Hotellobbys – schlechterdings zu jedem Ort, wo ein Bild oder Foto hing, das irgendein Mensch jemals fotografiert und ins Netz gestellt hatte. Nichts blieb verborgen. Suchalgorithmen beschnupperten alles, fraßen sich durch jedes Bild, zerlegten es in alle denkbaren Bedeutungselemente und Sinnbezüge und machten sie dem digitalen Weltkörper verfügbar, so wie ein Magen Stärke- und Eiweißketten spaltet, um Körperzellen zu füttern.

Die »Damen im Bade« waren überall. Hundertfach kopiert, zitiert, verfremdet, nachgestellt oder in sonst einer Weise bearbeitet, erschienen sie auf meinem Bildschirm. Es wäre interessant gewesen herauszufinden, welches Gemälde mehr künstlerische Nachkommen gezeugt hatte: Leonardos Mona Lisa oder das anonyme Louvre-Porträt. Nur das Foto, auf dem Camille sich für ein Bordell als Henriette d'Entragues hatte fotografieren lassen, existierte nicht im Netz. Und selbst wenn ich den Fotografen oder die Fotografin ausfindig gemacht hätte – was hätte ich dann tun sollen? Ihn oder sie nach dem Kontext der Entstehung dieser Aufnahme fragen? Wenn überhaupt, dann wollte ich es von ihr selbst erfahren.

Ich nahm den Zug nach Mailand, mietete einen Wagen und fuhr bis Stresa, wo ich übernachtete. Am nächsten Morgen besichtigte ich den Palazzo Borromeo auf der Isola Bella und am Nachmittag die Villa Taranto, die auf dem Weg nach Cannobio lag, wo ich zwei Nächte in der Villa Maria gebucht hatte. Es war früher Abend, als ich in Cannobio eintraf. Das verschlafene Städtchen präsentierte sich wie ausgestorben unter einem grauen Himmel an einem bleifarbenen Lago Maggiore.

Ich parkte den Mietwagen am Ortseingang auf einem so gut wie leeren öffentlichen Parkplatz. Bis zur jahreszeitlich und wetterbedingt so gut wie menschenleeren Hafenpromenade waren es nur ein paar Schritte. Das Hotel befand sich in einer traumhaften Lage, und ich hatte einfach nicht widerstehen können. In Wirklichkeit war es sogar noch schöner als auf den Bildern, schmiegte sich am Ende der Promenade an den See, den man immer im Blick behielt: in den Zimmern, auf der Terrasse, im Restaurant, im Garten. Ich meldete mich an und schlenderte dann den Lungolago entlang. An der Mole, wo die Boote nach Ascona ablegten, überraschte mich ein Wolkenbruch, und ich flüchtete in eine Bar. Ein paar Männer saßen da, die meisten mit der *Gazzetta dello Sport* vor sich auf dem Tisch. Aus einem Fernseher an der Wand wurden lautstark italienische Nachrichten übertragen, die niemand beachtete.

Ich hätte etwas essen sollen, trank aber nur ein Glas Weißwein, um meine Befangenheit und Nervosität ein wenig zu dämpfen. Doch meine Beklemmung blieb. Wie würde sie reagieren, wenn ich einfach in diesem Konzert auftauchte? Hätte ich Edouard bitten sollen, sie zu informieren? Aber dann hätte sie es mir möglicherweise untersagt oder mich gebeten, sie auf keinen Fall aufzusuchen. Wäre sie überhaupt dazu bereit, mit mir zu sprechen? Ich versuchte, mir vorzustellen, wie sie heute aussehen mochte. Von allen Erinnerungen, die ich an sie hatte, war die erste nun wieder die eindrücklichste geworden, der Abend im Manoir, als sie mich in diesem aus der Zeit gefallenen Landhaus empfing.

Es hörte endlich auf zu regnen. Ich ging ins Hotel zurück, duschte und rasierte mich, zog einen Anzug an und machte mich auf den Weg. Die Fahrt nach Ascona nahm kaum eine halbe Stunde in Anspruch. An der Schweizer Grenze wurde ich ohne Kontrolle durchgewunken. Ich passierte Brissago und die Abzweigung nach Ronco, fand in Ascona ohne Probleme einen Parkplatz am Lungolago und hatte sogar noch Zeit für einen Spaziergang am Ufer, bevor ich den kurzen Weg zum Konzertsaal hinter mich brachte.

Das Konzert fand in der Kapelle des Collegio Papio statt, einer klosterähnlichen Anlage aus dem sechzehnten Jahrhundert. Das Publikum stand noch im Kreuzgang und Mittelhof zusammen, Paare oder kleine Grüppchen tranken Prosecco, der im Eintrittspreis inbegriffen war. Ich holte mir ebenfalls ein Glas und studierte, umgeben von Fremden, das Programm, denn was hätte ich sonst tun sollen. Mit dem G-Dur-Trio von Debussy würde der Abend eröffnen, nach der Pause das Dumky-Trio von Dvořák nachfolgen. Ich überflog die Kurzbiografien der Musiker. Dem, wie sich jetzt herausstellte, franko-koreanischen Pianisten war ich ja schon flüchtig begegnet, bevor wir damals zu unserem Wochenende in der Jagdhütte aufgebrochen waren. Die blutjunge Cellistin kam aus England. Camilles Foto war ein kleiner Schock. Sie trug die Haare sehr kurz. Im ersten Moment sah es fast so aus, als habe sie eine Strahlentherapie hinter sich. Aber das konnte wohl nicht sein. Oder doch? Hatte sie Monate im Krankenhaus verbracht und spielte erst jetzt wieder? War deshalb jeder Kontakt zu ihr unmöglich gewesen? Ich überflog ihre Biografie, die nichts enthielt, was ich nicht schon wusste. Ihr Name war unvollständig angegeben. Camille Balzac, sonst nichts.

Ich begab mich als einer der Ersten in die Kapelle und suchte mir einen Platz, von dem aus ich einen guten Blick zur Bühne hatte, selbst im Publikum jedoch kaum auffallen dürfte. Der Saal füllte sich. Eine ältere Dame ließ sich neben mir nieder und hüllte mich vorübergehend in ihre intensive Parfümwolke ein. Kurz bevor die Saalbeleuchtung erlosch, schlängelte sich ein junger Mann mit Brille auf den Stuhl zu meiner Linken und öffnete eine Mappe auf seinem Schoß, die eine Partitur enthielt. Dann erschien das Trio. Mein Atem stockte, als ich sie sah. Scheu und zugleich selbstbewusst, mit dieser ihr so eigenen Mischung, die ich nie wieder in jemandem angetroffen habe, verbeugte sie sich mit den beiden anderen zum sofort aufbrausenden Beifall. Ihr Blick, sichtlich geblendet von Scheinwerfern, schweifte kurz durch den Saal. Dann saß sie auch schon, griff den Kammerton auf, den der Pianist vorgab, stimmte im Wechselspiel mit der Cellistin ihr Instrument und wartete dann, scheinbar gedankenversunken oder sich sammelnd, auf ihre junge Kollegin, die etwas länger brauchte.

Ich nahm den Blick bis zum Finale nicht mehr von ihr. Recht besehen hätte sie es irgendwann spüren müssen. Die

Musik ging an mir vorbei. Ich konnte Debussy nirgendwo darin entdecken. Nichts von dem, was ich mit seinem Namen verband, kam darin vor. Ein Jugendstück, wie ich in der Pause las. Er hatte es mit achtzehn Jahren geschrieben, was vielleicht bemerkenswert war, aber nicht so bemerkenswert wie der Abstand zu dem, was er später komponiert hatte.

Ich verbrachte die Pause im Innenhof derart nervös, als müsste ich danach selbst auftreten. Der Weg hinter die Bühne führte durch einen Torbogen, den niemand bewachte. Aber natürlich war es ausgeschlossen, sie in der Pause anzusprechen. Den zweiten Teil des Konzerts durchlitt ich nur noch. Das Dumky kannte ich. Es bot keine Überraschungen in seinem Wechselspiel aus dunklem Klagegesang und punktuellem Aufbegehren, entsprach dafür jedoch absolut meinem Gemütszustand. Camille spielte wundervoll, weich und präzise. Wie damals wechselte sie bisweilen komplizenhafte Blicke mit dem Pianisten und jetzt auch mit der Cellistin, sodass dort vorne mit der Zeit der Eindruck eines sechsarmigen, dreiköpfigen Wesens entstand, das gar nicht anders konnte, als diese Musik hervorzubringen. Dann war auch das Dumky zu Ende. Der Applaus brandete auf, das Trio verbeugte sich wiederholt, verschwand von der Bühne, erschien wieder, um weiteres begeistertes Klatschen und Bravorufe entgegenzunehmen, entfernte sich erneut, kam ein drittes, viertes und sogar fünftes Mal auf die Bühne. In den Applaus, der sich bisher selbstsicher und hoffnungsvoll gebärdet hatte, dass es eine Zugabe geben würde, schlichen sich erste Zweifel und Unsicherheiten. Die Hände klatschten weniger energisch aufeinander, eine leicht resignierte Note begann über dem Beifall zu schweben. Hier und da regte sich noch Widerstand, versuchten Einzelne, durch Rufe und besonders lautes Klatschen die Situation noch einmal herumzureißen, doch plötzlich hatte das Publikum offenbar eingesehen, dass Schluss war, dass das sechsarmige, dreiköpfige Zauberwesen nicht zurückkommen würde.

Erneut fand ich mich im Innenhof wieder. Die meisten Besucher strebten direkt zum Ausgang, nur ein kleiner Teil blieb zurück, verweilte noch etwas, aus welchem Grund auch immer. Ich näherte mich dem Torbogen. Aus dem Augenwinkel konnte ich durch die weit offen stehenden Türen zur Kapelle die verwaiste Bühne sehen, wo soeben zwei Techniker erschienen und mit Aufräumarbeiten begannen. Ich ging weiter und unter dem Torbogen hindurch. Im Halbdunkel war in geringer Entfernung ein hohes Portal zu sehen und linker Hand eine Stufe zu einer Tür, die nur angelehnt war und aus der ein schwacher Lichtschein in die Einfahrt fiel. Jetzt sah ich auch einen Cellokoffer, der neben der Tür lehnte. Ich blieb stehen und wartete. Hinter mir hörte ich Lachen und italienische Gesprächsfetzen. Aber der Innenhof leerte sich zunehmend, und bald wäre ich hier der letzte noch verbleibende Zuhörer. Ein Mann ging an mir vorbei und auf das Portal zu. Das knirschende Geräusch von auf Stein schabendem Metall ertönte, und die beiden großen Flügel schwangen auf. Ich sah einen Kleinbus, der dort mit geöffneter Seitentür und laufendem Motor wartete. Der Mann nahm den Cellokoffer und trug das Instrument nach draußen. Im gleichen Moment traten jetzt mehrere Personen aus der Seitentür. Die Lichtverhältnisse waren zu schlecht, als dass ich ihre Gesichter hätte erkennen können, aber Camilles Gestalt hätte ich unter Hunderten bei geringstem Licht allein an ihrer distinguierten Haltung immer erkannt.

»Camille!«, rief ich einfach.

Die drei Personen hielten inne und drehten sich nach mir um. Ich ging ein paar Schritte auf sie zu. Camille löste sich aus der Gruppe. Ich hörte, dass sie leise etwas zu den anderen sagte, und blieb in respektvollem Abstand stehen. Ich weiß nicht, was man von mir in der schlecht erleuchteten Einfahrt sehen konnte. Aber Camille hatte offenbar meine Stimme erkannt. Die anderen beiden Musiker setzten ihren Weg zu dem Kleinbus fort. Camille kam auf mich zu.

Wir standen einen langen Augenblick wortlos voreinander. Dann sagte sie nur: »Bonsoir.«

»Bonsoir, Camille«, erwiderte ich.

»Vous allez bien?«

»Ja. Danke. Es geht mir gut.«

Sie siezte mich? Ich deutete auf den Kleinbus. »Müssen Sie gleich weg? Oder hätten Sie vielleicht Zeit für ein Gespräch?«

»Worüber?«

»Über Les Trois Roses zum Beispiel«, antwortete ich nach kurzem Zögern.

»Ach, das.« Sie schüttelte lächelnd den Kopf, als handle es sich um einen lange zurückliegenden Kinderstreich. Dann wurde sie wieder ernst und fragte: »Wie geht es Ihrem Auge?«

»Sie reisen morgen weiter?«, erwiderte ich, ohne auf die Frage einzugehen.

Sie schüttelte stumm den Kopf. Die Hecktür des Kleinbusses wurde mit einem vernehmlichen Geräusch zugeschlagen.

»Wo sind Sie untergebracht?«, fragte sie.

»In Cannobio«, antwortete ich. »In der Villa Maria.«

Eine weitere Autotür schloss sich geräuschvoll.

»Morgen Mittag?«, schlug sie vor. »Dreizehn Uhr?«

Dann drehte sie sich um, ging zum Wagen und stieg ein.

31. KAPITEL

Ihr Gesicht strahlte Ruhe und Gefasstheit aus. Sie wirkte schmaler, fragiler, hatte mit Sicherheit Gewicht verloren. Ich erkannte wieder, was ich an ihr so attraktiv gefunden hatte – aber etwas anderes war stärker: eine Fremdheit, Entrücktheit, der Eindruck einer unüberbrückbaren Distanz oder Kluft.

»Sie sind auf gut Glück gekommen?«, erkundigte sie sich, nachdem wir im Hotelrestaurant Platz genommen hatten. »Die weite Strecke aus Berlin? Oder waren Sie zufällig hier in der Gegend?«

»Willst du wirklich zum Sie zurückkehren?«, fragte ich.

»Es wäre richtiger, denke ich. Oder vielleicht nicht? Nach allem … Aber wenn es dir unangenehm ist …«

Der Kellner erschien und erkundigte sich nach unseren Wünschen zum Aperitif.

»Ich brauche dir nicht zu sagen, wie sehr ich bedaure, was geschehen ist?«, setzte sie an, nachdem der Mann wieder verschwunden war.

»Nein«, erwiderte ich. »Es war ein Unfall. Aber hättest du nicht vielleicht noch warten können, bis ich aus dem Krankenhaus zurück war?«

Sie senkte die Augen. Der Kellner kam zurück, stellte eine Flasche Wasser zwischen uns ab und begann aufzuzählen, was die Küche heute Besonderes zu bieten hatte. Wir hatten beide überhaupt keinen Hunger. Der Form halber bestellte ich zwei Vichyssoise, über deren geringes Serviervolumen ich Bescheid wusste.

»Ich konnte dir unmöglich gegenübertreten. Du hast mit Edouard gesprochen?«

»Ja.«

»Und? Hat er dir alles über mich erzählt? Über seine durchgeknallte Schwester?«

»Hat er.«

Weitere Gäste trafen ein, und es wurde lauter um uns herum, was mir nur recht war. Wir sprachen zwar Französisch, während rundherum vor allem Deutsch und Italienisch zu hören war, aber der Gesprächslärm verschaffte eine zusätzliche Privatsphäre.

»Könntest du mir nicht wenigstens erzählen, was du danach gemacht hast. Wohin bist du verschwunden?«

»Ich war vorübergehend in Behandlung«, antwortete sie, »bekam sehr gute Medikamente. Man kann das Gemüt recht gut chemisch kalibrieren. Weißt du, wie viele Menschen heute nur mit solchen Medikamenten existieren können? Oder damit?« Sie deutete auf eine Weinflasche am Nebentisch.

»Wo war das?«

»In Schottland. Edinburgh. Wo ich damals schon war, nach meiner letzten Attacke dieser Art, als ich mein Kind umgebracht habe.«

Ich ließ den ungeheuerlichen Satz einfach so stehen. Was sollte ich dazu sagen? Mein fassungsloser Gesichtsausdruck reichte wohl auch so aus.

»Edouard hat es dir doch erzählt, nicht wahr?«

Ich nickte erst, wie so oft um Worte verlegen, erwiderte dann aber: »Wie kannst du so etwas sagen? Auch das war doch ein Unfall!«

»Ah.« Sie verzog den Mund ein wenig. »Unfall oder Vorsatz? Zufall oder Schicksal? Unser Lieblingsthema, nicht wahr?«

Ich schaute mich unwillkürlich um, ob uns womöglich doch jemand hören konnte. Aber niemand kümmerte sich um uns. Die anderen Gäste waren mit sich beschäftigt, unterhielten sich lebhaft oder ermahnten ihre unruhigen Kinder. Camille schaute auf den See hinaus, spielte mit ihrem halb vollen Wasserglas. Die kurzen Haare brachten den faszinierenden Grundwiderspruch in ihrem Wesen noch mehr zur Geltung, dieses illusionslos Abgeklärte und zugleich verführerisch Jugendhafte.

»Meine Eltern haben sich getrennt, als ich acht war«, fuhr sie fort. »Ich kam auf ein Musikinternat. Später zog ich dann zu meiner Mutter, nach London, sollte Geige studieren. Ich lernte Geoffrey kennen. Er war kein schlechter Mensch, ein ganz gewöhnlicher Mann, allerdings ein sehr guter Musiker und ein Verführer. Er hatte keinerlei Substanz. Es war nicht sein Fehler. Höchstens, dass er überhaupt nicht begriff, wer ich war. Wobei ich ihm das auch nicht verdenken kann. Auch dir kann ich es nicht verdenken. Du hast es ja ebenso wenig wissen können. Wer sollte auf die Idee kommen, dass jemand wie ich existiert, nicht wahr?«

Ich sagte nichts, wartete.

»Er bildete sich ein, Gefühle für mich zu haben. Ich war viel zu jung, um zu wissen, wie bei Männern Gefühle entstehen. Da er Musiker war und viele romantische Lieder und Gedichte kannte, verwirrte er mich. Er redete und sang von Liebe, Leidenschaft, Seelenverwandtschaft und dergleichen mehr. Ich konnte mir gar nicht vorstellen, dass er damit etwas ganz anderes meinte, als ich zu hören glaubte. Da ich ihm sehr lang widerstand, steigerte er sich immer mehr in die Illusion hinein, ich sei seine große Liebe. Woher sollte ich wissen, aus welcher Kloake sich seine Engelsgesänge speisten?«

Ich zuckte ein wenig zusammen bei diesem Wort. Sie hielt inne, schaute mich an, als wollte sie mir Zeit geben, den Satz zu verdauen.

»Schockiert dich das Wort?«

»Ein wenig schon.«

»Nun, ich kann im männlichen Geschlechtstrieb leider nichts anderes als einen biologischen Automatismus erkennen, organische Gärung, die sich entladen muss. Das nimmt durchaus Formen an, die man als Gefühle oder Empfindungen missdeuten kann. Aber ich glaube, es sind nur Zufallsprodukte, Nebenerscheinungen. So wie ein Misthaufen neben Gestank und Zersetzung eben auch immer etwas Wärme abstrahlt. Ich wurde schwanger. Geoffrey war wie aus dem Häuschen. Er wollte mich heiraten. Wie gesagt, ich war unwissend und naiv. Doch ganz tief in mir muss ich auch damals schon etwas von dem gespürt haben, was mich ausmacht. Denn im Garten meiner Mutter, an einem herrlichen Sommertag sagte ich ihm, dass ich bereit wäre, alles für ihn zu sein, alles mit ihm zu teilen. Ich breitete mein Herz und meine Seele vor ihm aus. Ich schilderte ihm, was die Trennung meiner Eltern in mir angerichtet hatte, dass ich seither das Gefühl hatte, Stacheldraht verschluckt zu haben. Ich flehte ihn an, aufrichtig und ehrlich zu mir zu sein. Ich gestand ihm, dass ich keine moderne Frau sein und niemals werden wolle, dass das meiste, was ich von dieser Welt kannte und bisher erfahren hatte, mir nur Ekel und Abscheu einflößte. Dann bot ich ihm an, abzutreiben.«

Meine entsetzte Miene ließ sie innehalten.

»Genau so hat er mich damals angeschaut«, fuhr sie dann fort. »Ich habe ihm erklärt, dass es in diesem frühen Stadium noch keine große Sache für mich, mir das Kind im Augenblick noch völlig gleichgültig sei. Ich spürte es tatsächlich auch noch gar nicht als Frucht irgendeiner Liebe, nicht einmal als Übelkeit oder Zauber. Es könnte unser größtes Glück werden, aber nur solange ich sicher sein konnte, dass mit ihm auch eine neue Welt beginnen würde, unsere eigene Welt, eine ewige, unzerstörbare Einheit. Ob er mir dieses Versprechen wirklich, wahrhaftig und aus vollem Herzen geben könne? Ob er wirklich mein Mann sein wolle, im gleichen, umfassendsten Sinne wie ich seine Frau? Absolut und bis zum letzten Atemzug wir! Du hast ja selbst einmal diese Frage gestellt bekommen und beantwortet, nicht wahr?«

Ich antwortete nicht. Die Frage war zu unangenehm.

»Wir haben in Saint-Maur geheiratet«, sprach sie weiter, »im Manoir. Dann zogen wir nach Paris. Er betrog mich, noch bevor Julien geboren war. Er betrog mich zwei Tage nach der Niederkunft. Ich weiß nicht, was er alles trieb, wenn er spät von Proben nach Hause kam. Ich bemerkte es damals nicht. Und als ich es hätte bemerken müssen, glaubte ich es nicht. Es konnte nicht sein. Er hatte alles entweiht. Er hatte in meine Augen geblickt, ich hatte ihm meine Seele geöffnet. Und er hatte hineingespuckt, sich in sie hinein erbrochen. Du verziehst das Gesicht. Ich sehe es dir nach. Du gehörst zur selben Gattung Mann wie er, der alles endlos relativieren kann, das Animalische als das Natürliche rechtfertigt: das Vulgäre, Schäbige, Schwache. Ich kenne diese Leier, kenne sie in- und auswendig. Ich will weder davon hören noch versuchen, es zu verstehen. Wozu?«

Ihre Wangen hatten sich gerötet. Sie sprach dennoch ruhig, keineswegs zornig oder wütend, sondern mit einer fast sanftmütigen Bestimmtheit, die ihren Worten nur noch mehr Nachdruck verlieh.

»Ich verstehe durchaus, dass um mich herum etwas anderes existiert, diese sogenannte moderne Welt, in der gar nichts Bestand hat, alles, ausnahmslos alles, immer in sein Gegenteil verkehrt werden kann. Doch was geht es mich an? Was kümmert mich das Wissen um die Existenz irgendwelcher Kreaturen, die augenlos mit gepanzerten Fühlern und rauen Krallen über den Boden stiller Meere huschen? Was kümmert mich eine reflexartig zuckende, gallertartige Masse der Tiefsee? Das ist alles vorhanden. Das ist Natur! Meinetwegen. Aber was hat das mir zu tun, mit *meiner* Welt?«

Sie nahm ihr Glas und trank. Es war meine Gelegenheit, etwas zu erwidern, wenn es auf diese Art Rundumschlag eine Erwiderung gegeben hätte. Mir fiel keine ein. Also schwieg ich.

»Weißt du, das kleine Wesen vor mir auf dem Wickeltisch hatte *seine* Augen. Sein Lächeln. Ich säugte seinen Sohn. Ohne mich dagegen wehren zu können, sah ich in ihm zunehmend nichts anderes als die Frucht von Geoffreys Verkommenheit und Niedertracht. Er war vernarrt in das Kind. Er erkannte sich darin wieder. Jede Grimasse, die er schnitt und die der Kleine nachahmte, verursachte mir irgendwann Würgreiz. Ich war die Vermehrungsquelle seiner Primitivität. Wie sollst du das nachvollziehen können, da ich dir ja alles nur vom Ende her erzählen kann, bevor es zur Katastrophe kam. Gewiss war ich damals krank. Meine Seele war wie zerfressen. Ich könnte dir zahllose kleine Begebenheiten und Momente schildern, die sich ineinanderschichteten wie die Lappen eines Geschwürs, die vielen kleinen Lügen, mit denen er seinen permanenten Verrat übertünchte, sein Gelübde unentwegt brach. Ich roch die anderen Frauen an ihm, schmeckte den Nachgeschmack ihrer Schöße in seinem Mund. Seine Gesänge, seine Poesie für mich waren lang verstummt. Ich war nichts als der Friedhof seiner verfaulenden Lüste, bebte unter seinen Berührungen wie eine galvanisierte Leiche. Aber noch war ich nicht ganz tot, nicht ganz ohne Hoffnung. Ich war ja erst zweiundzwanzig Jahre alt, wenn auch keineswegs in Liebe und Erfüllung erblüht, sondern geschändet und betäubt von dem, was mit mir geschah.

Dann kam jene Nacht. Julien war krank. Er hatte Fieber. Ich ließ ihm ein Bad ein, wusch ihn, ließ ihn in meinen

Armen durch das warme Wasser gleiten. Es war fast zwei Uhr morgens. Als ich die Tür hörte, setzte ich Julien in einen kleinen Plastiksitz, mit dem er aufrecht im Wasser bleiben konnte, und ging kurz hinaus. Ich wusste, Geoffrey kam von keinem Konzert, sondern von einer anderen Frau, einer Geliebten oder Prostituierten, es war mir gleich. Ich sagte ihm auf den Kopf zu, dass ich ihn verlassen würde. Es war seltsam. Ich hatte es mir nicht vorgenommen, es kam einfach über mich, wie eine Erleuchtung. Ich wusste auf einmal, das überlebe ich nicht, wenn ich nicht auftauche, endlich Luft bekomme.

Er war zwar irritiert, aber tat so, als verstünde er nicht, wovon ich spreche. Ich nahm das Telefon und wählte die Nummer des Freundes, mit dem er angeblich zusammen gewesen war. Er schlug mir den Apparat aus der Hand. Ob ich ihn überwachen wolle, was mir einfiele, nachts seine Freunde anzurufen? Er hatte getrunken. Unser Streit wurde lauter und gewalttätig. Julien hatte sich währenddessen aus dem Sitz befreit, war in die Badewanne gefallen und hatte beim Untertauchen Wasser in die Lunge bekommen. Sein Erstickungskampf war lautlos. Unsere Auseinandersetzung eskalierte schnell, aber das Schicksal war schneller. Julien war nur Minuten unbeaufsichtigt gewesen. Aber es war genug Zeit, um viele Male zu ertrinken.«

Betreten blickte ich vor mich auf den Tisch, sagte nichts. Was auch? Irgendwelche überflüssigen Rückfragen zu dieser Tragödie stellen? Sie erwartete wohl auch gar nichts dergleichen, sondern fuhr nach einer kurzen Pause fort.

»Ich weiß nicht mehr, wer mit den Handgreiflichkeiten angefangen hatte. Geoffrey schlug irgendwann derart stark zurück, dass ich zu Boden ging. Er stieg über mich hinweg, stürmte wutschnaubend ins Bad. Ich hörte ihn aufschreien. Ich sprang auf und rannte ins Badezimmer. Ich sah sofort, dass Julien nicht mehr am Leben war.«

Sie schaute mich an. Ich konnte ihr nicht in die Augen sehen, konnte mir so eine Situation überhaupt nicht vorstellen.

»Natürlich habe ich mein Kind nicht mit meinen Händen getötet, aber durchaus schon zuvor viele Male in meiner Seele, in meinem Herzen. Ich hätte Julien nicht aufziehen können. Ich hätte ihn in Obhut gegeben, irgendwann, irgendwohin, denn ich hatte keinerlei mütterliche Gefühle für ihn. Er war von *ihm*. Was ich empfand, als ich die kleine Leiche sah, kann ich dir nicht beschreiben. Eine grausame Befreiung? Euphorische Schuld? Ich habe keine Worte dafür. Die Gefühle tobten in mir und löschten sich gleichzeitig gegenseitig aus.

Nur eine einzige, gewaltige Empfindung ragte über alles andere hinaus: rasender Hass auf Geoffrey. Ich ging auf ihn los. Und er auf mich. Er schlug mich mit seinen Fäusten, heulte auf wie ein Tier und schleuderte mich gegen die Wand. Es gelang mir, an ihm vorbei in die Küche zu kommen, wo ein Messerblock stand. Ich hätte ihn getötet, wenn ich es gekonnt hätte. Ich selbst wollte in diesem Augenblick nicht mehr leben. Aber er war viel zu stark für mich, entriss mir das Messer, ohrfeigte mich so brachial, dass ich zu Boden ging. Doch ich stürzte mich erneut auf ihn. Er hob das Messer, um sich zu verteidigen. Ich umfasste die Klinge und zog so fest daran, dass ich mir die Handfläche aufschnitt. Das Blut schoss aus der Wunde. Er wich geschockt zurück, hielt dabei das Messer schützend vor sich. Ich setzte nach, schlug auf ihn ein, spürte die Schnitte an meinen Händen und Unterarmen gar nicht, die ich mir in meiner Raserei zufügte. Ich wollte mich *an ihm* vernichten. Plötzlich warf er das Messer weg und fuhr mir mit beiden Händen an die Gurgel. Ich war kein Gegner für ihn. Er drückte mir die Kehle zusammen, und ich verlor das Bewusstsein. Erst im Krankenwagen kam ich wieder zu mir.«

Gläser klirrten am Nebentisch. Der Kellner erschien, betrachtete bekümmert die unberührten Vichyssoise und fragte, ob etwas nicht in Ordnung sei. Ebenso professionell zog er sich sofort zurück, als er unsere angespannte Gesprächspause bemerkte.

»Das war ein Unfall, Camille«, sagte ich leise, als er wieder gegangen war. »Ein tragischer Unfall.«

»Ein Unfall?«, widersprach sie spöttisch. »Tragisch?«

»Du wolltest dein Kind nicht töten. Das glaube ich dir nicht. Du warst in einem Zustand, den jeder verstehen wird, der sich in deine Lage hineinversetzt. Es war ein tragischer Unfall.«

»Du irrst dich«, entgegnete sie. »Ich hatte keinerlei Liebe für dieses Kind. Ich *wollte*, dass es nicht mehr da sei. Ausgelöscht. Zurückgenommen! Siehst du, das ist es, was du nicht begreifen kannst. Dein Geist, dein ganzes Denken ist wie ein endlos elastisches Band. Du wirst nie aufhören, die Dinge zu relativieren, um dich vor unbequemen und schwierigen Wahrheiten in Sicherheit zu bringen, dich um sie herumzudrücken. Du bist nur scheinbar anders als er, aber nicht von gänzlich anderer Art. Ich jedoch bin es. Denn wenn nichts absolut ist, wozu dann das alles? Wenn alles, was uns wirklich ausmacht, immer zur Disposition steht, wozu dieses Leben? Wozu sich auch noch vermehren? Es gibt in so einer Welt überhaupt nichts Tragisches, denn es gibt keine Bestimmung, kein Schicksal. Es gibt nur noch Kitsch und Katastrophen.«

Ich zögerte, hatte eine Erwiderung auf der Zunge. Aber stattdessen entgegnete ich: »Woher nimmst du all diese Gewissheiten?«

Sie atmete mehrmals durch. Ich fürchtete schon, sie würde das Gespräch beenden, aber dann sprach sie weiter.

»Ich kann dir erzählen, woher. Ich habe fast ein Jahr in Behandlung verbracht. Aber mein Zustand wurde nicht besser. Ich hatte Albträume, Panikattacken. Man gab mir Medikamente. Irgendwann wusste ich, dass es nur einen Weg gab, aus dieser Hölle herauszukommen: Ich musste in sie hinein. Ich suchte damals einen von Geoffreys Clubs auf, wollte noch verstehen, begreifen. Ich war dreiundzwanzig, im besten Alter für dieses Gewerbe und hatte noch in derselben Woche meinen ersten Kunden. Meine Ehe, meine Weiblichkeit, meine Mutterschaft – ich wollte das alles exorzieren. Denn wenn für das Heilige nur noch Psychotherapie und Medikamente vorgesehen waren, vielleicht sollte ich es dann besser gleich als Hure versuchen.

In meinem Kopf ließ ich ununterbrochen die Bilder der letzten Nacht meiner Familie Revue passieren. Das Blut, den kleinen toten Körper in der Wanne, Geoffreys wütendes und dann fassungsloses Gesicht, als er begriff, dass ich lieber mit ihm sterben als weiter in dieser Lüge leben würde. Wenn ich mit einem dieser Männer fertig war, das Kondom mit seinem Sperma entsorgte, stellte ich mir vor, wie er später nach Hause kommen, gut gelaunt und liebevoll seine Ehefrau begrüßen, seine Kinder auf den Schoß nehmen würde.

Bald war die Erinnerung an Geoffrey und Julien wie ausgelöscht. Ich wechselte immer öfter an die Bar. Ich brauchte das Geld ja nicht, aber ich musste das alles mit eigenen Augen sehen, diese entzauberten und entseelten Körper, wie fremdgesteuert, nicht nur die Männer, auch die Frauen, die mir nicht weniger rätselhaft erschienen. Die Männer taten mir irgendwann nur noch leid.

Ich sah ein, wie sinnlos mein Hass auf Geoffrey gewesen war, denn welchen Sinn sollte es am Ende haben, blinde körperliche Triebe zu hassen und einem rein physiologischen Zustand mit Gefühlen zu begegnen? Rätselhafter waren mir die Frauen. Wie waren sie hier gelandet? Aus einer rein ökonomischen Abwägung heraus? Fanden sie es profitabler, ein paar Minuten lang einen in Plastik verpackten Schwanz zu lutschen oder sogar in einer gefühllosen Körperöffnung zu ertragen, als acht Stunden lang an einer Registrierkasse zu sitzen oder Geflügelinnereien auf blutigen Fließbändern zu sortieren? Gab es bei der einen oder anderen einen äußerlichen Zwang, den ich nicht sehen und über den nicht gesprochen werden konnte? Oder eine seelische Verletzung, die absurderweise ausgerechnet hier nach Heilung suchte, wie in meinem Fall. Dabei hätte ich ja selbst ebensowenig erklären können, was ich hier tat.

Wenn ich das Bordell verließ und durch die Straßen von Paris ging, erschienen mir die meterhohen Mode- oder Parfümplakate und die Zeitschriften mit halb nackten Laufstegpuppen an den Kiosken als nichts anderes als Prostitution mit besseren Arbeitsbedingungen und Honoraren. *Alles* war unecht! Alles war nur eine Ersatzhandlung für einen primitiven Trieb. Woran dachten die Männer wirklich, wenn ich als Geigerin vor ihnen auf der Bühne stand? Dachten sie wirklich etwas anderes, als wenn sie mich hinter der Bar des Clubs musterten und wissen wollten, wie viel ich nahm? Je länger ich in diesem Bordell arbeitete, desto wahrhaftiger erschien mir alles dort und umso verlogener die Welt außerhalb. War denn nicht alles besudelt? Im Bordell tat man wenigstens nicht so, als sei es anders.«

Gebe ich das alles richtig wieder? Ich schreibe aus der Erinnerung, habe keine Notizen, lauschte ihr nur, unfähig, etwas zu erwidern. Diese Geschichte des Zusammenpralls eines völlig von seinen Trieben beherrschten Mannes mit so einer Frau ließ wenig Raum für Worte. Nur unüberwindbare Gegensätze und ein eisiges Schweigen, das schwer erträglich war.

»In regelmäßigen Abständen fuhr ich zu meinem Onkel nach Saint-Maur«, nahm sie den Faden wieder auf. »Der Ort erschien mir ideal, als die einzige Möglichkeit, mein Leben weiterzuleben. Kaum Menschen. Gezähmte, beschauliche Natur. Ruhe. Charles hatte sich aus ebendiesen Gründen dorthin zurückgezogen, verbrachte sein Leben mit privaten Studien, Korrespondenz und Spaziergängen. Meine Großeltern hatten zweiundfünfzig Jahre gemeinsam dort gelebt. In dieser Aura wollte ich mich aufhalten.

Ich begann, zwischen Paris und Saint-Maur zu pendeln, wobei meine Tätigkeit in Paris sich allmählich wandelte. Ich hegte keine Aggression mehr gegen diese Umgebung, versah meine Tätigkeit an all diesen Männern nur noch in einer Form dienender Notwendigkeit, mit der gleichen Unterwerfung unter die Forderungen einer gleichgültigen, unbegreiflichen Natur, mit der ich im Garten meines Onkels meine Hände in die feuchte Erde versenkte. Hier wie dort gab es eben nichts anderes als unfassliche Materie. Dort leitete ich den Haushalt, entschied über die Einkäufe, beratschlagte mit dem Gärtner. Und in Paris erlöste ich die Leiber unter meinen Händen von etwas, das weder sie noch ich wirklich begriffen.«

Sie nahm ihr Glas, trank etwas Wasser und schaute mich herausfordernd an.

»Und dann gelangte irgendwann dein Roman nach Saint-Maur. Charles sprach davon und regte sich auf, dass Henriette so gut wie keine Rolle darin spielte. Ich hatte zuvor kein besonderes Interesse an unseren Vorfahren gehabt. Ich kannte die Legende, dass unsere Familie angeblich um die französische Krone betrogen worden war, aber was interessierte mich eine Krone? Doch dann las ich ihre Briefe. Charles gab sie mir. Diese Stimme! Ich fühlte mich ihr so nah. Sie sprach zu mir. Ihre verzweifelte Hassliebe zu Heinrich. Die jahrelangen Erniedrigungen! Und wie sie ihm dennoch verfallen war, ihn immer wieder empfing, ihm Kinder gebar. Dann las ich deinen Roman und begriff nicht. Die Geschichte eines fiktiven Malers? Warum diese Aufmerksamkeit für Gabrielle, ihre Darstellung als Naive, Geopferte? Warum stand da fast nichts über die andere Frau auf dem Gemälde, über Henriette? Bis zuletzt dachte ich, dass du ihre Geschichte nicht erzählen konntest, da du ihre Briefe und Aufzeichnungen nicht kanntest. Aber das war ein Irrtum. Es bedarf dieser Briefe nicht, um die ganze Wahrheit zu sehen.«

»Welche Wahrheit, Camille? Wovon sprichst du?«

»Vom Abgrund zwischen dir und mir, vielleicht sogar zwischen Mann und Frau, zwischen Willkür und Schicksal, Zufall und Bestimmung. Diese Wesen, die sich umarmen und zerfleischen, auf allen Ebenen. Was sonst ist der tiefere Sinn dieser Gemälde als ein Hohngelächter auf diese Farce.«

»Das mag *deine* Wahrheit sein«, entgegnete ich.

»*Meine* Wahrheit?« Sie schüttelte verächtlich den Kopf. »Genau das ist deine immer gleiche Ausflucht. Dass wir überall immer nur uns selbst sehen. Dass wir uns überall hineinlesen, -schreiben oder -malen. Das ist dir genug. Mehr willst du nicht. Und zu mehr bist du auch gar nicht in der Lage. Deshalb hast du dieses Porträt nie wirklich gesehen, sondern nur deine eigenen Obsessionen darin gespiegelt. Der Maler, dem die eigene Schöpfung zur Chiffre wird: Das bist du. Und am Ende wird daher auch alles wieder ausgelöscht. Die anonyme Hand eines Unbekannten vollendet das Gemälde und versiegelt all die unangenehmen, aufgeworfenen Fragen wieder, lässt sie verschwinden im angeblichen Zauber einer Form. Aber wer sich tatsächlich aus dem Staub gemacht hat, das bist du, ein Erzähler, der sich in seiner Unfähigkeit verpuppt, eine wahrhaftige Beziehung zu einem anderen Menschen eingehen, eine andere Wirklichkeit als seine eigene leben zu können. Du warst imstande, das Martyrium einer erniedrigten, betrogenen und in den Tod getriebenen Gabrielle als tragische Liebesgeschichte zu erzählen! Du hast eine brutale, barbarische Realität in ein nostalgisches Rätsel verwandelt und die noch brutalere und barbarischere Fortsetzung einfach weggelassen, nichts weiter.«

Ihre vernichtenden Worte lähmten mich. Ich war zu keiner Erwiderung mehr fähig.

»Ich bin aber nicht viel besser«, sagte sie mit einem versöhnlichen Blick. »Ich wollte etwas ganz anderes, aber ich bin am Ende der gleichen Illusion aufgesessen wie du. Auch ich habe etwas gelesen, das gar nicht da stand, mir etwas vorgestellt, das niemals existiert hat. Ich habe ein Interview mit dir im Radio gehört. Ein paar Wochen später warst du zu einer Veranstaltung in Strasbourg eingeladen. Du hast über deinen Roman gesprochen. Ich war da. Und da hat mich diese fixe Idee ergriffen, wir könnten diese Geschichte zu Ende schreiben, Henriettes Geschichte erzählen. Ich reiste dir nach, verfolgte dich eine Weile lang. Aber ich wagte es nicht, dich anzusprechen, dir meine Bitte vorzutragen. Warum solltest du dich für mein Anliegen interessieren? Für Henriette? Gar für mich? Vielleicht ahnte ich auch schon, dass das alles nur in meinem Kopf passierte, in dieser langsam krepierenden Seele, die ich in mir trage. Der Wunsch, dass es anders sein möge, war aber noch sehr stark. Vielleicht gab es ja doch eine Erlösung, einen Ausweg aus diesem Gefängnis, eine wirklich wahrhaftige Verbindung mit einem anderen Menschen. War es möglicherweise kein Zufall, dass *ich* diese Briefe besaß und *du* diesen Roman geschrieben hattest? Gab es doch so etwas wie ein Schicksal, eine Fügung? Lächerlich, nicht wahr? Welch ein Unsinn! Ich kann gar nicht mehr begreifen, wie ich mich derart versteigen konnte. Jetzt weiß ich so gut wie du, dass da nichts ist. Nichts. Es gibt in dieser Welt keine wahrhaftige Begegnung oder Berührung jenseits unserer Erwartungen oder Vorstellungen. Wir gaukeln uns etwas vor und schauen unseren Hirngespinsten dabei zu, wie sie uns erst hervorbringen und dann auslachen. Wir bilden uns ein, wir wären Akteure eines Stücks, das da gespielt wird. Dabei sind wir nichts als einsame Zuschauer, für immer getrennt voneinander, wie Schnecken in ihren Häusern.«

Ich weiß nicht mehr, was mich mehr erschreckte. Alles, was sie mir vorher erzählt hatte, oder diese letzte Volte. Gab es etwas Entsetzlicheres als die darin geäußerte Weltsicht? Sie schien meinen Widerwillen zu spüren ... und legte ihre Hand auf meine.

»Als dein Brief kam, war ich außer mir vor Freude und Furcht. Ich konnte es nicht fassen, dass du nach all der langen Zeit plötzlich doch geschrieben hattest. Ich habe Stunden über der Antwort gebrütet. Was hat ihn plötzlich bewogen, zu schreiben? Wird er kommen? Und dann warst du plötzlich da. Es war die unwahrscheinlichste aller Fügungen. Verstehst du, warum ich so beklommen war, so unfassbar unsicher? Jede Minute mit dir war mir kostbar. Er will doch nur die alten Depeschen, sagte ich mir. Er sucht nur neuen Stoff für einen weiteren Intrigenroman. Aber da war noch etwas. Ich hatte das Gefühl, dass du noch etwas suchst. Etwas, das meiner Sehnsucht ähnelte. Aber ich ließ diesen Gedanken nicht wirklich zu. Ich hatte Angst, mich zu täuschen. Ich wagte nicht, mich dir zuzumuten. Deshalb wies ich dich ab, schickte dich weg. Aber ich konnte nicht aufhören, an dich zu denken, mir vorzustellen, was sein könnte, wenn wir uns doch begegnen würden – in Henriettes Briefen. Ich wollte sie dir schicken. Unterließ es. Aber dann wollte ich mich wenigstens für mein abweisendes Verhalten entschuldigen. Und so ging es weiter. Ich konnte der Versuchung einfach nicht widerstehen, immer wieder Zeichen meiner absurden Sehnsucht in deine Richtung zu streuen. Und du bist ihnen gefolgt. Danach war jeder weitere Schritt nur noch ein langsames Abgleiten in den Abgrund, der jetzt wieder zwischen uns klafft.«

Sie verstummte, schaute mich traurig an und legte plötzlich ihre Hand auf meine. Alles, was jemals gesagt worden war oder gesagt werden konnte, war letztlich in dieser simplen und vergeblichen Berührung aufgehoben, von der wir beide wussten, dass sie unmöglich war.

EPILOG

Moran meldete sich bald nach meiner Rückkehr nach Berlin. Sie wollte die Sache mit der Fortsetzung gern noch einmal mit mir besprechen. Es lägen noch immer zwei Angebote vor. Einer der interessierten Verlage habe sogar erkennen lassen, dass man über die Konditionen noch einmal sprechen könne, falls dies einem Vertragsabschluss noch im Wege stehen sollte.

»Historisch ist wieder im Kommen«, ermunterte sie mich. »Vielleicht war es gar nicht so verkehrt, ein wenig abzuwarten. Also, was meinst du? Sollen wir uns nicht mal treffen und darüber reden?«

Wir verabredeten uns in Köln für die übernächste Woche. Diesmal fuhr ich über Paris zu unserem Termin und hatte auch rechtzeitig einen Besuchstermin im Louvre reserviert. Es waren nur wenige Besucher da, als ich den Raum mit dem Gemälde betrat. Eine Staffelei mit einer halb fertigen Kopie des Doppelporträts stand davor. Eine junge Frau in einem weißen Arbeitskittel kam kurz darauf herein, ging an die Staffelei und nahm ihre unterbrochene Kopierarbeit wieder auf.

Ich betrachtete die Szene eine Weile, richtete meinen Blick abwechselnd auf das Gemälde mit Henriette und Gabrielle, dann auf die Kopistin bei ihrer Arbeit. Die Reaktionen anderer Museumsbesucher schwankten zwischen Irritation, Verwunderung, Faszination und Unverständnis. Bevor ich wieder ging, fragte ich die junge Malerin, ob ich sie bei ihrer Arbeit fotografieren dürfte. Sie hatte nichts dagegen. Ich stellte mich ein paar Schritte hinter sie und machte ein Bild mit ihr im Halbprofil: Eine dritte, unbekannte Frau vor dem Porträt der beiden Damen.

Am nächsten Tag nahm ich den Zug nach Köln. Ich hatte vorgehabt, während der Fahrt Projektskizzen zu sichten. Schließlich musste ich Moran Alternativvorschläge für einen historischen Roman machen, den ich niemals schreiben würde. Ich las die noch immer unvollendete Novelle, mit der ich seit anderthalb Jahren nicht vorankam, überflog Notizen und Entwürfe aus den letzten Monaten. Doch bald fiel mir das alles aus der Hand.

Eine Weile lang betrachtete ich noch das Foto, das ich von der jungen Frau im Louvre gemacht hatte. Erinnerungen an Gespräche mit Camille kamen mir dabei wieder in den Sinn. Dinge, die ich gesagt hatte, die sie gesagt hatte. *Ein Spiegel, der sich in Spiegeln spiegelt. Die unablässige Verwandlung. Nicht das Absolute. Sondern das Unendliche. Wir gaukeln uns etwas vor und schauen unseren Hirngespinsten dabei zu, wie sie uns erst hervorbringen und dann auslachen. Für immer einsame Zuschauer, für immer getrennt voneinander, wie Schnecken in ihren Häusern.*

Ich scrollte durch meine Musiksammlung, bis ich *In Trutina* fand, das Stück, das sie damals im Probenraum für mich gespielt hatte. Ich lauschte der ergreifenden Arie wieder und wieder, dem letzten Vers immer aufs Neue innerlich entgegenjubelnd, voll unbändiger Freude und Trauer, Hoffnung und Beklemmung. Ich schaute auf die vorbeiziehende Landschaft, schloss abwechselnd mein gesundes und mein fast blindes Auge. War ich blinder oder sehender geworden? Hatte ich ein Auge verloren oder ein drittes gewonnen?

Suave suave transeo, sang die Stimme – und irgendwann ergab ich mich ihr, glitt weich und sanft in die große Leere über dem Abgrund der Welt, getragen von Musik, wo die Worte versagen. Ich schloss mein gesundes Auge und überließ mich dem anderen, nahm die äußere Welt nur noch so wahr, wie sie sich dem versehrten darbot: bunt und verschwommen, konturlos und unbestimmt, voll fantastischer Möglichkeiten.

Für ein zwölftes Buch vielleicht, jenseits von Wahrheit und Lüge.

Oder eine dritte Frau, jenseits von Heiliger und Hure.

BILDNACHWEIS

S. 197: Bibliothèque municipale de Lyon | numelyo, Escoman, Jacqueline de Voyer, dite d', 15..-16... Le Véritable manifeste sur la mort d'Henri le Grand, par la demoiselle d'Escoman, 1616

Alle anderen Abbildungen aus dem Archiv des Autors.